나는

배탈난 후

죽었다

나는
배탈난 후
죽었다

이민경

도서출판
디자인21

차례

프롤로그

2022년 10월. 밤 12시.

'배달기사님께 : 벨이나 문 두드리지 마시고, 그냥 문 앞에 놔주세요. 배달 됐다는 문자 보내지 마세요.'

가족들과 함께 사는 나로서는 혼자 지내는 밤이 아니기에... 밤 늦게 야식 배달을 시키려면 조용히 먹는 것이 내가 가족들에게 해줄 수 있는 나름의 배려이다.

나는 배달 앱으로 부채살 스테이크 풀박스를 시킨 후 노트북을 켜고 영화를 볼 준비를 하고 있었다.

'배달이 예상시간보다 20분 빨리 완료되었어요.'

나는 현관문 앞에서 두 손을 모으며 두 눈을 감았다. 요청 사안을 잘 지켜주신 기사님께 감사의 인사를 표하며...

조용히 현관문을 열고는 음식이 든 봉투를 들고 살금살금 폴짝! 방 안으로 들어왔다.

오늘의 영화는... 인플라워.

부채살 스테이크를 입에서 잘근잘근 씹어 목으로 넘기며 물을 마셨다. 그리고 감자튀김 위에 케첩을 뿌렸다. 짭조름하면서 기름진 감자튀김이 새콤달콤한 케찹과 만나니 구미가 계속 당겼다. 함께 온 양상추 샐러드에 유자 드레싱을 뿌려 찹찹 먹고 있었다.

이거... 또 안 먹을 수 없지. 어슷썰기로 썰린 브라운빵 하나를 집어들고는 딸기잼을 스윽 발랐다. 어머. 이 빵 뭐야... 너무 부드럽고 고소하잖아!

노트북 화면에서는 여자주인공 올리비아의 산통이 시작되고 있었다.

그 순간... 내 배에서도 이상한 느낌이 감지되었다. 배가 너무 아파왔고 나는 화장실로 뛰어갔다. 변기 위에 앉아 있었고 복부 통증은 계속되는 가운데 갑자기 하품이 나왔다. 그러면서 머릿속이 새하얘지기 시작했다. 시야는 흐려지고 배의 통증은 계속되었다.

'똥 싸다가 죽을 수는 없어!'

얼른 뒤처리를 한 후 변기 물을 내리고 손을 씻는데 정신이 점점 더 희미해지기 시작했다. 나는 곧바로 화장실을 나왔고 바로 앞에 있는 파란색 식탁을 부여잡고는 쓰러졌다.

그 순간 내 머릿속에는 화장실에서 내 생을 마감하지 않은 것이 다행이라는 생각밖에 들지 않았다.

눈을 떠보니 하얀 도포를 입은 남자가 나를 향해 다가오고 있었다.

"Hi. baby."(안녕. 아가야.)

뭐여. 외국인 산신령이여? 뭐. 대답은 또 해줘야지. 내가 영어회화학원 다닌 것만 자그마치 3년인데. 중급반 진급은 못했지만.

"Yeah. hi. Do I go to heaven or hell?" (네. 안녕하세요. 저 천국가나요? 지옥가나요?)

당황한 산신령은 하얀 도포자락을 휘날리며 말했다. 아. 물론 한국어로.

"너, 죽은 건 알긴 아는구나. 내가 너한테 하나 묻고 싶은 게 있는데."

"아... 외국인 아닌데 왜 외국말 해요."

"I'm sorry. 너 다음에 태어난다면 뭘로 태어날래?" (미안해.)

"나요? 부잣집 딸래미. 그건 왜..."

그렇게 하얀 할아범탱이는 내 시야에서 사라졌고 나는 그분을 잡으려고 허공에다가 팔을 흔들고 있었다.

2022년 10월. 밤 12시.

나는 너무 목이 말라 물을 마시려고 일어났다. 응? 잠깐만. 나... 죽었는데?

손으로 몸을 만지자마자 두터운 살들이 느껴졌다. 뭐야. 나 왜 이렇게 뚱뚱해. 지옥에 왔나?

손가락을 더듬어 불을 켰다. 내 눈앞에는 웬 할머니가 서 있었다.

누구신지...

전신거울에 비친 내 모습이었다.

할머니로 환생했어? 내가...?

1화.

고등학생 한설아_1

2008년 3월.

나는 한은고등학교에 입학했다. 집에서 대중교통으로 30분 거리에 있는 고등학교다. 부모님께서는 한 달에 용돈 10만원을 주신다고 하셨다.

버스비가 650원이었으니 차비 외에 가끔 군것질을 하기에도 모자르지 않을 정도의 돈이었다.

나는 늘 엄마의 배웅을 받으며 학교에 등교했다. 현관문 앞에서 엄마와 포옹을 했다. 내게 있는 열쇠가 무색해질 정도로 엄마는 문까지 잠궈주셨다.

아파트 앞 버스정류장에 내려오니 나와 같은 교복을 입은 학생들이 즐비했다. 회색 교복을 입은 비둘기 무리들이 모두 같은 방향의 버스를 기다리는 것 같았다.

학교 근처까지 가는 버스 안은 그야말로 아비규환이었다. 의도치 않게 등과 손, 엉덩이가 닿는 것이 난무했다.

'휴... 불편해...'

이런 일들이 매일 아침 반복된다고 생각하니 한숨이 절로 나왔다. 학교 앞 정류장에 다다랐을 때였나. 갑자기 버스 안은 학생들의 환호성으로 가득찼다.

'뭐야. 연예인이라도 온거니...'

창가 쪽으로 몸을 돌린 학생들 사이로 통로가 생겨버렸다. 그 사이로 유유히 빠져 나온 나는 가장 먼저 하차하는 학생이 되었다.

정류장 앞 인도의 연석을 밟으며 앞을 바라보니 키 190cm의 남학생이 나를 쳐다보고 있었다.

'뭐여. 이 존잘남은?'

멀뚱멀뚱 바라보는 내 표정이 웃겼던 건지 그 남학생은 나를 보며 하얀 치아를 드러내며 웃기 바빴다.

'웃기니... 맘껏 웃어라. 뭐... 웃기게 생긴 거 나도 안다.'

이윽고 버스에서 내린 비둘기 떼들이 그 남학생 주변으로 모이기 시작했다. 나는 쿨한 척하며 그 남자애 옆을 지나갔다.

그런데 갑자기 그 남학생이 내 옆으로 오더니 나의 허리를 감쌌다.

'뭐여. 내가 맘에 든겨?'

왼편을 쳐다보니 그 남학생은 내 왼쪽 귀에 대고 속삭이기 시작했다.

"치마 돌아갔어."

‘아. 치마를 돌려준 것이었구나. 고오-마압-구나. 존잘남.’

창피한 내 모습을 본 것인지 아니면 그 남학생이 내 허리를 감싼 것이 못마땅했던 것인지 어쨌든 나는 입학 첫날부터 졸업할 때까지 친구가 생기지 않았다.

내 고등학교 생활은 그리 평탄하지는 않았다. 친구가 없었다. 단 한 명도. 그렇다고 공부를 투철하게 잘해서 주목받는 아이도 아니었다. 늘 그렇듯 평범한 축에 속하며 그냥 저냥 별 탈 없이 지내고 있었다.

그러던 어느 날 미술 수행평가를 반 친구들에게 소개하는 시간을 가졌다. ‘자유’라는 제목으로 네 컷의 그림을 그려오는 수행평가였다.

내 그림은 이러했다. 컷마다 오른쪽에는 삼각형 지붕 모양의 형형색색의 집들을 다닥다닥 붙여 그렸고 왼쪽에는 순서대로 아이, 여성, 노인 그리고 나를 그렸다. 그들은 모두 그 집을 등지고 있다.

미술 선생님은 내 작품을 보고는 아주 잘 그렸다며 그 자리에서 A+를 주셨다. 그게 못마땅했던 서지윤은 미술 선생님에게 항의(?)를 하기 시작했다.

“제 생각에는 그렇게 장점이 보이지 않는데요. 선생님.”

“어떤 점에서 말이니?”

“음… 단조로워요. 색을 쓴 것도 그렇고 자유라는 게 단순하게 표현했잖아요.”

“그럼… 우리 지윤이가 그린 자유의 여신상에 담긴 의미를 말해보겠니?”

서지윤은 두 눈을 멀뚱거리며 허공을 응시하기만 했다. 나는 그 자리에서 웃었으면 안 되었다. 아. 내가 왜 그랬을까. 지금도 후회된다. 미술 선생님은 이변 없이 나에게 A+의 점수를 주셨고 서지윤에게는 C+를 주셨다.

쉬는 시간이 되자 서지윤은 내가 앉아 있는 자리에 다가왔다. 그 검은 그림자를 지금도 잊을 수가 없다.

“너 웃긴다.”

“아... 어떤 게?”

“어디서 베껴온 주제에 내 A+를 가로채가냐.”

“그래? 나는 베껴온 것도 아니고 네 A+를 가로챈 것도 아니라고 생각되는데...”

“허... 야. 너 입학 초반부터 되게 맘에 안 드는 거 알아?”

“뭐가 그렇게 네 맘에 안 드는건데?”

“그... 백하얀이랑은 어떻게 아는 사이야?”

“그게... 누군데? 난 반 애들 이름도 잘 모르고 다른 반 애들은 아예 모르는데.”

그러자 서지윤 옆에 있던 하가영이 말했다. 나한테 들리게 말하는 것 같았다.

“그래. 얘 친구도 없는 애인데. 어떻게 백하얀을 알겠어?”

서지윤은 대뜸 화를 내며 나한테 말했다.

“야. 진짜 몰라? 그럼 왜 걔가... 네 허리를... 감싸 안아?”

서지윤은 화를 내는 건지 우는 건지 아무튼 울먹거리며 나에게 물었다.

아. 걔가 백하얀이구나. 내 치마를 돌려주기 위함이었다는 걸 알게 되면 오해가 풀릴까. 아니면 더 논란의 불씨가 될까. 차마 그 말은 못하고 그냥 무작정 우기기 시작했다.

"나는 모르는 애야. 어쩌다 부딪친 걸 네가 잘못본 거 아냐? 거기 사람 엄청 많았는데."

하가영은 서지윤에게 뭐라고 말하는 것 같았다. 서지윤은 고개를 끄덕이며 납득 당하는 눈치였다. 그리고나서 그들은 내 자리에서 물러났다.

백하얀은 쉬는 시간마다 내가 속한 8반으로 넘어왔다. 말 그대로 8반은 복도 가장 끝에 있어 오기가 쉽지 않은 곳이다. 백하얀이 있는 1반에서는 당연히 끝과 끝이기 때문이다. 백하얀은 늘 우리반에 와서 친구들과 실컷 얘기하다가...

쉬는 시간 끝나기 3분 전에는 항상 내 앞자리에 앉아 있다 갔다.

내가 엎드려 있으면 팔꿈치로 내 머리를 눌러 깨웠다. 그리고 내가 일어나면 또 하얀 치아를 드러내며 웃기 바빴다.

내가 뚱한 표정을 짓는 날에는 회색 자켓 주머니에서 초코바를 꺼내 손에 쥐어 주고 갔다. 나는 백하얀의 속내를 알지 못했고 그저 친절한 아이라고 생각했다.

점심시간이 되었지만 급식실에 같이 갈 친구가 없어서 백하얀이 준 초코바만 씹고 또 씹고 있었다.

갑자기 우리반 담임인 전경렬 선생님이 나에게 다가오셨다.

"왜, 밥을 안 먹니."

"아... 사람이 너무 많아서 좀 빠지면 급식실에 갈 생각이었어요."

"그렇구나. 혹시... 친구들이 너를..."

"아. 아녜요. 절대. 그런 따돌림 아닙니다. 네. 그럼요."

"아니. 친구들이 너를 두고 갔다기에. 그런거다."

"네? (제가 친구들이 있었다고요?)"

교실 문 앞에는 장성한 남학생 5명이 서있었다. 백하얀, 서건욱, 하재영, 유나무, 김도하 나는 이들과 밥을 함께 먹기 전까지는 모두 1반 친구들인 줄 알았다.

교실 문을 열고 나가니 백하얀은 또 나를 보며 웃었다. 급식실에 당도하자마자 나는 백하얀에게 물었다.

"너는 내가 웃기게 생겼니."

"응. 본인을 잘 아는구나."

"고맙구나."

나는 언짢은 표정으로 식판과 수저를 집어들었다. 그리고는 배식을 모두 받은 후 앉을 곳을 둘러보니 모두가 한마음 한뜻을 품고 나를 바라보고 있었다.

'그래. 너네도 언짢구나. 내가 애네랑 밥먹는 것이...'

딱봐도 잘생긴 아이들이었다. 당연히 이 학교에서 유명한 애들이겠거니 생각했지만 이 정도의 질타를 받을 만큼 내가 잘못한 것도 없다 생각했다. 당당히 이들과 함께 밥을 먹기 시작했다.

2화.

고등학생 한설아_2

배식을 받은 후 자리에 앉았다. 건욱, 하얀, 도하 순으로 앉았고, 나무, 재영, 나는 그 앞자리에 앉았다.

도하가 소시지를 젓가락으로 집어 먹으며 앞에 앉은 나에게 물었다.

"그런데... 왜 밥을 안 먹고 있었어?"

"아..."

백하얀이 나를 쳐다보고는 웃으며 말하기 시작했다.

"얘 딱보면 모르겠냐. 친구 없는 거."

나는 그 말에 잠시 화딱지가 났지만 거짓말이 아니라서 딱히 부정도 하지 않았다. 나도 웃으며 도하에게 말했다.

"맞아. 나 친구 없어. 너희는 다 1반이야?"

건욱이가 시금치를 집어 먹으며 나를 보며 말했다.

"나무랑 재영이는 4반이고, 나머지는 1반."

나는 건욱이를 향해 눈썹을 올리며 고개를 끄덕였다. 그 모습이 웃겼던 건지 내 치아에 고춧가루라도 꼈던건지 백하얀은 나를 보며 또 웃기 시작했다.

"너... 왜 자꾸 날 보면서 웃냐. 그거 슬슬 좀... 기분 나빠지려고 하는데."

백하얀은 나를 보며 하얀 치아를 감추고는 정색하며 말했다.

"야. 딱보면 모르겠냐. 내가 너 좋아하는 거."

그 순간 모든 지구와 우주의 기운이 멈춘 듯했고 그 얘기를 들은 급식실의 모든 사람들의 행동이 삐걱거리기 시작했다.

당연히 서지윤과 하가영은 나의 건너편에서 밥을 먹고 있었기에 그 따가운 눈초리를 피할 수는 없었다.

그 때부터였던 것 같다. 내가 백하얀을 멀리한 것이. 그리고 서지윤과 하가영에게 지독한 괴롭힘을 당했던 것도.

급식실에서는 손발이 오그라들었지만 그래도 애써 하얀이에게 웃어주며 흰쌀밥을 젓가락으로 집어 들었다.

급식실에서 모두의 눈총을 받은 것이 원인이었는지 아니면 갑작스런 고백이 문제였는지 나는 급식실에서 나오자마자 보건실을 향해 뛰었다.

체기가 있어 보건실에서 약을 먹은 후 잠시 침대에 누워있었다. 침대 옆 하늘 하늘한 분홍색 커튼을 젖히고 백하얀이 들어와 앉았다.

"야. 괜찮냐."

"아니. 안 괜찮아."

"많이 아파?"

갑자기 귀여운 목소리로 얘기하는 백하얀이 웃겨서 웃음이 났다. 명치끝이 살짝 아려왔지만 웃음을 참을 수는 없었다.

"어... 많이 아파."

백하얀은 내가 누워있는 옆자리로 파고들면서 같이 누워있었다. 나는 따끔거리는 명치를 붙잡고는 비키라는 말만 할 뿐 몸을 움직일 수는 없었다.

백하얀은 내 등 뒤에 대고는 중얼거리기 시작했다.

"내가... 친구가 돼줄게. 설아야. 나... 너 좋아해."

헉. 소리가 났지만 입을 틀어 막고는 코로 들숨 날숨을 연거푸 내쉬기 시작했다. 이게 진짠가 싶어 뜨거워진 두 볼을 손으로 만지자마자 실제상황임을 깨달았다.

나는 명치를 부여잡고는 일어나서 누워있는 백하얀을 쳐다봤다. 백하얀은 또다시 나를 향해 하얀 치아를 드러내며 웃고 있었다.

나는 이 녀석의 진심을 알고 싶었다. 그래서 단도직입적으로 물었다.

"너... 진심이야? 내가 어디가 좋은데?"

백하얀은 벌떡 일어나서 내 어깨에 얼굴을 들이밀었다. 그리고는 장화신은 고양이 마냥 나를 빤히 바라보며 말했다.

"챙겨주고 싶잖아. 우리 집은 할머니가 계시거든. 내가 어릴 때부터 할머니를 챙기면 칭찬을 받았었어. 내가 제일 잘하는 일이야. 우리 할머니 챙기는 거."

나는 그 순간 백하얀의 할머니와 내가 동일시되었다는 것에 뭔가 충격적이라는 생각이 들었다. 그리고는 다시 물었다.

"그래서... 내가 너희 할머니 같아서 좋아한다는 거야? 챙겨주고 싶어서?"

백하얀은 고개를 갸우뚱거리며 말했다.

"그게 뭐 어때서?"

"아니... 그...럼... 챙겨주고 싶은 상대면 다 좋아한다는거야?"

"응. 좋아한다는 게 잘못됐어?"

"아... 그... 좋아한다는 게... 그렇게 좋아한다는 거였어?"

"그렇게 좋아하는 게 뭔데?"

"아니... 그... 이성적으로 좋아하는... 뭐... 그런 거인줄 알았지. 나는..."

"아. 그런 건 전혀 아닌데."

"하..."

백하얀의 말을 듣자마자 맥이 풀린 나는 명치 통증에서 자유로워질 수 있었다. 착각한 내가 바보같다는 생각에 내 두 볼은 걷잡을 수 없이 뜨거워지고 있었다.

"열나?"

백하얀은 한 손은 내 이마에 다른 손은 본인 이마에 얹고는 열을 재고 있었다. 내 이마에 얹은 손을 살며시 내려 놓고는 백하얀을 내 침대에서 내려보냈다.

그 뒤로는… 백하얀과 같이 밥을 먹지 않았다. 내가 내 무덤을 판 것인지는 알 수 없지만 아무튼 혼자 지내는 것도 나쁘지 않았다. 서지윤과 하가영이 나를 화장실로 불러내는 것 빼고는.

급식실에서 백하얀이 내게 고백(?) 한 것 같은 사건이 있은 후 모든 전교생은 나를 쳐다보며 수군거리기 바빴다.

물론 그 뒤로 같이 안 다니는 것도 포함해서 말이 돌았다. 내가 차였다나?

고백받은 적도 없는데 무슨 말이냐며 오해를 풀 생각은 없었다. 좀 창피해서… 그때는 왠지 좀 창피했다. 나만 진심이었던 것 같아서…

백하얀은 차치하고서라도 서지윤과 하가영은 왜 그리도 나를 괴롭히는지. 아. 그 괴롭힘이 구타나 욕설 이런 종류는 아니었다.

그냥 그들의 주크박스라고 해야하나? 화장실로 불러내어 나에게 노래를 시켰다. 그들의 기분에 따라 원하는 곡을 1절 정도만 가볍게 불러주면 되었다. 물론 친구 사이에서 일어나는 일은 아니기에 당연히 이들과도 친구는 아니었다.

이따금씩 도하가 8반으로 넘어올 때 나에게 초콜릿을 쥐어주고 갔다. 밥은 같이 안 먹었지만 도하가 나를 불쌍히 여겼나보다 정도로 생각했다.

그렇게 내 고등학교 생활은 불편하게 흘러가고 있었다.

3화.

고등학생 한설아_3

한창 브랜드 신발과 가방, 후드 집업이 유행이었다. 학생들 사이에서는 메이커를 입지 않으면 안 되는 분위기였다. 하지만 나는 메이커의 중요성을 모르는 척 해야 했다. 평범한 집안이기는 했지만 몇 십만원짜리를 사 줄 정도의 형편이 되지는 못했기 때문이다.

엄마는 시내에 있는 가방 가게로 나를 인도했다. 다양한 색깔과 모양을 지닌 가방들이 벽면에 정신없이 걸려있었다. 가판대에도 가방들이 즐비해 있었다. 비닐에 싸여 있는 가방은 캐리어 뿐이었다.

엄마는 벽에 걸려 있는 것들 중에 마음에 드는 것을 고르라고 하셨다. 그래도 무난한 게 가장 좋으니까... 검정색 바탕에 갈색 테두리 두 줄이 세로로 되어있는 가방을 골랐다.

가격은 1만 5천원 정도였다. 엄마 입장에서는 이것도 비쌌나보다. 가방 가게 아주머니께 깎아달라고 흥정을 시도하셨다. 아주머니는 가방 앞쪽의 버클이 플라스틱이 아닌 쇠 버클이어서 값이 나간다고 설명하셨다.

엄마는 설득을 당하신 후 옆에 있는 신발 가게로 향했다. 나는 생각보다 발이 커서 245mm의 신발을 신어야 했다. 하지만 이 발 사이즈에는 예쁜 신발이 거의 없었다. 3만원 정도로 마지노선을 잡고 신발을 고르라고 하셨다.

나는 하얀색 바탕에 신발 안은 핑크색인 신발을 골랐다. 그래도 그게 가장 무난했다. 다른 것들은 신발 표면에 메이커를 표절한 듯한 무늬들이 난무했다.

그리고 건너편에 위치한 옷가게로 향했다. 그래도 이 동네에서는 십 대를 상대로 가장 오래 장사를 하신 분이 운영하시는 옷가게였다. 엄마는 하복이랑 춘추복 위에 입을 후드 집업을 골라보라고 하셨다.

나한테는 회색이 잘 어울려 민무늬의 후드 집업을 고르려고 했으나 어째 하나 같이 앞에 영문 로고가 휘황찬란하게 장식하고 있었다. 그래도 가장 무난한 것을 선택했다. 회색 바탕에 보라색 영문 로고 'NY'가 괜찮아 보였다.

어머니의 지갑은 갈색의 실밥이 엉켜 너덜너덜해져 있었다. 그 깊숙한 곳에서 1만원짜리 한 장과 5천원짜리 한 장이 나오고 있었다. 그 모습을 보고는 차마 메이커라는 이름을 꺼낼 수가 없었다.

이것도 감사했다. 새학기라고 나에게 쓰신 돈이 무려 6만원이다. 그런데 고등학교에 가니 우리 엄마가 나에게 쓰신 6만원을 무색하게 만드는 애들이 있었다.

하복을 입는 기간이었다. 하복의 블라우스는 하얀색이었고 치마는 회색의 얇은 소재였다. 아침, 저녁으로는 추워서 위에 걸칠 옷이 필요했다. 가디건을 입는 친구들도 있었지만 나는 더 보온성이 있는 후드 집업을 입곤 했다.

그런데 애들 사이에서는 후드 집업도 다같은 후드 집업이 아니었다. 세 줄 무늬나 연꽃 무늬 로고, 갈고리 모양의 메이커가 눈에 띄었다.

사실 내가 입은 'NY' 옷과 별반 다를 것은 없어보였다. 물론 내꺼는 많이 빨면 보푸래기가 많이 성나 있었다. 내 보푸래기가 웃긴 건지 외국 한 번 안 갔다 온 애가 영문으로 쓰여진 옷을 입은 게 웃긴 건지 반 애들은 나에게 돌아가면서 묻고 또 물었다.

"설아야. 그런 옷은 어디서 파는 거야?(웃음)"

"우리집 근처 시내로 나가면 팔아."

여기서 풉. 저기서 풉. 풉풉거리고 X랄났네. 뭐 이 정도는 견딜만 했다. 그런데 이번에는 내 신발을 걸고 넘어졌다. 갈고리 메이커의 회색 후드 집업을 입고, 갈고리 메이커의 하얀색 신발을 신은 오선정은 나에게 다가와 물었다.

"설아야. 그 더블유 로고는 무슨 브랜드야? 새로 나온건가?"

"나도 몰라. 그냥... 신발 가게에서 산 거라..."

점점 짜증이 나기 시작했다. 하지만 왠지 모르게 얼굴이 붉어지는 느낌도 들었다. 화가 나서 붉어지는 느낌이 아니라... 뭔가 부끄러워지고 있다는 걸 내 스스로가 느끼고 있음이 분명했다. 하지만 이건 그냥 느낌이라는 생각을 하고 또 했다.

이번에는 서지윤과 하가영이 내 책상 옆에 걸려있는 가방을 발로 툭 치고 지나갔다. 나는 도저히 못 견디고는 서지윤의 보라색 바람막이 모자를 잡았다.

"아 뭐야. 이게 얼마짜리인줄 알아? 너 같은 싸구려 손에 닿는 거 극혐이야."

나는 조용히 손을 내려 놓고는 눈시울이 붉어졌다. 별거 아니다. 아닌데... 왜 그때는 눈물이 났는지... 아무튼 그 소리를 듣고 나서 화장실 변기에 앉아서 울었다. 분명 창피해서기도 했다.

하지만 우리 엄마 생각이 많이 났다. 그냥 엄마의 갈색 지갑 옆에 엉겨 붙어 있던 그 실밥이 떠올랐다. 그게 왜 떠오르는 건지.

아무튼 눈이 퉁퉁 부은 상태에서 화장실을 나오니 복도에는 도하가 하얀이와 함께 어깨동무를 하며 지나가고 있었다.

도하는 나를 보자마자 하얀이의 팔을 내려놓고는 나에게 다가왔다. 하얀이는 도하와 내가 있는 모습을 보고 있었다.

도하는 퉁퉁 붓고 빨개진 내 눈을 보고는 차가운 손등으로 내 눈을 가려주었다. 아무것도 보이지 않았다. 좋았다. 도하의 손길이 좋았다기보다는 아무것도 보이지 않았다는 것이 좋았다. 메이커도. 나를 무시하는 애들도. 정말 아무것도 보이지 않아서 좋았다.

도하는 내 후드를 머리에 씌워주며 내 어깨에 손을 올리고는 나를 어디론가 데려갔다. 분명 수업시간이었는데, 그래도 될 것만 같았다. 아니. 도피하고 싶었다. 한 시간 정도는 괜찮을 거라 생각했다.

나는 도하가 이끄는대로 따라가기 시작했다. 이윽고 학교 뒤 공터에 도착했다. 여기는 좀 무서운데. 도하는 내 후드를 머리에서 벗겨주고는 머리를 정돈해주었다. 그리고는 회색의 하복 바지 주머니에서 막대사탕을 꺼내고는 껍질을 까서 내 입술에 붙이고 있었다.

나는 입을 벌렸고 사탕을 빨아먹기 시작했다. 딸기우유 맛이었다. 달콤했다. 도하는 아무것도 묻지 않은 채 그렇게 한 시간동안 바지 주머니에 손을 넣고서는 그냥 묵묵히 내 앞에 서 있어 주었다.

한 시간을 땡땡이 친 나는 도하와 함께 다음 수업이 시작하고 나서 5분 후에 들어갔다. 지금 생각해보면... 복도에 아무도 없는 시간에 맞춰 나를 교실에 들여보내려고 배려해준 게 아닌가 싶었다.

도하는 내가 속한 8반 문 앞까지 배웅해준 뒤 1반으로 넘어갔다. 교실로 들어간 나는 달짝지근한 입술을 달싹였다. 전경렬 선생님의 수학 시간이었다. 선생님은 아무런 말씀도 하시지 않았다.

뭐지. 이 고마운 투명인간 취급은. 나는 자리에 앉으며 내 가방에 묻은 발자국들을 손으로 털어내었다.

4화.

고등학생 한설아_4

여름방학이 지나고 선선한 가을이 된 어느 날, 종례시간이 되자 전경렬 선생님이 교실로 들어오셨다. 고동색의 단소를 이용해 교탁의 옆통을 치며 반 아이들을 조용히 시키셨다.

난 자리에서 엉덩이를 반쯤 들고 내 자랑스러운 가방을 휘리릭 돌리며 어깨에 멨다. 그 모습을 보신 전경렬 선생님은 나를 보고 피식 웃으셨다. 나는 눈웃음으로 화답했다.

전경렬 선생님은 가을소풍을 가는 시즌이 돌아왔다고 말씀하셨다. 나는 이 시기가 제일 싫다. 왜냐하면… 사복을 살 돈도 없을뿐더러 혼자 다녀야 하기 때문이다. 전경렬 선생님은 사복뿐만 아니라 교복을 입어도 무방하다고 하셨다. 하지만 반 애들 분위기로 봤을 때는 대부분이 사복을 입을 기세였다.

나는 교복을 입어도 된다고 하니, 춘추복을 입을 것이다. 물론 겉에는 내 자랑스러운 'NY' 후드집업을 입을 것이다. 더우면 들고 다니지 뭐. 그리고 내 더블유 로고의 운동화도 새하얗게 빨아서 신을 예정이었다.

전경렬 선생님은 소풍 갈 장소를 투표로 정하신다고 하셨다. 장소를 아이들한테 추천받으셨다. 서지윤과 하가영은 1반 애들이 '떼떼월드'를 간다며 반 아이들을 종용하기 시작했다. 그렇게 부드럽고 침착한 목소리로 반 애들을 달래다니... 그들 답지 않다 생각하고 있을 무렵 전경렬 선생님은 거수로 정하자고 말씀하셨다.

"떼떼월드에 찬성하는 사람?"

내 옆이고 앞이고 뒤고 모두 손을 들고 있었다. 나도 조용히 오른손을 들었다. 결국 반 애들 모두가 찬성한 셈이 되어 8반의 소풍 장소는 '떼떼월드'로 확정되었다.

하교를 하려고 자리에서 일어서는 순간, 반 아이들은 서지윤과 하가영을 중심으로 모여들었다. 그리고는 소풍날 어떤 옷을 입을지 상의하며 즐거워하고 있었다.

나는 조용히 뒷문을 열고 복도로 나갔다. 복도 앞에는 도하가 하얀이와 나무, 건욱, 재영이와 함께 창문에 기대어 웃으며 이야기를 하고 있었다.

도하가 나를 보고는 천천히 다가왔다. 그리고는 내 셔츠 칼라에 묶여 있는 멀쩡한 리본을 풀고는 다시 매듭을 지었다. 도대체 무슨 짓인지... 도하의 알 수 없는 행동에 나는 도하를 보며 어깨를 올렸다가 내렸다.

그 순간 8반 애들이 앞문으로 우르르 나오고 있었다. 도하는 오른손으로 내 어깨를 감싸며 옆에 서있었다. 서지윤은 하얀이를 발견하고는 와다다 뛰어왔다. 그리고는 긴 생머리를 이마에서부터 넘기며 하얀이에게 말하기 시작했다.

"너네반 떼떼월드 가는 거 맞지?"

"응."

"우리도인데. 우리 같이 다니자. 그리고 우리 그때 입을 사복을 생각해봤는데 말이야..."

"누가 우리인데? 나... 너 잘 몰라. 그리고 너랑 같이 다닐 만큼 친하다고 생각하지 않는데? 미안. 아니. 내가 미안할 일은 아닌 거 같네. 미안하다고 말한 거 취소.(웃음)"

하얀이의 말이 뭔가 얄미운 것 같았지만... 악의가 있어 보이지는 않았다. 도하는 웃으며 내 왼쪽 귀에 대고 속삭였다.

"우리 소풍날 교복 입을래?"

나는 도하를 올려다보며 고개를 끄덕였다. 그 모습을 본 하가영은 서지윤의 어깨를 톡톡쳤다. 하지만 서지윤은 하얀이의 왼팔을 잡아끌며 말하기 바빴다.

"아앙~ 장난치지말고! 그럼 뭐 입을 건데?"

"몰라. 그날 봐서 내가 알아서 입을게. 그만 가. 나 애들이랑 놀거야."

"뭐하고 놀건데? 나도 껴줘. 맨날 나는 빠지라고 하고. 흥."

"너 이렇게 해도 하나도 안 귀여워.(웃음) 그만 가. 잘가!"

하얀이는 서지윤의 손에서 왼팔을 뺀 후 도하와 나를 쳐다보았다. 느낌에는... 내 어깨에 올려져 있는 도하의 손을 본 듯한 느낌이었는데 말이지. 아무튼 하얀이는 도하에게 고갯짓을 하며 말했다.

"볼일 끝나면 1층으로 내려와."

쿨하게 말하고는 나무의 어깨에 손을 올리며 계단을 내려가기 시작했다. 나는 서지윤과 하가영을 비롯한 반 아이들의 뜨거운 눈총을 받고 있었다. 그러자 도하가 왼손으로 내 눈 앞을 가려주었다.

곧 내 앞에 있던 무리들은 도하에게 아무말도 안 하고는 계단으로 내려갔다. 도하는 애들이 사라진 후 내 앞에 서며 말했다.

“왜 나한테는 아무 말도 안 할까.”

“응?”

“항상 의문이야. 나 무섭게 생겼나?”

“아니? 그보다는… 잘생긴 편이지 않나?”

“그치? 그런데 내가 말 걸면 웃으면서 대답해준 여자는… 너가 처음이다?”

나는 도하에게 웃으며 말한 적이 있는지 재빨리 머릿속으로 기억의 회로를 돌렸다. 그러다 문득 급식실에서 나에게 왜 밥을 안 먹고 있었는지 물어봤던 게 생각났다. 그때 내가 웃으면서 답했었나? 아무튼 그걸 기억해주고 있었다니… 참으로 귀여운 아이라는 생각이 들었다.

나는 다시 한번 도하를 향해 웃으며 얘기했다.

“도하가 무슨 말을 하든 나는 무조건 웃으면서 대답해줄게! 걱정마!”

도하는 나를 쳐다보다가 갑자기 눈을 위쪽으로 향하며 나를 쳐다보지 않았다. 나는 말실수를 했나 싶어 도하의 오른손을 왼손으로 톡톡거렸다. 그랬더니 손을 회색 동복 바지 주머니 속으로 넣었다. 아. 뭐지. 나 실수했나…

도하는 갑자기 나를 등지며 말했다.

"꼭 교복 입고 오는 거다. 나만 입기 싫으니까."

그리고나서 도하는 계단으로 성큼성큼 내려갔다. 나는 도하의 뒷모습을 보며 따라 내려가고 있었다. 나를 의식했던 건지 아니면 밑에서 기다리는 친구들이 걱정되었던 건지 도하는 재빨리 내려가버렸다. 1층으로 내려가니 도하는 재영이와 건욱이에게 장난을 치며 교문 밖을 나가고 있었다.

나는 집에 가자마자 내 교복 셔츠와 'NY' 후드집업을 세탁기에 넣고 돌렸다. 엄마는 빨래 한 개만 돌리면 물낭비라며 다른 빨래 거리들도 함께 돌리라고 말씀하셨다. 그리고는 빨래감들을 한아름 들고 오셔서 세탁기 통에 넣으셨다.

나는 향기로운 섬유유연제를 조금... 많이 넣었다. 그래도 모처럼 바깥 구경하는 건데 향기가 나면 더 좋을 것 같았다. 그리고나서 신발을 빨려고 했더니 엄마가 내일까지는 안 마른다며 물티슈로 닦으라고 하셨다. 그래서 겉만 닦고는 현관에 놓았다.

소풍날이 되었고 나는 가을 햇살에 바짝 마른 교복 셔츠와 'NY' 후드 집업을 입고 검정색 가방을 메었다. 하얀색 운동화를 신고는 현관문 앞에서 엄마와 포옹을 했다.

떼떼월드 앞에서 내리는 시내버스 안에는 그야말로 형형색색의 사복 풍경이 펼쳐졌다. 그 사이로 내가 단연 돋보이고 있었다. 회색으로 중무장한 내 모습이 웃겨 보여도 하는 수 없었다.

떼떼월드 앞에서 내리니 도하가 바로 보였다. 그런데 어쩐지... 뭔가 내 모습과 같은 듯 다르게 보였다. 도하는 나에게 다가오며 말했다.

"그... 'NY'가 있는 옷을 아무리 찾아도 같은 건 못 찾겠더라고..."

당연하지. 이건 우리집 근처 시내에만 파는 거니까. 그래서 도하가 왼쪽 가슴에 'NY'가 합쳐진 로고의 아이보리 후드 집업을 입고 온거로구나.

그런데… 굳이 왜? 라는 생각이 들었지만 도하의 의중은 묻지 않았다. 지금 생각해보면 그냥… 모르는 척 했던 것 같다.

도하는 웃으며 내 어깨에 손을 얹은 후 안으로 들어가자고 했다. 나는 도하에게 다른 친구들에 대해 물었다.

"다른 애들은?"

"아… 오늘은 너랑만 다니려고.(웃음)"

"그래? 그래주면 나야 고맙지만… 다른 친구들이 좀 섭섭해하지 않을까?"

"괜찮아. 오늘은 네꺼니까. 네 맘대로 해도 돼."

"응? 오늘은 내꺼라고?(웃음) 근데… 나랑 놀면 재미없을거야. 나 고소공포증 있어서… 놀이기구 전혀 못 타거든."

도하는 놀라는 눈치였다. 그 모습을 본 나는 오늘 하루 도하에게 실망을 안겨줄 것 같았다. 하지만 입구에 들어선 후 나의 우려와는 전혀 다른 쪽으로 흘러가고 있었다.

도하는 기구를 타지 않는 것만 골라서 나와 함께 있어 주었다. 맨 처음… 귀신의 집을 간 후 우리는 서로의 허리를 잡고 어깨를 잡고 심지어 안기까지 했다. 엄청난 스킨십의 성지인 걸 안 후 나는 얼굴이 시뻘개진 채로 출구를 나왔다. 도하를 보니… 역시 마찬가지였다.

그 다음 연극을 보러 갔다. 그날만 해주는 연극이었는데… 바로 비보이를 사랑한 어느 한 소녀의 이야기였다. 작은 소극장 안에서 펼쳐졌는데 이야기가 너무 아름답고 감동적이었다. 물론 퍼포먼스는 말할 것도 없이 멋있었다.

도하도 연극이 너무 좋았던건지 극장에서 나온 후 나에게 비보이를 해도 될지에 대해서 묻고 또 물었다.

나는 잘 모르겠다며 한사코 고개를 저으며 어깨를 올렸다가 내렸다. 그리고는 회전목마가 보이는 벤치에 앉으며 도하에게 말했다.

"그... 너가 좋아하면 하는 거고... 아니면 마는거지 뭐. 이 연극이 네 미래를 계획할 만한 어떤 동기부여가 된거야?"

도하는 나를 빤히 쳐다보며 말했다.

"네가 좋아하는 거 같길래. 한시도 눈을 안 떼길래."

그 순간 나는 직감했다. 아... 얘랑은 친구가 될 수 없겠구나. 물론 고백을 한 건 아니었지만... 도하의 눈빛을 보고는 친구로는 남을 수 없다는 걸 느꼈던 것 같다. 나는 추로스로 도하의 마음을 위로해주기로 했다.

5화.
고등학생 한설아_5

나는 '떼떼월드'를 다녀온 후 도하의 전화번호를 받았다. 도하는 이따금씩 나에게 깨톡을 하거나 전화를 했다. 하지만 그뿐이었다.

딱히 꿈이 없었던 나는 그저 주어진 수업에 충실하며 공부를 하고 있었다. 그런데 안타깝게도 그리 머리가 좋은 편은 아니었기 때문에 수업만으로 시험을 치기란 여간 어려운 게 아니었다.

다들 한창 학원에 다니며 대학 입시 준비에 혈안이 되어있었다. 나는 학원까지 다닐 형편은 되지 못하였기에 학교 수업에 매진해야 했다. 그래도 고2 때는 반 5등이라는 값진 결과를 안고 진급할 수 있었다.

고등학생으로서는 마지막 새싹이 움트는 시기가 다가오고 있었다. 고3이 된 나는 고등학교의 마지막 학년을 6반에서 시작하게 되었다. 나는 6반에 당도하자마자 뒷문을 열고 조용히 들어갔다. 무슨 운명의 장난인지… 서지윤과 하가영이 맨 뒷줄에 앉아 있었다.

나는 창가 자리에 조용히 앉았다. 잠시 후 6반 교실 문이 열리고, 고동색 단소가 보이기 시작했다. 전경렬 선생님이었다.

전경렬 선생님은 고3이 된 우리에게 꿈을 쫓는 삶을 살라고 말씀해주셨다. 하지만 잘하는 것도, 하고 싶은 것도 없던 나에게는 허상에 불과한 말이었다. 그래도 선생님의 말씀을 마음에 깊이 새기며 '살면서 꿈 하나는 생기겠지'라는 막연한 생각을 품고 있었다.

오늘은 회장과 부회장을 뽑는 날이었다. 전경렬 선생님은 먼저 회장을 추천받는다고 하셨다. 서지윤은 무슨 생각인 건지 갑자기 내 이름을 부르기 시작했다.

"한설아를 추천합니다."

반 애들은 나를 쳐다보며 수군대기 시작했다. 전경렬 선생님은 칠판에 내 이름을 적으셨다. 그리고는 바로 부회장을 추천받는다고 하셨다. 아니… 그렇게 빨리요? 하가영은 오선정을 추천했다. 순식간에 6반의 회장은 나. 그리고 부회장은 오선정이 되었다. 쉬는 시간이 되자 서지윤은 내 자리로 걸어오며 말했다.

"6반 회장님~ 회장 됐으면 반 애들한테 먹을 거 좀 돌려야 하는 거 아냐? 기념으로?"

"내가 되고 싶어서 된 것도 아니고… 그리고 내가 회장이면 그런 건 내 재량 아냐? 네가 간섭할 건 아니라고 생각되는데…"

그러자 오선정이 나에게 다가오며 말했다.

"그럼… 내가 먼저 살게. 그 다음에 너가 사. 우리 이제 고등학교 마지막인데… 함께 하는 친구들한테 그 정도는 해줄 수 있잖아…"

나는 오선정의 차분한 말에 홀린 것인지 아니면 갑자기 회장으로서 사명감 같은 게 생긴 건지, 오선정을 보며 고개를 끄덕이긴 했다.

하지만 학원비 30만원도 없어서 못 보내주는 마당에 부모님께 반 아이들에게 먹을 거를 돌려달라는 말을 차마 꺼낼 수는 없었다.

나는 한숨을 푹 쉬며 하교하고 있었다. 버스정류장 의자에 앉아 고개를 떨구며 손가락을 만지작거리자 어디선가 달콤한 냄새가 나기 시작했다. 고개를 들어보니 186cm의 장신이 내 앞에서 콘 아이스크림을 먹고 있었다. 역광이어서 얼굴이 보이지는 않았지만 느낌적으로 도하라는 것을 알 수 있었다.

도하는 내게 초코 콘 아이스크림을 건네며 내 옆자리에 앉았다. 그리고는 나를 쳐다보며 물었다.

"무슨 고민있어?"

"응? 아… 음… 오늘 회장이 됐는데…"

"잘된 거 아닌가? 축하해."

"아… 고마워… 그런데… 원래 회장되면 반 애들한테 그… 먹을 거 돌리는 게 의무인가? 그니까 그러기 싫다는 건 아니고… 난… 좀… 부담이라고 생각돼서…"

"음… 의무는 아니지. 본인 마음에서 우러나오면 하는 거고. 부담이 된다면 안 하는 게 맞겠지?"

"근데… 부회장인 선정이가 먼저 하겠다고 해서… 어쩔 수 없이 나도 그러겠다고 했거든… 근데… 부모님께 부담을 지우는 것 같아서 마음이 무거워…”

“음… 그럼 이렇게 하는 건 어때?”

도하는 나를 보며 활짝 웃었고 계획을 말하기 시작했다. 나는 도하의 예쁜 마음을 언젠가는 꼭 갚겠다고 다짐하며 연신 고맙다는 말을 하고 또 했다.

학기 초반이 지난 후 드디어 나와 오선정이 6반 아이들에게 한 턱 쏘는 날이 다가왔다. 오선정은 반 아이들에게 피자와 치킨을 샀다. 점심시간에 맞춰서 배달이 와서 6반은 급식을 먹지 않았다. 나는 내 눈앞에 있는 피자와 치킨을 보면서 맛있겠다는 생각보다는 머릿속으로 돈 계산을 하고 있었다.

오선정은 고구마 피자 한 조각을 들고 내 자리로 다가와 물었다.

“회장. 오늘 야자 때 아이스크림 산다며. 설마 막대아이스크림은 아니겠지?”

나는 고개를 끄덕이며 콘 아이스크림으로 사겠다고 말했다. 야간자율학습시간이 되었고 오늘 감독은 나의 아버지 한강현이었다. 아빠는 회사원이었지만 나를 위해 야간자율학습 감독으로 와주셨다. 아빠가 6반에 들어서자마자 뒤에서 후광이 비치기 시작했다. 누가 봐도 꽤나 잘생긴 얼굴이시기 때문이다.

나는 웃으며 아빠와 주먹인사를 했다. 아빠는 아이스크림 박스를 교탁에 내려놓으며 학생들에게 나눠주시기 시작했다. 그런데 어쩐지 포장지를 뜯어서 먹는 애들이 보이지 않았다. 공부한 후에 이따 먹겠지 싶었다. 나는 초코 콘 아이스크림을 먹으며 공부하기 시작했다.

야자가 끝나기 10분 전 아버지는 감독을 끝내시고 먼저 집에 가셨다.

그리고는 전경렬 선생님이 들어오셨다.

야자가 끝난 후 반 애들은 가방을 챙기고 뒷문으로 나가고 있었다. 나도 가방을 메고 뒷문을 향해 걸어가고 있었다. 그런데 반 애들이 포장을 뜯지도 않은 아이스크림을 쓰레기통에 버리고 있었다.

나는 그 자리에서 달려가 소리쳤다.

"야! 이게 뭐하는 짓이야! 먹지도 않은 걸 왜..."

서지윤과 하가영은 웃으면서 나에게 다가왔다. 그리고는 서지윤이 내 앞에 서며 말했다.

"내가 너, 맘에 안 든다고 했잖아. 쥐뿔도 없는 년이 남자는 끼고 다니고. 맘에 안 들어서 그랬다. 왜."

나는 그 자리에서 울어버렸다. 한마디 해줬어야 했는데... 그 순간 도하가 들어와 버렸다. 나는 도하를 본 후 하염없이 눈물이 났고 도하에게 미안하는 말을 계속하고 있었다.

도하는 내 왼손을 잡은 후 서지윤과 하가영을 향해 말했다.

"너네가 쓰레기통에 쳐박은 아이스크림, 내가 6반 한테 돌린 건데. 그렇게 먹기 싫었으면 말을 하지 그랬냐. 돈은 안 아까운데, 얘 눈에서 눈물 나오게 하는 건 좀 빡도네. 유치한 짓은 여기까지만 해라."

도하는 나를 끌고 복도로 나갔다. 그리고는 한참 동안 도하에게 이끌려 어디론가 가고 있었다. 학교 뒤 공터였다. 도하는 나를 마주보며 양손 엄지로 내 눈물을 닦아주었다. 그 순간 나는 글썽이고 있던 도하의 눈을 보자마자 너무 슬퍼서 눈을 감아버렸다.

그런데 갑자기 도하가 천천히 두 손으로 내 얼굴을 감싸는 느낌이 났다. 응? 뭐지? 그리고나서 내 입술에서는 부드러운 젤리가 꿈틀거리는 느낌이 났다. 그렇게 내 생애 첫 키스는 학교 뒤 공터에서... 김도하가 가져가 버렸다...

나는 도하와의 키스 이후 도하를 쳐다보는 것이 어색해졌다. 도하에게 아이스크림 값은 나중에 꼭 갚겠다는 깨톡을 남긴 뒤 나는 혼자 고등학교 생활을 마무리해가는 중이었다.

서지윤과 하가영의 괴롭힘이 올스톱된 것은 아니었다. 이따금씩 시비를 걸어왔지만 참을만한 수준이었다.

그렇게 내 고등학교 생활의 끝자락인 졸업식 날이 다가오고 있었다.

6화.
고등학생 끝. 대학생 시작!

졸업식 날이 되었다. 나는 회색 동복을 입는 것도 이제 마지막이라는 생각에 후련한 생각이 들면서도 대학생이 되면 등록금과 더불어 갖가지 들어갈 돈에 대한 걱정이 들기 시작했다. 물론 아르바이트를 해야겠지만 그것마저도 내 마음속에서는 부담으로 작용했다.

나는 무거운 마음을 품고 한은고등학교로 향하는 시내 버스에 몸을 실었다. 하차를 하려고 보니 역시나 같은 시간에 등교하는 하얀이가 내 눈앞에 보였다. 하얀이는 별 감흥 없이 나를 보고 있었다. 나는 하얀이를 지나치며 교문을 향해 걸어가고 있었다.

하얀이는 내 옆을 지나가다가 갑자기 내 앞을 가로막고는 서 있었다. 나는 하얀이의 행동에 가슴이 두근거렸지만 애써 침착해하며 하얀이에게 말했다.

"왜? 무슨 할 말 있어?"

"응. 있어. 할 말."

"뭔데?"

"이따 졸업식 끝나고... 그 뭐냐... 학교 뒤 공터 있지. 거기로 좀..."

"응! 그럴게! 졸업식 끝나고 거기 있을게."

하얀은 뭔가 뿌듯해하는 표정을 짓고는 뚜벅뚜벅 교문을 향해 걸어갔다. 나는 하얀이가 가고 난 후 나도 모르게 입꼬리를 씰룩거리고 있었다.

졸업식은 강당에서 진행되었다. 각 반마다 학생들은 일렬로 서 있었다. 나는 6반을 찾아서 들어가려다 눈길을 끄는 옷을 발견했다. 도하의 아이보리 후드집업이었다. 그 때는 도하가 내게 어깨동무를 하고 있어서 옷의 뒷면은 보지 못했는데.. 도하의 등 뒤에는 'NY'가 합쳐진 로고가 큼지막하게 프린트되어 있었다. 뭐지, 이 고마우면서도 미안한 마음은...

그 순간 전경렬 선생님은 나를 보며 고동색 단소를 허공에 지휘하셨다. 그 모습을 보고는 6반을 찾아 맨 뒤에 서 있었다. 나는 주입식 교육이 마지막이라는 생각에 조금은 허탈하고 긴장되었다. 이제부터 내가 길을 정하고 앞으로 나아가야 한다는 생각에 홀가분하면서도 강해져야겠다는 생각이 들었다.

이윽고 교장 선생님의 교훈적인 말씀이 끝나고 이제는 정말로 한은고등학교를 떠나야하는 시간이 되었다. 나는 마지막으로 하얀이를 만나러 학교 뒤 공터로 향했다. 공터에 도착하니 하얀이가 서 있었다. 나는 하얀이를 부르며 다가갔다.

"하얀아!"

"왔어?"

"왜 불렀어?"

"물어보고 싶은 게 있어서."

"뭔데?"

"너도 도하랑 같은 마음이야?"

"그게 무슨 말이야? 같은 마음이라니?"

"네가 말한... 이성적으로 좋아하는거냐고."

"아... 너한테 답할 이유는 없을 것 같은데. 그게 왜 궁금한건데?"

나는 하얀이가 질투라도 하는 것인지 궁금해 미칠 지경이었다. 그런데 하얀이 입에서는 전혀 다른 종류의 대답이 나오기 시작했다.

"그럼 나랑은 친구할 수 있는 거 아냐? 나는 도하처럼 널 이성적으로 좋아하는 것도 아니고 같이 다닐 수 있었던 거 아니야? 나는 내가 널 좋아한다고 하면 친구가 될 수 있을 줄 알았어. 그런데 너는 날 피했어. 그런데 널 이성적으로 좋아한다는 도하도 피했잖아. 도대체 피한 이유가 어느 쪽에 있는 거야?"

하... 그런 거였니? 나는 널 이성적으로 좋아하는데 넌 날 그렇게는 안 좋아한다며... 나는 네가 하는 행동에 괜히 의미부여나하고 헛물켜면서 같이 다니고 싶지는 않았다. 그리고 도하랑 같이 다니지 않은 이유는 우리가 키...스...를 해서 내가 걔만 보면 내 입술을 손으로 가리게 된다고! 이렇게 다 말할까 생각했지만 스무살을 앞두고 성인답지 않은 발언이라 여길까봐 나는 차마 이렇게까지 답을 할 수는 없었다.

나는 바닥을 보고 천천히 숨을 골랐다. 그리고 하얀이를 올려다보며 말했다.

“어느 쪽이냐고?”

“그래! 왜 피한거야?”

“창피해서. 너네랑은 내가 걸맞은 아이가 아니라는 걸 주변 애들이 너무나도 지겹도록 알려줘서.”

갑자기 나도 모르게 눈시울이 붉어졌다. 눈물이 나올 것 같았지만 꾹 참으며 고르지 못한 콘크리트 바닥을 쳐다보고 있었다. 하얀이는 내 왼팔을 잡아 끌더니 나를 꼬옥 껴안아 주었다. 이 또한 친구로서겠지라는 생각을 하며 나는 별 생각없이 하얀이의 행동을 받아들이며 안겨 있었다. 그렇게 하얀이와의 포옹으로 내 고등학교 생활은 정말로 끝이 났다.

나는 방지대학교 심리학과에 합격해 OT에 참석하러 사회과학대학 건물로 걸어가는 중이었다. 그런데 갑자기 어디선가 환호성이 들렸다. 뭐지. 이 기시감은…

뒤를 돌아보니 사회과학대학 건물로 올라오는 키 190cm의 존잘남이 눈에 띄었다. 설마 백하얀? 나는 두근거리는 가슴을 진정시키며 나름 반가운 듯한 표정을 지으며 인사를 하려고 준비하고 있었다. 그런데 하얀이는 여학생들에게 둘러싸인 채 내 눈앞에서 홀연히 사라져버렸다.

한차례 소용돌이가 내 앞에서 지난 후 저 멀리서 또 다른 존잘남이 걸어오고 있었다. 키 186cm의 단단한 체형의 소유자였다. 셔츠에 가디건만 걸쳤는데도 모델 같아 보였다. 나를 보며 오른손을 흔들어 보였다. 누구… 헙. 나는 단박에 내 왼손으로 입술을 움켜쥐었다. 내 첫키스를 가져간 김도하였다.

나는 도하에게 입술을 절대로 보여주지 않겠다는 의지를 보이고 있었다. 도하는 그 모습이 서운했던 건지 조금은 실망한 듯한 표정을 짓고 있었다. 나는 입술을 움켜쥐었던 왼손을 내리고는 도하에게 물었다.

"무슨 과야?"

"정치외교학과. 나도 심리학과 가고 싶었는데... 아버지가 권유하신 게 정외과라서 어쩔 수 없었어. 그래도 우리 같은 건물에서 수업 들으니까 자주 볼 수 있겠다!"

"그러게..."

나는 웃는 게 웃는 게 아니었다. 도하를 보기만 하면 내 입술을 자꾸 만지게 되는데... 이런 괴상한 모습을 매일 보여주기는 싫었다. 너무 부끄러웠다. 그런데 나와 키스를 하고도 아무렇지 않아 보이는 도하를 보니 참으로 경험이 많은 아이구나 라는 생각이 들었다.

OT가 시작되는 강당으로 들어가니 형형색색의 사복으로 중무장한 아이들이 눈에 보였다. 참으로 가지각색의 아름다운 모습을 보이고 있구나 싶었다. 나는 보푸래기가 성나 있는 네이비색 가디건에 검정색 면바지를 입고 있었다. 아르바이트를 구하게 되면 화사한 색의 옷부터 사야겠다 생각하고 있었다.

앞자리는 꽉 차 있어서 뒷자리 중간쯤에 앉았다. 나는 내 옆에 앉은 베이지색 트렌치코트를 입은 여학생에게 인사를 했다. 그러자 내가 입은 가디건을 훑어보더니 바로 고개를 돌렸다. 나는 조금 민망하여 가디건을 손으로 만지작거리며 앞을 쳐다보고 있었다.

나는 학회장의 사회에 따라 눈을 돌리고 박수를 치며 교수님들의 이름을 기억하려고 했다. 그리고 간식을 나눠주는 학생회 사람들에게 눈을 맞추며 인사를 했다. 그중에서도 부학회장 언니가 내 인사를 살갑게 받아주었다. 나는 기분이 좋아졌고 착한 분이라고 생각했다.

그 다음으로 친목도모를 위한 행사가 진행되었다. 학생회가 미리 짠 조원 사람들과 함께 이야기하는 시간을 가졌다. 나는 3조가 되었다. 아... 3조에는 백하얀이 포함되어 있었다. 아까 나를 본 것인지 안 본 것인지 하얀이는 나에게 웃으며 다가와 인사를 했다.

"설아야!"

"응. 안녕."

"너 심리학과였어?"

"응."

그 순간 급식실에서 느꼈던 눈총들이 또다시 보이기 시작했다. 뭐. 어쩌라고.

부학회장 언니는 나에게 다가와 말을 걸었다. 3조 물품들을 챙겨가라는 것이었다. 나는 유일하게 나를 옷으로 판단하지 않는 사람이라 생각하고 언니를 따르기 시작했다. 부학회장 언니의 이름은 소용두였다. 나는 용두 언니를 따라 과 생활을 시작했다.

내가 보기에 하얀이는 심리학과 뿐만 아니라 타과의 여학생들에게 둘러싸여 아-주 흥미로운 학기를 시작하는 듯했다.

7화.
대학생 한설아_1

수강신청을 하는 기간에 나는 용두언니가 알려준 전필과 전공과목, 그리고 학점을 잘 주는 교양과목을 토대로 예비시간표를 짰다. 용두언니는 본인이 들었던 과목의 책도 빌려주셨다.

개강 후 얼마 지나지 않아 나는 아르바이트를 찾기 시작했다. 근처 영어학원 파트타임으로 이력서를 넣었다.

나는 방지대학교에서 도보로 15분 떨어진 곳에 있는 '방지턱학원'에서 영어 보조교사로 일하기로 했다. 박보애 원장님의 철학은 뚜렷했다. 공부를 하는 애들만 끌고 가겠다는 것이었다. 그러니 최선을 다하되 아이들이 그만둘까봐 심적으로 너무 마음 쓰지 말아 달라고 부탁하셨다.

나는 학원에서 받을 월급을 어디에 쓸지 미리 다이어리에 적어두었다. 우선 용돈을 쓰고, 책값은 내가 감당하기로 했다. 그리고 도하에게 빚을

졌던 아이스크림 값을 갚고 내 옷을 조금 살 생각을 하고 있었다. 나머지는 저금을 할 심산이었다. 그리고 휴학 기간을 정해 등록금을 벌 생각이었다.

어느 날 나는 엄마 민영예와 아빠 한강현이 안방에서 하는 얘기를 우연히 듣게 되었다. 내가 돈 걱정 없이 대학을 무사히 마칠 수 있도록 등록금을 마련해 주겠다는 이야기였다. 부모님은 이미 아파트를 담보로 마이너스 통장 오천만원을 대출받으신 상태였다.

나는 가슴이 쿵하고 내려앉는 느낌이었다. 물론 감사하다. 감사한데, 죄송스럽기도 하고 왠지 그런 이중적인 마음이 드나들고 있었다. 내가 부모님께 할 수 있는 최선은 대학 졸업 후 빠른 취직 뿐이라는 생각이 들었다.

오늘은 교양수업을 듣는 날이다. 최대한 보푸래기가 없는 옷을 고르고 있었다. 베이지색 블라우스에 스키니 청바지를 입었다. 뭐. 이 정도면 무난하겠지.

'근현대사' 교양수업은 오전 10시였다. 사회과학대학 건너편에 위치한 '방지교양관'으로 향했다. 304호 강의실 문을 열고 들어가니 반원의 책상과 낱낱의 의자들이 자리하고 있었다.

맨 앞자리에 앉은 도하는 내게 손을 흔들고 있었다. 나는 도하와 '근현대사'와 '미술산책' 두 개의 교양 과목이 겹쳤다. 나는 왼손으로 입술을 만지작거리며 도하 옆자리로 갔다. 이 습관을 고쳐야지 하면서도 무의식이 주관하는 거라 어쩔 수 없었다. 그냥 도하로 인해 새로운 습관이 생겼다 생각하며 받아들였다.

도하는 왼쪽 가슴에 'NY'가 합쳐진 로고에 아래에는 빨간색 하트가 있는 아이보리 맨투맨을 입고 있었다. 도하가 나를 대하는 마음이 꾸준한 것인지 단순히 그 옷이 예뻐서 산 것인지는 모르겠다. 나도.

'근현대사' 교양수업이 끝난 후 도하는 나와 함께 점심을 먹자고 했다. 그런데 갑자기 내 휴대폰에서 전화 벨소리가 울렸다. 용두 언니였다. 그때 나는 그 전화를 받지 말았어야 했다. 하지만 뭐 앞 날을 어찌 알리요.

용두언니가 내게 전화한 용건은 같이 밥을 먹고 싶다는 것이었다. 나는 도하에게 허락을 구한 뒤 용두언니와 셋이서 밥을 먹기로 했다. 도하는 예약을 해 놓은 곳이었다고 하면서 예약을 취소하고 다른 곳으로 가자고 했다. 그래서 우리는 햄버거를 먹으러 갔다.

용두언니는 도하가 궁금했던 것인지 이것저것 참 많이 물었다. 도하는 대답을 정중하게 하면서도 불편한 기색을 보였다. 나는 도하가 신경 쓰여서 용두언니가 하는 말을 끊지 않는 선에서 화제를 돌리며 말을 걸었다. 그런데 언니는 그게 마음에 안 들었던 건지 정색하면서 감자튀김만 씹었다.

나는 도하와 헤어진 후 용두언니와 사회과학대학으로 올라가고 있었다. 언니는 내게 아까의 상황에 대해 말하기 시작했다.

"너 아까 그 태도 뭐야?"

"어떤... 거요?"

"하, 내가 도하랑 얘기하는 게 그렇게 꼴 보기 싫디?"

"네? 그게... 무슨 말씀이세요? 저는 그냥 언니한테 말을 건 거 뿐이었는데..."

"그니까. 왜 나한테 말을 거냐고!"

갑자기 윽박을 지르는 용두언니를 보고는 너무 깜짝 놀랐다. 하지만 서지윤과 하가영에게 겪었던 일로 인해 맷집이 생긴 것인지 그닥 무섭지는 않았다. 나는 용두 언니의 눈을 똑바로 쳐다보며 말했다.

"언니. 도하랑 잘 지내고 싶으세요?"

"뭐? 이게 무슨 내가 남자에 미친년으로 보이나."

"곡해하지 마시고요. 아까는... 도하가 불편할 수 있을 만한 말은 삼가셨어야 했다고 생각해요. 도하의 외모 평가나 너무 딥한 연애 타입과 관련해서는... 듣는 제가 다 민망했어요."

"너... 하얀이도 그렇고 도하도 그렇고 잘생긴 남자 끼고 다닌다고 너도 뭐 다이아몬드 수저됐다고 착각하나본데. 그래봤자 너는 수저 축에 낄 주제도 안 되잖아. 내 책도 거지처럼 빌려 가는 주제에."

"그건... 언니가 빌려주신다고 하신거잖아요. 어떻게 그렇게 말씀하세요."

나는 너무 어이가 없었지만 나도 모르게 눈시울이 붉어지고 있었다. 뒤에서 웅성거리는 소리가 들리자 용두언니는 내 앞에서 주저앉으며 우는 시늉을 하기 시작했다. 이윽고 심리학과 동기들과 선배들이 나와 용두언니 주변으로 모여들기 시작했다.

학회장 변영세는 용두언니를 일으켜 세우며 무슨 일인지 나에게 물었다. 나는 사정 얘기를 하면 이들이 들어줄까 라는 의문이 들면서 입만 달싹이고 있었다. 나는 아무 말도 안 하고 뒤를 돌았다. 내 뒤에는 하얀이가 서 있었다. 나는 다시 뒤를 돌아서 변영세를 보며 말했다.

"제가 잘못한 건 없어요. 시비도, 심한 말도 용두언니가 먼저 시작하셨어요. 그게 전부예요."

나는 '오해하려면 해라' '욕하려면 해라' 라는 마음으로 하얀이를 지나치며 내려왔다. 기분이 X같아진 나는 다음 수업은 자체 휴강을 할 생각이었다. 그리고는 터벅터벅 걸으며 빙수 집으로 향했다.

"잘못은 그 사람이 했는데 왜 너가 쫄고 있냐."

뭐여. 누가 지껄이는 거여. 뒤를 돌아보니 백하얀이 나와 한발자국쯤 떨어진 곳에서 걷고 있었다.

"충고하려고 나왔냐. 네 친구들은 어쩌고."

"친구? 나 이제 친구 너밖에 없는데?"

"뭐? 뭔 소리야. (설마 그 많던 동기들 다 내팽개치고 나하고만 친구한다는 뭐 그런 상황을 스스로 만든 건 아니겠지?)"

"딱 봐도 네가 잘못한 게 아닌데 너를 욕하는 그런 사람들을 내가 왜 친구들로 두냐. 말했잖아. 난 챙겨주고 싶은 사람 좋아한다고."

"그 사람들이… 내 욕했어?"

"응. 과방에서 네 욕하길래 그냥 나와버렸어."

나는 하얀이가 조금은 고마웠다. 하얀이는 내 옆에 다가와 팔짱을 끼며 애교섞인 말투로 말했다.

"그니까. 이제 네가 나 책임져야 돼. 나… 이제 친구 너밖에 없단 말이야."

하, 뭐 이런 귀여운 생명체가 있는지. 하얀이에게 고마웠던 나는 6천원짜리 과일 빙수를 샀다. 그런데 하얀이가 그걸 그렇게 도하에게 말하고 다녔을 줄은 몰랐다.

본의 아니게 입장이 난처해진 나는 도하에게 전화해서 빌려준 아이스크림 값 4만 5천원을 아르바이트 후 꼭 갚겠다고 말했다.

하지만 도하는 하루에 한번씩 데이트를 해 아이스크림 값을 제하고 싶다고 제안을 해왔다. 나는 하는 수없이 허락했고 도하와 데이트(?)를 하는 첫번째 날이 다가오고 있었다.

8화.
대학생 한설아_2

도하는 방지대학교 근처에 있는 아파트에서 자취를 하고 있었다. 도하의 아버지 김상운이 마련해준 집이었다. 그제서야 나는 왜 용두언니가 도하보고 다이아몬드 수저라고 했는지 알 수 있었다. 용두언니는 정치외교학과 학생회 임원들과 친하게 지내면서 도하에 대한 이야기를 듣게 되었다고... 어디서 들었다.

'미술산책' 교양 수업이 끝나자 오후 5시가 되었다. 나는 도하에게 학원 아르바이트를 마치면 9시가 되는데 무슨 데이트를 할 것인지 물었다. 그리고 4만 5천원 중에서 오늘은 얼만큼을 제하여 줄 것인지도 궁금하다고 했다.

도하는 미심쩍은 웃음을 지으며 이따가 학원 앞으로 데리러 가겠다고만 말했다. 나는 검지와 엄지로 동그라미를 만든 후 알겠다는 표시를 하며 학원으로 재빨리 뛰어갔다.

'방지턱 학원'에 도착하자 수업을 들으러 온 중고등학생들로 북적였다. 이 학원은 중고등학생만 전문적으로 하는 곳이다. 레벨별로 테스트를 해서 반을 나눈다. 나는 그중에서도 가장 점수가 낮은 D반으로 배정받았다.

내가 하는 일은 하루 시간표에 따라 반 수업에 맞는 자료를 만들고 프린트하는 것이다. C반의 보조교사로 일하는 차정오 쌤은 알고 보니 우리과 선배였다. 복학한 지 얼마 안 되어서 신입생은 잘 모를 수 있다고 하셨다. 그는 꽤 수려한 미모로 이 학원에서 여학생들에게 인기가 많았다.

그중에서도 김도혜라는 여학생이 차정오 쌤을 꽤나 좋아하는 것으로 보였다. 학원에 오면 제일 먼저 교무실로 들어와 정오 쌤한테 막대사탕과 초콜릿과 같은 각종 달콤한 군것질 거리를 손에 쥐어주고 수업에 들어가곤 했다.

나는 도혜를 보면서 왠지 모르게 도하를 떠올리게 되었다. 내 촉은 정확했다. 도하가 학원 앞에 서 있다가 도혜가 나오는 것을 보고는 도혜의 긴 생머리로 장난치기 시작했다. 나는 도하와 도혜에게 다가가 물었다.

"둘이 아는 사이야?"

도하는 나를 보고 웃으며 왼손으로 내 어깨를 잡은 후 도혜에게 인사를 시켰다.

"인사해라. 동생아. 내가... 어... 음... 그..."

"아... 음... 그... 그 분이구나. 안녕하세요. 쌤. 저 쌤 알아요. 정오 쌤 옆자리시죠?"

"응... (그런데 어째 내 소개가 좀 이상한 거 같은데?) 난 한설아라고 해. 도혜야. 만나서 반가워."

"학원에서 쌤 만나면 인사할게요! 그리고 우리 오빠놈... 잘 부탁해요. 쟤가 여자를 한 번도..."

도하는 오른손으로 도혜의 입술을 댕댕치면서 조용히 하고 얼른 가라며 손짓했다.

학원 앞에 주차된 회색의 고급 승용차에 올라탄 도혜는 내게 손하트를 보여주고 있었다. 내 왼손은 입술을 만지고 있었으므로... 나는 도혜에게 눈웃음으로 화답했다.

오늘은 도하가 집에서 치킨을 시켜 먹자고 했다. 후라이드 한 마리가 1만 3천원이니까... 배달비 2천원까지 하면... 1만 5천원을 제하니까 앞으로 3만원만 갚으면 되겠다 라는 생각을 머릿속으로 하고 있었다. 수학은 젬병이었지만 돈 계산만큼은 왠지 모르게 빠삭해지고 있다는 느낌이 들었다. 좋았다기보다는 뭔가 내 자신이 좀 안쓰러워졌다.

나는 도하의 집 현관문에 들어선 후 향기로운 냄새의 출처를 따라 걷기 시작했다. 거실의 하얀색 탁자에 있는 디퓨져에서 나는 향기였다. 뒤를 돌아보니 도하가 나를 빤히 쳐다보고 있었다. 아. 내 행동이 좀 이상했나? 나는 도하에게 눈웃음을 보였다. 그러자 도하의 행동이 뚝딱거리기 시작했다.

도하와 나는 보들보들한 하얀색 카페트에 앉아 치킨을 먹으며 TV를 보고 있었다. 나는 캔콜라를 마시려고 열다가... 도하 앞에서 분수쇼를 선보이고 말았다. 카페트를 힐끔보니 다행히 묻지는 않았다. 내 하얀색 면티만 콜라에 젖어가고 있었다. 너무 창피했지만 도하는 침착하게 휴지로 내 가슴... 응?

"아. 미안."

"괜찮아. 그럴 수 있지 뭐."

"모... 모르고 그랬어."

그게 더 기분 나쁜데. 내 앞뒤가 아무리 똑같다 한들... 어쨌든 나는 도하가 건넨 아이보리 후드 집업으로 갈아입고는 도하와의 첫 번째 데이트를 마무리했다.

다음 날. 사회과학대학 3층에서 수업을 마친 후 도하와 우연히 복도에서 마주쳤다. 나는 어색한 웃음을 지으며 입술을 만지작거렸다. 나와 도하는 1층 심리학과 과방을 지나고 있었다. 그런데 갑자기 학생회가 우르르 나오더니 용두언니가 나를 보며 큰소리로 떠들었다.

"야. 한설아. 너 이상한 소문 들리더라?"

"뭔데요?"

"너 정외과 김도하랑 사귀지도 않으면서 원나잇하는 사이라며? 어제 아파트에서 둘이 나오는 거 봤다고 익명 게시판 난리 났어."

그 순간 쿵쿵거리는 소리가 나서 앞을 바라보니 하얀이가 뛰어오고 있었다. 하얀이가 내 손을 잡으려는 순간 갑자기 도하가 왼손으로 내 어깨를 잡으며 용두언니에게 말했다.

"저희 사귀는데요? 별 시답잖은 것들이 왜 이렇게 남의 연애사에 관심이 많은지. 아. 현실에서는 연애할 주제가 안 돼서 그런가?"

용두언니를 비롯한 학생회 사람들은 고개를 떨구고는 저마다 흩어져서 갈 길을 가고 있었다.

그들이 떠난 후 도하와 나, 그리고 하얀이는 카페로 향했다. 나는 휴대폰으로 익명 게시판을 살펴보니 정말 괴상한 문구들이 난무하며 나를 혐

오하고 있었다. 도하는 본인이 해결할테니 걱정하지 말라며 나를 위로해 주었다.

그런데 어쩐지 하얀이의 표정이 뾰루퉁해보였다. 하얀이는 나를 빤히 쳐다보며 물었다.

"넌... 아무렇지도 않아?"

"이젠 뭐... 무뎌진건가... 나를 싫어하는 사람들이 앞으로 나에 대해 얼마나 더 이상한 말을 하고 다닐지 가늠이 안 되긴 하지만... 그보다는 나를 믿어주고 좋아해주는 사람들만 신경쓰려고!"

"아니... 도하랑 진짜 사귀는 건 아니잖아."

"아니지."

"그 말이 신경 안 쓰이냐고."

"어차피 떠도는 소문은 금방 지나갈거고. 도하랑 나는 그런 사이는 아니니까. 나는 별로 신경 안 쓰이는데..."

도하는 오른손으로 턱을 괴며 하얀이를 빤히 쳐다보고는 물었다.

"어째 너가 신경쓰는 거 같은데? 뭐냐. 너."

나는... 상황 파악이 잘 안 되어서 그냥 아메리카노만 쪼옥 빨고 있었다.

그 뒤로... 이유는 모르겠지만 아무래도 하얀이가 나한테 크게 화가 나 있는 것 같았다. 기회를 봐서 하얀이의 마음이 상한 이유에 대해 물어보려고 했으나 마주칠 때마다 말은 안 하고 내 팔짱을 꼬옥 끼며 놓아주지 않았다. 도하 앞에서는 더 심해 보였다. 무슨 행동인지는 모르겠다만 그저 어린 애 심통인양 생각하고 있었다.

9화.
대학생 한설아_3

나는 '기초 영어 회화' 교양 수업을 들은 뒤 학생 식당으로 향했다. 2천원짜리 식권을 끊고 알밥을 받으려고 줄을 서 있었다.

그런데 한 여학생이 식판을 들고 가다가 갑자기 내 앞에서 콜라가 든 컵을 엎었다. 내 하얀색 신발은 젖어 버렸고 그 여학생은 나를 보며 한마디 하고 지나갔다.

"어머. 엄마가 흘리고 다니지 말랬는데... 흘리고 다니는 애한테 흘려버렸네?"

학생 식당에 있던 학생들은 나를 보며 웃고 있었다.

그 순간 아... 내가 참 순진했구나 싶었다. 내가 소문을 신경 쓰지 않는다고 해서 이 소문이 잠잠해지는 건 아니라는 것을 그제서야 깨닫게 된 것이다.

나는 식권을 두고는 그 자리에서 그냥 나와버렸다. 물론 내가 잘못한 건 없지만 그 많은 학생들의 조롱 섞인 눈빛을 감당할 자신은 없었다.

사실 소문이 돌았던 날, 도하와 나는 익명 게시판 관리자를 어렵게 찾아 게시글을 강제로 삭제토록 했다. 하지만 내 바람대로 소문은 종결되지 않았고... 나를 둘러싼 소문은 학교 안에서 무참히 소용돌이치고 있었다.

나는 점심을 먹지 않은 채 '현대사회' 교양 수업을 들으러 사회과학대로 올라갔다. 그런데 올라가면서 왠지 모를 서러움에 눈물이 났다. 오른손으로 눈물을 닦던 중에 내 앞을 바라보니 하얀이가 서 있었다. 하얀이는 본인이 쓰고 있던 파란색 캡모자를 나에게 씌워주고는 내 손을 잡고 어디론가 향했다.

빙수 집이었다. 하얀이는 6천 5백원짜리 초코 빙수를 시키고는 식탁에 두었다. 수저를 들더니 초코 아이스크림을 들어보이며 나에게 먹여주려다.. 자기 입으로 가져갔다. 나는 하얀이의 행동에 웃어버렸고 하얀이도 하얀 치아를 보이며 웃고 있었다.

"슬퍼하지마. 앞으로 누가 뭐라 하든 눈은 감고 귀는 닫고 입은 나한테만 열면서.. 그렇게 남은 대학 생활보내면 돼."

나는 하얀이의 말에 눈물을 보이고 말았다.

"빙수 앞에서 울면 안 되는데..."

하얀이는 수저를 입에 넣은 채 오른손으로 내 볼에 흐른 눈물을 닦아주었다. 그리고는 수저를 오른손으로 쥐며 나에게 말했다.

"우리 할머니가 그랬어. 살면서 별의별 사람들을 다 겪어보는 건 행운이라고. 겉으로만 좋은 사람인 척하는 사람 만나면서 인생을 사는 것보다 악랄한 놈 이상한 놈 더러운 놈을 만나게 되면 비로소 내 옆에 둘 진실

한 사람을 찾을 수 있게 된다고. 그런데 그중에서 제일 좋은 놈은 어떤 놈이게?"

"어떤 놈인데?"

"나처럼 잘생긴 놈?"

"뭐야…"

"…이 아니라 웃게 해주는 놈. 내가 너한테 그런 친구는 되어줄 수 있을 것 같다."

얘는 왜 내 눈물샘을 자극하고 난리야. 나는 그렇게 내 대학생활의 터닝 포인트를 만들어 준 하얀이에게 감사해하며 폭풍 같은 눈물을 흘려보냈다. 내가 대학 생활을 하면서 눈물을 흘린 건 그 때가 마지막이었다.

나는 '방지턱 학원'에서 받은 월급 50만원에서 제일 먼저 3만원을 떼어 도하의 계좌로 부쳤다. 이따금씩 단과대 건물에서 도하와 마주쳤지만 나는 모른 척하고 지나쳤다. 그리고 당분간은 아는 척을 하지 않는 게 소문을 잠재울 수 있는 지름길이라는 깨톡을 도하에게 남겼다.

1학년을 마친 하얀이와 도하는 군대를 갔다. DMZ로 발령받은 하얀이와 도하에게 힘든 군 생활을 한다는 이야기를 편지로 받곤 했다. 재밌으면서도 안쓰러운 이야기를 보고 있으니 보고 싶어졌다.

언제부터인지는 모르겠지만 대학교만 무사히 마치자는 게 어느 순간 내 꿈이 되어 있었다. 그리고 등록금을 빌려주신 부모님을 실망시키지 않으려 학점을 열심히 챙기고 또 챙기고 있었다.

심리학과 전공과목인 '심리학개론' 수업을 들으려고 앞자리에 앉아 있었다. 오늘은 이상심리학에 대해서 배우는 시간이었다. 불안장애와 스트레스, 섭식장애, 성격장애 등에 관한 내용이었다.

나는 이모 민정예가 불안장애로 인해 힘들어하는 모습을 어릴 때부터 봐온 기억이 있다. 불안을 느끼게 되면 안전한 상황에 집착하게 되는 모습을 보이곤 했다.

어릴 적 정예 이모는 현관문의 안전고리만 잠그는 아버지로 인해 집에 도둑이 들뻔한 상황이 있었다. 도둑이 문을 열었을 때 정예 이모와 눈이 마주쳤었고 도둑은 도망가버렸다. 하지만 그 이후 정예 이모는 극도의 불안감에 빠져 그때부터 문단속하는 것에 집착하는 증상을 보였었다.

정예 이모는 지금도 문단속에 집착하는 증상을 보이지만 일상생활 자체는 크게 어렵지 않은 상황이라 약물 치료를 하고 있지는 않다. 이모부 감인성이 정예 이모가 불안해하지 않도록 각종 놀이와 운동을 함께하고 있다. 그리고 최근에는 개그를 연습해 정예 이모에게 선보이고 있다고 했다. 이모부는 웃음이 곧 병세를 약화시키는 지름길이라고 하셨었다.

심리학개론 과제는 이상심리학과 관련된 사례를 중심으로 레포트를 쓰라는 것이었다. 나는 정예 이모와 이모부 감인성에게 허락을 구한 뒤 인터뷰를 진행했다. 이모는 나에게 도움을 줄 수 있다는 것에 기뻐하셨다. 그리고 본인의 이야기를 허심탄회하게 나에게 털어놓은 뒤 후련하다는 말씀을 연신 하셨다.

'병은 자랑하라'고 했던가. 정예 이모의 불안장애는 어느 순간 사라져 정예 이모의 얼굴에는 웃음꽃이 피었다는 얘기를 이모부를 통해서 듣게 되었다.

내 심리학개론 레포트 과제는 A+를 받았고 교수님의 칭찬도 들을 수 있었다. 심리학개론을 가르치는 교수님은 워낙 깐깐하기로 유명하셔서 B+만 받아도 잘 받은 거라고 했다.

요즘 부쩍 정오 선배와 친해졌다. 학원에서 학점 관련된 얘기를 많이 하게 되어 도움을 많이 받고 있다. 도혜는 여전히 군것질 거리를 정오 선배에게 전해주고는 수업에 들어간다. 정오 선배는 고맙다는 말만 하며 표정의 변화는 보이지 않았다. 나는 정오 선배를 보며 물었다.

"선배는 표정을 잘 안 보여주시네요?"

"응. 내가 사람을 잘 안 믿거든."

"어떤... 계기가 있으셨던 거예요?"

"내가 원래 잘 웃고 다녔는데, 그런 나를 함부로 대하는 사람들이 많았어."

"그런 상처가..."

"뭐... 이제 상처는 아물어서 괜찮아...(웃음)"

그 순간 정오 선배의 미소는 그저 빛으로 보였다. 수려한 미모를 더 돋보이게 하고 있었다. 아, 정오 선배 웃는 거 조심하셔야겠다.

그날 밤 나는 잠에 들기 전 요매트에 누우며 생각했다. 웃음을 줄 수 있는 존재가 된다는 건 참으로 뜻깊은 일이구나라는 걸 다시금 되새기게 되는 하루였다.

10화.
대학생 한설아_4

5월 8일인 오늘은 학원 휴원일이다. 박보애 원장님은 학생들과 선생님들이 어버이의 은혜에 감사하고 어른과 노인을 공경하는 하루를 보내기를 바라는 마음으로 휴원을 결정하셨다고 말씀하셨다. 박보애 원장님 재량으로 쉬는 것이기에 유급 휴가라고 하셨다.

나는 '방지어학관'에서 필수 교양 과목인 '토익초급'을 듣고 집으로 가는 길이었다. 방지대학교는 우리집에서 지하철로 1시간이 걸린다. 그리고 지하철에서 내려서 도보로 15분 정도 걸어가면 아파트 길목으로 가는 도로가 나온다. 한 달에 지하철 비용만 4만 6천원이 들었다.

점심식사는 학식만 이용했다. 그중에서도 가장 저렴하고 맛있는 2천원짜리 알밥만 먹어서 한 달에 식비는 4만원이 들었다. 그런데 생각보다 책값이 많이 들었다. 나는 용두 언니와 언쟁이 있고 난 후 빌려줬던 책을 다 과방에 두고 나왔었다.

용두언니가 나에게 한 '거지처럼' 이라는 말이 마음에 걸렸었다. 나는 거지는 아니다. 그냥 빌려준다기에 고맙게 받았을 뿐인데. 물론 책 값이 굳어서 좋았던 건 사실이다.

하지만 호의로 책을 빌려준 것이 아님을 깨닫고는 내 아르바이트 비용으로 책 값을 충당하고 있는 중이다. 그런데 사야하는 책도, 제본해야 하는 책도 왜 이렇게 많은지. 내 월급의 절반 이상은 책 값으로 나가고 있었다.

집으로 들어가니 엄마는 안방 침대에 누워 계셨다. 내가 온 걸 아셨는지 침대에서 일어나신 것 같았다. 그런데 갑자기 비명소리가 들렸다. 나는 내 방 책상에다가 가방을 놓던 중에 깜짝 놀라서 안방으로 뛰어갔다. 그러자 엄마가 손목을 붙잡고는 울고 계셨다.

"엄마! 무슨 일이예요!"

"아... 설아야.. 일어나다가 넘어졌는데... 손목이..."

엄마의 손목을 살펴보니 한쪽으로 뼈가 튕겨져 나와있었다. 엄마는 너무 아프다고 하셨고 아빠가 퇴근하시려면 한 시간이나 남았으니 내가 엄마를 병원으로 모시고 가야 하는 상황이었다.

나는 바로 콜택시를 불렀다. 119를 부르기에는 엄마가 의식도 있으셨고 보호자인 나도 있었기에 병원으로 빨리 갈 수 있는 택시가 적합하다고 생각했다. 시내에 나가면 종합병원이 있으니까, 택시비도 5000원 안으로 나올 것이라 생각했다.

엄마께 베이지색 가디건을 어깨에 걸쳐드린 후에 나도 지갑을 챙겨서 나갔다. 엄마의 손목은 하얀색 가재수건으로 조심히 감싸 드린 후 내려갔다. 택시를 타고 가는 중에도 나는 미터기만 보고 있었다. 물론 엄마의 손목도 중요했지만, 모르겠다. 내 자신이 좀 싫어지는 순간이었다.

다행히 4500원이 나왔고 나는 엄마를 보필하며 종합병원 응급실 입구로 들어갔다. 접수를 한 후 의사 선생님의 진료를 보니 골절이라고 하셨다. 수술을 해야 하는 상황이었다.

나는 입원 수속을 밟은 뒤 수술 동의서에 사인을 했다. 의사 선생님은 부러진 손목에 철심을 박으면 문제없으시다고 하셨다. 나는 다행이라는 생각이 들면서도 돈에 대한 생각이 머릿속으로 떠나지 않았다. 아, 괜히 눈물이 났다. 엄마는 진료실에서 나오시면서 오른손으로 나를 안아주셨다. 그리고는 나에게 말씀하셨다.

"많이 놀랐지. 설아야. 엄마 괜찮아."

그래, 사람보다 더 귀한 게 어디 있겠어. 병원비는 내가 책임질게요, 엄마. 내 등록금으로 인해 가뜩이나 빚을 낸 상태라서 가계 상황이 좋지 않다는 것은 알고 있었다. 나는 1년 간 모아 놓은 돈의 일부를 엄마 병원 비용에 들이기로 했다.

당일 수술을 마친 엄마는 301호 입원실로 들어오셨다. 생각보다 밝으신 엄마 표정에 마음이 놓였다. 입원은 일주일 정도 해야 했다. 아빠가 퇴근 후 병실로 오셨다. 허겁지겁 오시느라 바쁘셨을텐데도 엄마가 좋아하시는 참외를 사들고 오셨다. 6개에 3천원인 참외는 알이 크고 속이 단단하며 매우 달았다.

나는 내일 오후 수업이 2개 밖에 없었다. 그래서 병원 간이 침대에서 잔 후 다음 날에 학교에 가려고 했다. 나는 화장실에 다녀온 후 병실로 들어가는 중이었다. 아빠는 엄마가 잠든 것을 보시고는 병실에서 나오고 계셨다. 그리고 내게 포옹을 하셨고 고맙다는 말씀을 연신하셨다.

다음 날 오전 9시가 된 후 접수대로 가서 수술비와 입원비 일부를 지불했다. 나머지 입원 비용은 퇴원 수속을 밟은 후 낼 생각이었다. 비용은 얼추 120만원이었다. 나는 체크카드로 비용을 낸 후 잠시 병원 밖 벤치에 앉아 있었다. 분명 우리집이 가난하지는 않은데... 왠지 모르게 그런 느낌을 지울 수 없는 것은 무엇일지 생각해보고 있었다.

아빠는 반차를 내시고 병원으로 오셨다. 나는 아빠께 병원비 일부를 낸 상태라고 말씀드리고는 집으로 가서 씻고 학교로 출발했다. 아빠는 문자로 미안하다고 또 고맙다는 말씀을 남기셨다. 나는 학교로 가는 지하철에서 기어이 눈물을 보이고 말았다. 이후로도 나는 돈 문제만 얽히면 혼자서 눈물을 삼키는 날이 많아졌다.

어느덧 토익 시험 기말평가를 치르는 날이 다가오고 있었다. 시험을 잘 보고 싶은 마음은 당연했다. 그래도 병원에서 간병을 하는 동안에 단어도 외우고 문제를 푼 것이 도움이 많이 되었다. 다행히 '토익초급'의 학점은 B+를 받았고 엄마는 축하한다고 말씀해주셨다.

주말에 나는 집에서 영화를 보려고 노트북을 켜고 있었다. 그런데 박보애 원장님이 다급히 연락이 오셨다. 수업을 진행하시는 강사님의 아기가 아파서 수업을 해줄 사람이 필요하다는 것이었다.

하지만 나는 실력도 없을 뿐더러 아이들 앞에 설 자신감도 없었다. 그래서 거절하려고 했으나 원장님은 일급 10만원을 부르셨다. 나는 당장 씻고는 옷을 입고 지하철에 내 몸을 실었다.

학원에 도착하니 그곳에는 정오 선배도 있었다. B반의 왕지우 강사님의 보조교사는 온다고 했다가 지우 강사님이 아닌 내가 가르친다고 했더니 갑자기 안 오겠다고 했다고... 그래서 원장님은 정오 선배에게 부탁을 했고 흔쾌히 나와주었다고 말씀하셨다. 나중에 정오 선배에게 들으니 역시 정오 선배에게도 일급 10만원을 부르셨다고 했다.

부족한 실력이지만 그래도 수업 2시간 전에 연락을 받아서 원장님이 휴대폰으로 자료를 보내주신 상태였다. 나는 지하철을 타고 가면서 자료를 꼼꼼히 보고 또 봤다. 그리고 학원에 도착한 후 책을 들여다 보며 또 정오 선배가 준비해준 자료를 보며 수업 준비를 했다.

드디어 학생들 앞에 서서 수업을 하기 시작했다. 당연히 왕지우 강사님과는 퀄리티가 다를 것이라는 건 알고 있었다. 하지만 생각보다 순조롭게 강의가 흘러가고 있었다. 그런데 예상치 못한 질문이 들어왔다. 결국 그 여학생에게 표시를 해둔 후 다음에 왕지우 강사님이 오시면 여쭤보라고 말하고는 수업을 마쳤다.

강의실에서 나오면서 열이 나고 있는 두 볼을 오른손으로 식히고 있었다. 박보애 원장님은 내게 다가와 웃으시면서 오렌지 주스 병을 건네셨다. 나는 음료수병을 집어 들고는 감사하다고 말씀드렸다. 박보애 원장님은 교무실에 있는 나와 정오 선배에게 하얀색 봉투를 내미셨다. 봉투 안을 들여다보니 오만원짜리 두 장이 들어있었다.

"고마워요. 내가 쌤들 덕분에 오늘 하루도 무사히 보냈어요. 내가 무슨 복이 많아 성실한 쌤들과 일하고 있나 몰라~ 조심히 들어가요. 주말에 시간 뺏어서 미안하고, 고마워요~"

그때 내가 박보애 원장님을 보며 느낀 게 있다면, 나도 살면서 미안하다, 고맙다 이 두 가지 말은 아끼지 말자는 것이었다. 사실 부모님께 너무나도 많이 들었던 말이었는데, 왜 그때는 인지하지 못하고 꼭 타인에게서 교훈을 얻는지... 나도 내 마음을 모를 일이다.

나는 집에 들어가자마자 소파에서 TV를 보시는 부모님 사이에 파고 들어 앉았다. 엄마는 손부터 씻고 옷 갈아 입으라고 성화셨지만, 그때만큼은 엄마의 말씀을 듣지 않았다. 그리고 아빠와 엄마의 팔짱을 끼고 있는 애교 없는 애교 다 끌어 올리며 최대한 귀여운 목소리로 말하기 시작했다.

"엄마! 아빠! 사랑해요! 그리고 항상 미안하고... 고맙습니다!"

엄마와 아빠는 눈시울이 붉어지시며 눈물을 닦고 계셨다. 그때 TV에서는 개그 프로그램을 하고 있었는데... 내 말 한 마디에 우리집은 눈물바다가 된 채 그렇게 주말 저녁을 보내고 있었다.

11화.
대학생 한설아_5

심리학과 동기인 이동기와는 '방지대학교 도서관' 앞 벤치에서 자주 마주쳤었다. 내가 도서관에서 공부하고 내려올 때면 혼자 벤치에 앉아서 햄버거를 먹고 있었다. 그리고는 나를 보고 오른손을 흔들어 보이며 인사해 주었다. 동기는 나에 대한 소문은 신경 쓰지 않은 채 나를 반갑게 맞아주는 유일한 동기였다.

6학기 말쯤에 나와 동기는 앞으로 뭐하면서 살 것인지에 대한 이야기를 나눴었다. 동기는 한 학기를 휴학하고 공무원 시험 준비를 위해 노량진 고시원에 들어간다고 했다. 동기의 부모님은 학원비를 비롯한 책값과 고시원에서의 생활 비용 2백만원을 해주신다고 하셨다. 동기는 대신 한 번에 합격해야 한다는 부담감이 있다고 했다.

"그래도 동기 너는 꿈이 있어서 좋겠다."

"설아야 무슨 소리야. 나 꿈 없어서 공무원 하려는 건데?"

"응? 그게 무슨 말이야?"

"나는 우리 부모님이 다 공무원이셔. 어릴 때부터 철밥통인 공무원이 가장 좋다는 말만 듣고 살았었어. 안정적인 직업으로 그만한 게 없다면서… 내가 뭘 잘하는지 어떤 걸 할 때 제일 좋아하는지는 물어보신 적이 없으셔. 나 역시 내 꿈에 대해서 생각해본 적이 단 한 번도 없어. 난 꿈이 없어서 공무원을 하려는 거야. 달리 선택지가 없거든."

나는 동기의 말에 공감이 가면서도 한편으로는 부럽다는 생각이 들었다. 꿈 없이 살아온 내 자신과 동일시되었지만 그래도 본인이 할 수 있는 일에 올인하려는 마음이 대단해 보였다. 나는 그동안 돈 걱정만 하면서 대학 생활을 보낸 게 아닌가 하는 생각에 잠겨 있었다.

물론 그 돈 걱정을 하면서 대학 생활을 보낸 것이 나에게 성취감으로 다가올 때도 있었다. 학점을 잘 받기 위해 열심히 과제 수행하고 공부한 결과 성적장학금을 받을 수 있었다. 등록금에 아주 일부분 보탬이 되었지만…

7학기에 접어들면서 남들 하는 것처럼 일반기업에 들어가기 위한 준비를 하고 있었다. 서비스업이나 영업과 관련된 직종이면 잘 할 수 있지 않을까 하는 막연한 생각이 있었다.

기업에 들어가기 위한 준비에도 돈은 많이 들었다. 인터넷 강의비용과 책, 그리고 토익과 영어회화학원 비용만 충당하면 되려나. 면접에 대비하려면 또 뭐가 필요하려나.

하지만 돈을 들인 만큼 붙을 수 있으면 얼마나 좋으리요. 소위 스펙이라는 건 사람을 평가하는 필수요소가 되었고 설령 고스펙이라 하더라도 무슨 이유인지도 모른 채 탈락하는 세상이었다.

이제 막 학기가 다가오니 전공과목 몇 개 외에는 더는 들을 수업이 없었다. 그래서 공강 시간에 도서관에서 취업 준비를 위한 공부를 하고 있었다. 공부를 하다 내 미래에 대한 이런 저런 생각에 잠겨 있던 중 장성한 남자가 내 눈앞에서 서성이는 것을 발견했다.

아직은 짧은 머리가 어색한지 머리를 매만지며 서 있던 하얀이는 나에게 점심을 함께 먹자고 했다. 내가 짐을 다 챙기자 무거운 백팩을 하얀이가 들어줬다.

"어... 무거울텐데, 고마워..."

"나 DMZ에 있으면서 근육 장난 아니게 생겼어. 이 정도는 깃털이다."

무슨 깃털씩이나. 하얀이는 쌀국수를 먹으면서 군대 이야기를 하기 시작했다. 약간은 과장된 이야기가 없지 않아 있었던 것 같긴 하지만 하얀이는 꽤나 재미있는 사건들을 중심으로 이야기를 해주었다.

나는 조심스럽게 도하에 대한 이야기를 꺼냈다.

"그런데... 도하는 같이 안 왔네?"

"아. 걔 아마 이번 학기 휴학할걸."

"어? 왜? 혹시..."

"아... 네가 불편해 하는 것 같다고 나한테 얘기는 했었어. 그런데 그것 때문은 아니고 도하 아버지께서 도하가 복학하기 전에 따로 공부하길 원하시는 게 있대. 한 학기 정도만 미루기로 했다고 들었어."

"그렇구나... 사실 그 소문... 도하랑 내 잘못은 아닌데..."

“아니지. 아닌데. 소문이라는 게 꼭 그래. 여자 쪽만 불리해진다니까. 김도하한테는 뭐라 하는 사람 없었다는데. 너를 아프게 하는 사람들은 많았잖아. 진짜 짜증나.”

“아… 대신 화내줘서 고마워…”

“원래 친구는 그런거야.”

그때 처음으로 하얀이와 친구로 남은 게 다행이라는 생각이 들었다. 친구 이상의 감정으로 남았으면 이렇게 힘든 시기에도 나는 도하를 더 의지했을지도 모를 일이다.

나는 하얀이와 빙수 집으로 향했다. 쌀국수는 하얀이가 계산했으니까 빙수는 내가 내려고 했다. 하지만 하얀이는 복학 기념으로 본인이 산다고 했다. 하얀이는 계산하면서 때 묻고 해진 내 하얀색 반지갑을 빤히 쳐다보고 있었다. 나는 조금 부끄러워 얼른 가방 안으로 집어넣었다.

나는 하얀이와 초코빙수를 먹으며 대화하기 시작했다.

“전공과목 중에 깐깐하신 분 있다는데…”

“응. ‘심리학개론’ 교수님. 과제로 평가하시는데. 사례자 인터뷰만 잘해도 성적은 잘 주시더라고.”

“그렇구나.”

“하얀아.”

“응?”

“그런데… 너는 꿈이 뭐야?”

“나? 할머니 잘 챙겨 드려서 칭찬받기”

"아... 아니 그런 거 말고."

"그럼 어떤 거?"

"네 미래의 직업 말이야."

"음... 아마도 아버지 회사에서 경영수업 받거나... 아니면 유학? 그것도 아니면... 글쎄 깊이 생각해본 적이 없어서."

"꿈이 없는 건 아닌 거네?"

"꿈은 없는데. 막상 어떤 직업을 가지려면 가질 수는 있지."

그렇구나. 나 역시 하얀이와 마찬가지로 꿈은 없는데... 뭔가 상황은 많이 다른 것 같네. 나는 하얀이와 미래에 대한 이야기를 나누다보니 어느새 내 속내를 보이고 있었다.

"설아, 너는 꿈이 뭔데?"

"나도 꿈은 없는데... 당장은 그냥 빨리 취업해서 돈 버는 게 꿈이야. 돈 벌어서 빚도 갚고... 부모님은 노후보장도 하셔야 하니까. 언제까지 기댈 수는 없는 노릇이고... 그런데 또 돈 걱정 안 하면서 취업 준비를 할 수 있는 형편은 아니라..."

하얀이는 나를 물끄러미 쳐다보고 있었다. 나는 두 볼이 발그레해지는 느낌이 들었다. 부끄러웠다.

"미안... 나 때문에 너무 분위기 쳐진 것 같다."

"실망이야. 한설아."

"어? 아... 미안... 앞으로는 이런 얘기 안..."

"아니. 미안하다고 말하는 거. 내 앞에서는 하지마. 내가 군대 가기 전에 이 자리에서 말했지. 입은 나한테만 열라고. 그런데 뭐가 자꾸 미안하대. 나는 나한테만 얘기해준 것 같아서 너무 좋은데. 앞으로 그런 고민 있으면 나한테만 얘기해. 알겠지? 내가 다- 들어줄게!"

나는... 백하얀을 안 좋아할 수가 없었다. 지혜로운 할머니랑 같이 지내서 조언을 잘해주는 건지 아니면 원래 속이 깊은 아이인 건지. 내가 얘를 좋아해서 이런 좋은 면만 보이는 건지. 나는 이참에 나에게 심통부렸던 일을 물어볼 작정이었다.

"그런데 하얀아."

"응?"

"너... 도하랑 내 소문이 있고나서 도하랑 내가 같이 있으면 내 팔 안 놔주고. 약간 심통부리듯이 그랬잖아. 그거는 왜 그런거야? 이럴 때보면 어른 같은데 그때는 좀 낯설게 느껴졌었어."

나는 하얀이의 입에서 어떤 말이 나올지, 초코 과자를 깨무는 하얀이의 입술을 보고 있었다. 그런데 전혀 예상치 못한 말이 나와 당황스러웠다.

"질투... 났었어. 내 친구 뺏긴 느낌? 내 친구가 이상한 소문에 휘말리니까 속상하면서도 너를 도하한테 뺏기고 싶지 않은 느낌... 같은 게 났었어. 아. 몰라. 그 이야기는 앞으로 금지."

도하도 친구 아닌가. 아니면 챙겨주고 싶은 사람이 나였으니까 그런 거였나. 하지만 하얀이의 마음이 정말 살짝. 아주 조금은. 나를 향해 있는 것이 아닌가 하는 착각을 일으키는 사건이 발생하게 된다. 곧 내 대학교 졸업식날이 다가오고 있었다.

12화.
대학생 끝 취업 준비 시작!

2월의 어느 추운 겨울날, 오늘은 내 대학교 졸업식이다. 방지대학교에 가기 위해 부모님 차로 함께 출발했다. 나는 사회과학대 심리학과 전공 강의실이 위치한 2층으로 올라갔다. 부모님은 2층 복도와 연결돼있는 휴게공간 의자에 앉아 계셨다.

나는 과 사무실로 가서 졸업 사진 액자와 학위복, 학사모를 챙겨 나왔다. 학위복과 학사모를 쓴 내 모습은 왠지 모르게 어색했다.

하지만 부모님은 눈물을 훔치시고는 내게 자랑스럽다며 안아주셨다. 앞으로 어떻게 살아가야 할지에 대한 부담감이 말도 못할 정도로 컸지만 이 순간만큼은 즐기기로 했다.

심리학과 전용 강의실에서 교수님의 말씀을 듣고 있었다. 우리 과에서 2015년에 졸업하는 학생은 모두 8명이었다. 저마다 각자의 사연을 가지고 올해 졸업하는 것이라고 말했다. 나도 단상에 올라 한 마디 했다.

“제가 이렇게 무사히 졸업할 수 있는 건 저희 부모님 덕분이라고 생각합니다. 이곳에 계신 모든 부모님들께 박수를 보내드립니다. 정말 감사합니다.”

뜨거운 박수가 터져 나오고 있었다. 이 순간만큼은 모두 한 마음 한 뜻인 듯했다. 뒤쪽을 바라보니 부모님은 눈물을 흘리면서 서 계셨다. 다른 부모님들도 눈시울이 붉어지시며 박수를 치고 계셨다.

식이 모두 끝난 후 용두 언니가 나에게 다가왔다. 그래. 또 무슨 말을 하려나 들어나 보자.

“야. 너 마지막 인사말 연습했냐?”

“아뇨. 김흥촌 교수님이 즉흥적으로 시키신거잖아요. 그 자리에 계셨으면서도 모르세요?”

“이게 끝까지 잘난 척이네.”

“용두 언니는 끝까지 저를 미워하고 싶으신가봐요. 어떻게 해서든지 제 인생에 흠집내고 싶어서 안달 난 사람 같아요. 그런 힘으로 본인 미래에 투자하시죠. 오늘은 가족과 행복하게 보낼 거니까 기분 망치지 마시고 가주세요.”

“하. 이게 감히 얻다 대고 훈계질이야!”

“아. 그리고 졸업 축하드려요. 그래도 이 말씀은 드리고 싶었어요.”

용두 언니는 멈칫하더니 본인의 친구들과 부모님이 계신 쪽을 향해 걸어갔다. 나도 북적거리는 복도로 나가서 부모님이 어디 계시는지 찾고 있었다.

그런데 신관 건물 쪽 복도에서 웬 키 큰 사내와 이야기를 하고 계셨다. 설마. 하얀이? 나는 키다리 사내 옆으로 빼꼼하며 나를 쳐다보는 엄마를 보고는 달려갔다.

"엄마!"

"어! 설아야. 이 친구랑 가장 절친이라며? 아주 서글서글하니 애교도 많고 네 짝으로 딱이다야."

"엄마. 무슨 소리를 하시는 거예요. 우리 그냥 친구예요. 미안해. 하얀아."

하얀이는 오른손으로 내 어깨를 잡고는 웃으며 엄마께 말했다.

"나중에 설아가 제 옆에 있을 사람이었으면 좋겠어요."

뭔. 뭔소리야 이게. 우리 엄마가 민망할까봐 그런 거겠지?? 하지만 어쩐지 두근거리는 마음은 쉽사리 진정되지 않고 있었다.

엄마는 하얀이에게 함께 점심을 먹자고 하셨다. 하얀이는 하얀 치아를 드러내며 웃었고 이번에는 엄마의 어깨를 잡으며 함께 걸어갔다. 내 어깨는 아빠가 잡아주셨다.

"설아야. 고생 많았어. 그리고... 이 꽃다발..."

"그런데 왜 두 개예요?"

"아. 빨간색 장미는 엄마랑 아빠가 한 거고, 그리고 이 팬지꽃은 하얀이라는 청년이 너에게 주는 거라고 하던데."

"너무 과분하면서도 좋네요."

"그리고 이걸 하얀이가 너한테 전해주라고 했다."

하얀색 종이 쇼핑백에 묵직한 상자가 들어 있었다. 나중에 집에 가서 풀어보니 하얀색 반지갑이었다. 그... M으로 시작하고 끝나는 비싼 지갑이었다.

그날 저녁 하얀이에게 전화해서 너무 부담스럽다고 말했지만 본인의 취향이 마음에 안 드는 거냐며 전화기 너머로 어리광을 부렸다.

결국 나는 고맙다며 받을 수밖에 없었다. 대신 나는 하얀이 졸업식에 참석해 하얀이에게 성대한 잔치를 해주기로 약속했다.

그리고 박보애 원장님께서 택배로 행운목을 보내주셨다. 행운목은 내 방 책상 위에 두고 물을 주고 있다.

관리하기가 가장 쉬운 식물이지만 한 번 꽃을 피우기에는 오랜 시간이 걸린다고 하셨다. 박보애 원장님은 내 앞날에 행운이 가득하길 빈다는 카드까지 보내주셨다.

그렇게 행복한 졸업식이 끝이 났다. 나는 이제 본격적으로 단기아르바이트를 하면서 취업 준비에 돌입하기 시작했다.

단기아르바이트는 집 근처 옷 가게에서 시작했다. '방지턱 학원'은 거리가 있어서 차비를 아끼기 위해서는 어쩔 수 없이 그만두어야 했다. 그 아낀 비용으로 인강을 듣고 책을 사야 했기 때문이다.

옷 가게에서는 주 3일 8시간 일하면 일급으로 6만원을 주셨다. 나머지 시간은 모두 취업 공부를 하는데 할애했다. 기업에서 요구하는 필기시험과 인적성 검사를 공부했다. 그리고 가장 중요한 토익 시험 준비를 해야 했다. 나는 오전에 토익을 인터넷 강의로 들으며 공부했다.

토익 시험 비용은 원래 이렇게 비싼가? 휴. 시험을 한 5번 정도 치르고 나니 750점대에 달할 수 있었다.

하지만 일반적으로 기업에서 원하는 인재의 토익 점수는 800점에서 900점이 기본 스펙이라고 했다. 15번째 시험에서 겨우 810점을 달성해 이력서에 쓸 자격을 갖추게 되었다.

자기소개서를 쓸 차례였다. 자소설이라 했던가. 쓰면 쓸수록 오글 거리는 느낌이 들어서 이대로는 서류 탈락이 예상되었다. 그래서 자기소개서 첨삭해주시는 분께 부탁드렸다. 무료로 하다가 서류가 탈락하여 유료 첨삭에 맡기었다.

드디어 서류는 붙기 시작했는데, 필기가 만만치 않았다. 하... 모의고사를 보면 그래도 통과할 기준이 되는 것 같은데. 막상 시험장에 가면 긴장해서 그런가? 점수가 너무 안 나오는 느낌이었다. 그러니까 필기에서 떨어지는 거겠지.

그렇게 1년 반을 보냈다. 옷 가게에서 스팀다림질을 하고 있는 중에 문자가 왔다. 드디어 필기에 합격했다고. 그런데 이제 면접이라는 관문이 남아 있었다. 면접은 인성 면접과 최종 면접이 있었다.

엄마는 대학교 졸업 선물로 내게 정장을 한 벌 선물해 주셨었다. 그때 그걸 받고 얼마나 많이 울었던지.

엄마! 드디어 입을 날이 왔습니다!

나는 면접장에 들어가기 전 헤어와 메이크업까지 받고 들어갔었다. 최대한 웃고 안 떨면 되겠지 싶었다.

3일 뒤 나는 불합격이라는 문자를 받았다. 지금껏 쓴 기업만 해도 10군데는 넘을 것이다. 그렇게 탈락의 고배만 마시며 2년을 보냈다.

나는 도저히 안 되겠어서 부모님께 기업 취업은 포기하겠다고 했다. 부모님은 내 의견을 지지해주셨고 앞으로의 계획에 대해 물어보셨다.

나는 '방지턱 학원'에서 영어강사로 일을 시작했다. 영어강사로 일하면서 영어회화학원도 틈틈이 다녔다.

물론 취업 준비하면서 영어면접에 대비해 영어회화학원을 다녔지만 본격적으로 영어 강사로서 일하려면 여러모로 최선을 다해야 한다고 생각했다.

'방지턱 학원'에 3년을 다니면서 꽤 돈을 모았다. 그렇게 모은 돈의 거의 대부분은 빚을 갚는데 사용했다.

강사라는 직업에 만족하고 있을 무렵 갑자기 박보애 원장님도 피해갈 수 없는 경영난이 찾아왔다.

큰 대형학원들이 여기저기 들어서고 중소형학원에 다니던 학생들이 대형학원에 몰려들어 결국 박보애 원장님은 폐업을 결정하셨다.

인생 참. 쉬운 게 없다고 생각했는데... 설상가상으로 아버지께서 병을 얻으셨다. 회사에서 일을 하시다가 과로로 쓰러지신 것이다. 다행히 빨리 병원으로 옮겨져 큰 화는 면했다. 하지만 안정을 취하는 것이 무엇보다 중요하다고 하셨다.

나도 영어학원을 그만둔 마당에 돈을 어디서 벌지 막막해 하던 찰나에 하얀이가 연락을 해왔다. 아버지 회사에서 인턴을 뽑는다는 것이었다.

하지만 나는 강사로 일한 경력 밖에 없을뿐더러 내 나이 벌써... 29세였다. 그런데 하얀이 말로는 '금옥그룹'에서는 현재 인턴을 뽑는데 나이와 학력, 경력을 모두 보지 않는 블라인드 채용을 한다고 했다.

우리나라 재계 10위 안에 드는 금옥그룹은 식음료 회사이다. 여타의 기업들과 다르게 채용공고일이 정해져 있지 않으며 한 번 공고가 나면 파격적인 전형으로 진행되기 때문에 방송에서도 많은 이슈가 되곤 했다.

나는 하얀이의 제안으로 채용 공고가 뜨자마자 바로 지원했다. 3일 만에 서류에 합격했다는 연락이 왔다. 와. 뭐지. 이거 너무 일사천리 아니야? 그리고 바로 면접을 보러 갔다. 금옥그룹은 인턴 채용에 필기전형은 없었다. 대신 2차 면접은 토론으로 진행되었다.

토론장에 모인 사람은 총 3명이었다. 나를 포함한 토론자 3명은 반원의 책상에 앉았다. 그리고 면접관은 다른 곳에서 보고 있다고 했다. 중재자가 없는 상황에서 얼마나 침착하게 토론을 할지를 보는 것 같았다.

이윽고 토론장 천장에 붙어 있는 스피커에서 소리가 나기 시작했다.

"자. 지원자 분들 준비되셨죠?"

"네!"

"그럼 주제 나갑니다."

주제는 '자유'였다. 휴. 내가 생각했던 모든 것들을 끄집어낼 시간이 시작되었다.

13화.
금옥그룹의 인턴 채용

금옥그룹에서 뽑는 인턴은 채용형이었다. 1년간의 인턴을 거쳐 정규사원으로 전환된다. 인턴의 직군은 영업사원직이었다.

블라인드 채용인 만큼 자기소개서에 많은 시간을 할애했다. 이름과 연락처를 제외하고는 자기소개서가 주를 이루었다. 총 5개의 질문에 500자 내외로 답변을 해야 했다.

---

1. 나의 경험에 비춰 커뮤니케이션 기술과 성실함을 보여주었던 사례를 서술해주세요.
2. 영업의 유통 경로 중 한 곳을 정하고 어떻게 영업활동을 수행할 것인지 대략적으로만 작성해주세요.(부담없이 적어주세요. 아직 인턴이니까.^^)
3. 나의 인간관계는 어떤가요?
4. 금옥그룹의 식음료 제품 중 하나를 골라 좋아하는 이유를 설득력 있게

기술해주세요.

5. 금옥그룹에 입사하게 된다면 어떤 상품을 개발했으면 좋겠는지 상품의 이름과 함께 이유를 자유롭게 작성해주세요.

나 같은 경우에는 3번 문항이 가장 작성하기 힘들었다. 인간관계에 대해서 원만하다고 자랑스럽게 말하기에는 무리가 있기 때문이다.

하지만 나를 믿어주고 좋아해주었던 하얀이와 도하와 함께 했던 경험을 중심으로 썼다. 이번에는 무료나 유료 첨삭을 맡기지 않은 채 오롯이 내 생각대로 써 내려갔다.

나는 토론 면접 전에 금옥그룹에 대한 조사를 철저히 해갔다. 회사소개나 부서에 대한 기본 이력들은 여타의 기업들과 다르지 않았다.

하지만 귀금옥 회장님의 소개나 얼굴은 베일에 싸여 있었다. 그녀의 아들인 백하준 사장만이 언론사에 얼굴을 내밀뿐이었다.

귀금옥 회장님에 대해서는 궁금하지 않았다. 베일에 싸여 있다는 건 필시 그녀와 관련된 질문은 일절 없을 것이기 때문이다. 나는 몇 가지의 토론 주제를 정해 어떤 기승전결로 말할 것인지 시뮬레이션을 돌렸다. 갖가지 상황에 따른 실전 연습을 하고 또 하며 철저하게 대비해 나가고 있었다.

금옥그룹에 지원한 전체 지원자 1천명 중, 서류에는 총 12명이 붙었다고 했다. 내가 서류에서 한 번에 붙었다는 게 안 믿겼다. 내 수험번호는 '11번'이었다. 2차 전형인 토론 면접은 1교시와 2교시로 나뉘어 진행되었다.

1교시의 토론 주제는 '자유'이다. 드디어 내가 발언할 차례가 되었다.

"'자유'라는 주제로 고등학교 때 미술 수행평가에서 A+를 받은 경험이 있습니다. 그때 제가 그린 그림은 이러했습니다. 컷마다 오른쪽에는 삼각형 지붕 모양의 형형색색의 집들을 다닥다닥 붙여 그렸고 왼쪽에는 순서대로 아이, 여성, 노인 그리고 저를 그렸습니다. 그들은 모두 그 집을 등지고 있습니다. 제 그림의 요지는... 아무리 화려하고 겉으로 멋있는 모습을 하고 있더라도 본인이 생각한 것과 다르다면 다른 곳을 향해 걸어가도 된다는 것입니다. 즉 자유는 '권리' 입니다. 본인 의지대로 할 수 있는 권리 말입니다."

갑자기 천장 스피커에서 웬 노년 여성의 목소리가 들렸다. 아무래도 귀금옥 회장님인 것 같았다. 그녀는 나를 콕 집어서 물었다.

"한설아 지원자."

"네."

"그 그림에... 화려하고 멋있는 것들이 많을 텐데 굳이 집을 그린 이유가 있나요?"

"네. 집은 사람이 태어나서 나고 지는 곳입니다. 그 어떤 곳보다도 본인의 인생 중 가장 많은 시간을 보내는 곳이죠. 나와 가족이 함께 생활하는 공간이니 당연히 화려하고 멋있을 수밖에 없다고 생각했습니다."

"그런데 왜 등지고 있죠? 그리고 아이, 여성, 노인, 학생이라고 하는 걸 보니 약자들을 표현한 것 같은데... 그 이유는 뭐죠?"

"집은 나와 가족들이 함께 생활하는 공간이니, 당연히 아늑하고 포근한 공간이죠. 하지만 집에서 보호를 받아야 할 존재가 있다면 우리는 의례 그들의 삶에 개입하기 마련입니다. 물론 보호라는 것은 좋지만 좋은 가족들이 있더라도 때로는 홀로 있는 시간이 반드시 필요합니다. 그래서 '나'

라는 존재를 찾기 위해서는 잠시 집에서 벗어나 홀로 있을 시간이 필요하다고 생각했습니다."

"외면을 뜻하는 게 아니었군요."

"네. 그렇습니다."

그러자 앞에 앉은 372번 진재경 지원자가 나에게 물었다.

"그럼 집을 한 개만 그리지 않은 이유는 뭔가요?"

"집을 생각하는 사람들의 복잡한 심경을 표현한 것입니다."

내 발언을 마지막으로 1교시 토론은 그렇게 끝이 났다. 1교시 토론에 합격한 4명은 곧바로 2교시 토론으로 이어진다고 했다. 실시간으로 채점이 매겨지는 시스템이라는 말에 당황스러웠다. 하지만 나는 면접장에 온 것만으로도 감사하다고 생각하는 중이었다.

1차 합격자 12명은 로비 옆 오픈형으로 되어 있는 대기 공간의 계단 의자에 앉아 있었다. 10분의 시간이 지난 후 면접관이 A4종이가 든 투명 파일을 들고는 우리에게 다가왔다. 곧 1교시 토론의 합격자가 호명되었다.

"590번 고달수님, 802번 신조아님, 372번 진재경님..."

나는 고개를 숙이며 집에 갈 준비를 하고 있었다.

"11번 한설아님."

헉. 나는 내 수험번호를 듣자마자 눈물이 흘렀다. 아. 안 돼. 울면 안 되는데. 다음 토론 준비 해야 하는데... 아... 메이크업 지워지겠다... 하지만 어쩔 수 없었다. 면접에 통과한 것은 이번이 처음이기 때문이다.

면접관은 10분의 휴식 후 바로 2교시 토론이 시작된다고 했다. 1교시에서 탈락한 지원자에게는 소정의 면접료가 든 초록색 봉투를 나눠주었다. 그 자리에서 봉투를 열어본 사람들 말로는 짧은 문구가 적힌 작은 쪽지도 함께 들어있다고 했다.

56번 이영채 지원자가 종이에 적힌 문구를 크게 말하기 시작했다.

'Don't give up. No matter what has happened, You never lose your values.'

(포기 하지마. 무슨 일이 있었든, 너는 절대 너의 가치를 잃어버리지 않는다.)

그곳에 있던 지원자들은 모두 눈시울이 붉어지고 있었다. 곧 2교시 토론 시작을 알리는 안내방송이 나왔다. 나는 코를 훌쩍이며 짐을 챙긴 후 4번 방으로 들어갔다.

2교시 토론의 주제는 '세상은 공평한가, 불공평한가'였다. 나는 주제를 듣자마자 최대한 내 생각을 가감 없이 말하되 설득력 있게 말해야겠다고 다짐했다.

4번 방의 구조는 조금 달랐다. 텅 빈 방 가운데에 책상과 의자가 붙어 있는 1인용 의자 4개가 있었다. 2개씩 마주 보도록 배치되었다. 각자 수험번호가 붙어 있는 자리에 앉았다.

나는 372번 진재경과 한 팀이 되었다. 각 팀에는 30분의 시간이 주어졌다. 서로 하나의 의견을 만들어서 상대팀과 토론을 진행하라는 것이었다.

나는 진재경에게 내 생각을 말하기 시작했다.

“저... 선생님... 제 생각에는... 영업직군에서 한 팀으로 묶였을 때 거래처 사람을 설득하게 되는 상황을 준 것 같아요. 그래서 영업사원으로서 얼마나 설득력 있게 말하는 지를 보려는 것 같은데... 어떠세요?”

“저도 그런 것 같아요. 저희가 최대한 의견을 합쳐서 어떻게든 설득을 해야 할 것 같아요.”

“네. 어떤 주장을 하든 근거가 일단 탄탄해야 하는데... 공평, 불공평 중에서 어느 쪽이세요?”

“저는 불공평이요.”

“오. 저도요. 제 생각에는... 서로 다른 존재가 평등하지 않다는 식으로 말하는 게 좋을 것 같아요.”

“너무 좋은데요? 설아님 그럼 근거를 정리해볼까요?”

“네. 좋아요.”

나는 좋은 지원자를 만났다고 생각했다. 생각이 일치하는 사람을 만나기는 쉽지 않은데... 혹여라도 같이 인턴으로 일하게 된다면 친하게 지낼 수 있었으면 좋겠다 라고 잠시나마 생각했다.

30분이 지나자 천장 스피커에서 소리가 들렸다. 먼저 590번 고달수가 발언한 뒤 802번 신조아가 근거를 뒷받침 하기로 했다.

“세상은 불공평합니다. 취업 준비를 하면서 많이 느꼈습니다. 제 친구 누구는 소위 말하는 금수저라서 출발선이 달랐습니다. 부모님이 힘을 써 주는 친구도 있었고 취업 준비 하는 데도 원하는 만큼 지원도 해줘서 바로 붙는 친구도 있었습니다. 그 모습을 보면 출발선 자체가 다르기 때문에 세상은 불공평하다고 생각합니다.”

신조아가 고개를 갸우뚱거리며 말을 이어갔다.

"아. 세상이 불공평하긴 한데요. 금수저라는 이유는 안 될 것 같다고 제가 말씀 드렸었는데.. 저기 고달수님. 그 근거는 안 하기로 한 거 아니예요?"

고달수가 신조아를 내려다보며 말했다.

"내가 맞다고 하면 맞는 거지. 뭔 말이 많아. 야. 너 몇 살이야? 나보다도 어린 게. 네가 세상을 알아? 살면 얼마나 살았다고. 이 세상은 말이야. 불공평해. 누구는 잘 나가는 부모 밑에서 호의호식하면서 살다가 취업도 한 방에 돼서 걱정없이 산다니까. 솔직히 말해서 여기 회사 손자도 지네 할머니가 이 회사 회장이니까 돈 걱정은 안 하고 살 거 아니야."

나는 고달수를 보며 말했다.

"어떤 수저를 물고 태어났냐가 이 세상의 불공평을 좌우하지는 않는다고 생각해요. 다만 제가 세상이 불공평한 이유는 우리는 저마다 다른 존재예요. 다른 가정에서 다른 모습으로 태어나 다른 교육을 받고 다르게 자라왔죠. 이 세상에 똑같은 사람은 없어요. 일란성 쌍둥이들도 생각하는 거나 생활하는 건 다 달라요. 세상이 공평하지 않다는 건 우리는 저마다 다른 존재이기 때문에 동등한 대우를 받는 것도, 균등한 기회를 부여받는 것도 다 다를 수 있다는 거죠."

내 말에 이어서 진재경이 말했다.

"저마다 다른 부모님 밑에서 자라온 우리는 당연히 공평할 수 없습니다. 한 부모에게서 받아온 교육과 생활방식을 어떻게 표현하면서 살지는 받아들이는 사람에 따라 다르기 때문입니다. 본인의 판단이 큰 영향을 미치는 거죠. 세상에 나가 저마다 다른 방식으로 표현하면서 살기 때문에 아까 한설아 지원자가 말한 것처럼 대우를 받는 것도, 기회를 얻는 것도 다를 수 있다고 생각합니다."

고달수는 자리를 박차고 일어나 나와 진재경을 보며 말했다.

"하. 너네 무슨 꽃밭에서 살다 왔냐? 뭔 말 같지도 않은 얘기를 하고 앉아 있어. 미친 거 아냐?"

그러자 천장 스피커에서는 노년의 여성이 다시 나타나 말하기 시작했다.

"자. 자중하시고요. 이번 토론은 팀플레이였습니다. 한 팀이 얼마나 의견 조율을 잘 하는지. 그리고 근거가 조금 부족하더라도 합심해서 상대를 설득시키는 모습을 보려고 했던 것입니다. 이번 토론은 아무도 그 성과를 내지 못한 것 같네요. 수고 많으셨습니다."

나와 진재경 지원자는 서로를 쳐다보며 아쉽다는 말을 나눴다. 나는 짐을 챙겨 진재경 지원자와 로비 앞에 서 있었다. 그리고 마침내 면접관이 당도했고 2차 토론의 합격자가 호명되었다.

"모두 수고 많으셨습니다. 아쉽게도 이번 최종 면접을 통해 2명의 지원자 만이 저희 회사에서 인턴으로 일하실 수 있게 되었습니다."

이번 토론이 마지막 면접이라고? 더 열심히 할 걸... 조금 더 설득해볼 걸... 나는 아쉬움에 눈물이 나고 있었다.

"서로 합심해서 의견을 통일한 모습은 인상적이었으나 상대방을 설득하지 못한 점은 아쉬웠습니다. 저희 회사에서 인턴으로 일하시면서 함께 배워나갈 수 있는 부분이라고 생각합니다. 한설아님, 진재경님. 축하드립니다. 다음 주부터 저희 금옥그룹으로 출근하시면 감사하겠습니다. 그리고..."

면접관은 지원자 모두에게 초록색 봉투를 내밀었다. 고달수와 신조아에게는 면접료 10만원과 아까와 같은 쪽지가 들어 있었다. 그리고 나와 진재경 지원자는 합격 축하금으로 50만원을 받았고, 다른 지원자와는 다른 문구의 쪽지가 있었다.

'You are the best. Just Keep doing your thing.'

(네가 최고다. 그저 네 일을 계속해서 해라.)

나와 진재경 지원자는 서로 얼싸 안으며 눈물을 흘렸다. 그렇게 나는 금옥그룹에서의 인턴 생활을 시작했다.

14화.
인턴 한설아_1

입사 전날. 나는 엄마와 함께 시내에 있는 여성복 전문점으로 향했다. 각종 블라우스와 슬랙스 바지가 마네킹에 걸려있었다. 엄마는 마음에 드는 걸로 골라보라고 하셨다. 하지만 가격표를 보니 십 몇 만원을 호가하는 옷들이었다.

“엄마. 너무 비싸. 나 이런 옷 안 입어도 되니까. 다른 옷가게로 가자.”

“얘는. 좀 골라봐. 너도 이제 대기업 다니는데. 엄마가 너 이 정도 사 줄 돈은 있어.”

“아. 우리 빚도 아직 남았는데. 나 이런 옷은 너무 부담스러워.”

“그래. 너 말 잘했다. 그 빚 갚느라 네가 줄똥싼 거 엄마가 알아 그래. 그게 엄마 가슴에는 응어리로 남아서. 미안해 죽겠어.”

“미안하긴 뭐가 미안해. 내 등록금 때문에 그런 건데. 그 빚은 내가 갚는 게 당연하지."

"네가 그 빚 갚는다고 못 먹고 못 입고... 그니까 이건 엄마의 한을 풀어주는거다- 생각하고. 가만히 좀 있어. 가서 옷이나 좀 골라봐. 어울리는 걸로다가."

나중에 엄마께 들어보니 빚은 다 갚은 상태였다. 그리고 아빠께서는 한 달간 병가를 내신 상태였다. 그래서 내 월급은 엄마께 다 맡기기로 했다.

엄마는 내 이름으로 된 목돈마련 적금을 드셨다. 나중에 시집갈 때 필요한 자금이라면서... 하지만 나는 부모님 노후보장이 더 중요하다 생각해 부모님을 위한 적금을 엄마 몰래 따로 들고 있는 중이었다.

엄마는 내게 블라우스 3개에 슬랙스 바지 2개를 사주셨다. 점원 분은 그래도 50% 세일 기간에 와서 비교적 저렴하게 사는 편이라고 말씀하셨다. 엄마의 하얀색 M*M 반지갑에서 오만원 짜리 6장과 만 원 짜리 4장이 나오고 있었다. 엄마는 현금으로 34만원을 내시면서 함박웃음을 짓고 계셨다.

하얀이가 선물해 준 지갑은 엄마께 드렸다. 아무래도 내가 쓰기에는 너무 과분하고 걸맞지 않은 기분이었다. 엄마 손에 들려 있는 모습을 보니 엄마께 정말 잘 어울리는 지갑이라는 생각이 들었다.

엄마의 갈색 실밥이 뒤엉켰던 지갑은 엄마의 핑크색 보관함에 고이 들어가 있다. 사실 그 지갑은 내가 초등학교 때 용돈을 모아서 사드린 지갑이었다. 엄마는 내가 해드린 모든 것을 한 개도 버리시지 않은 채 그 보관함에 고이고이 모아두고 계셨다.

엄마와의 쇼핑을 마친 후 함께 맛있는 저녁을 먹고 집으로 돌아왔다. 사실 아까 엄마 몰래 가디건을 한 개 구매했다. 엄마는 네이비색 가디건이 마음에 드셨는지 자꾸 그 가디건이 걸린 행거를 들쳐보고 계셨었다. 점원 분이 입어보라고 해도 한사코 거절하시는 모습이 내 마음에 걸렸었다. 그래서 입사 첫 날 아침 안방 문 앞에 두고 나왔다.

오늘의 룩은 하늘색 블라우스에 하얀색 슬랙스 바지이다. 그리고 베이지색 단화를 신었다. 금옥그룹에 도착한 나는 내 얼굴이 박힌 사원증을 찍고 들어갔다. 와. 회사에 출근하는 기분이 이런 거구나. 너무 좋다…

갑자기 뒤에서 내 이름이 희미하게 들렸다. 뒤를 돌아보니 진재경이었다.

“안녕하세요! 설아님!”

“아! 네! 재경님! 뛰어왔어요?”

“네. 혹시라도 늦을까봐요.”

“우리 같이 들어가요.”

내게도 동료가 생겼다! 5층 영업부에 들어가니 여수진 부장님과 현진령 과장님이 반갑게 맞아주셨다. 여수진 부장님은 진재경을 보며 말했다.

“재경씨. 여기는 국내 영업부고요. 재경 씨가 일할 국제 영업부는 바로 옆에 사무실 있어요.”

진재경은 여수진 부장님의 안내를 받아 복도로 나갔다. 나는 재경과 한 공간에서 일하지 못하는 것이 내심 서운했다. 나는 현진령 과장님의 안내를 받아 자리에 앉아 있었다.

잠시후 특채로 채용된 사원이 있다며 여수진 부장님은 박수 두 번으로 직원들의 주의를 집중시키셨다.

나는 의자를 돌려 뒤를 돌아보고는 그 사원을 향해 환하게 웃어보였다.

백하얀이었다. 하얀이는 대학교 졸업 후 미국으로 유학을 다녀왔다. 그리고 아버지 회사에서 일한다고 해서 당연히 국제 쪽일 줄 알았는데… 어쨌든 나는 하얀이와 함께 책상을 나눠 쓰게 되었다.

내 옆자리에 앉은 하얀이는 엄청 나를 챙겨주었다. 텀블러와 슬리퍼를 쌍으로 챙겨와 나에게 전해주었다. 나는 공짜 물건은 싫다고 했다. 그래서 매일 아침 하얀이에게 아메리카노 한 잔을 사주는 중이었다.

1층 사내 카페 한 쪽 공간에서 나는 하얀이와 얘기를 나누며 아메리카노를 마시고 있었다. 그런데 국내 영업부 사원 강다연이 나를 보고는 다가와 물었다.

"인턴. 여기서 뭐해?"

"네? 다연 선배님. 저는 지금 커피를 마시고 있습니다."

"그니까. 이럴 시간이 있냐는 거야. 인턴이면 사무실에 있으면서 선배님들 챙겨야지."

"아. 아직 출근 시간이 안 되었… 네. 알겠습니다. 앞으로는…"

하얀이는 내 앞을 가로막고는 강다연을 내려다보며 말했다.

"저… 강다연님. 호칭 미스. 인턴 아니고 한설아님. 그리고 저희 할머니 회사에서는 꼰대짓 금지."

강다연의 얼굴은 빨개지고 있었다.

"왜 반말이시죠? 회장님 손자라고 이렇게 하셔도 되는 건가요?"

"지금은 친구로서요. 다연님이 먼저 제 친구한테 반말하시기에 나도 해도 되는 줄 알고."

강다연은 주문한 아메리카노를 들고는 사라졌다. 나는 하얀과 함께 5층으로 가는 엘리베이터를 기다리고 있었다. 엘리베이터 문이 열리니 백하준 사장님이 안에 계셨다. 나는 90도로 인사를 한 후 하얀과 함께 엘리베이터를 탔다.

백하준 사장님은 나를 보며 말씀하셨다.

"한설아 인턴."

"네. 사장님."

"회장님께서 칭찬이 자자하시던데요. 유능한 인턴이 들어왔다고."

"아. 정말요? 감사합니다. 제가 너무 기뻐서... 크게 말했습니다. 죄송합니다."

"하하하- 괜찮아요. 한설아 인턴. 이 회사에서 오래 봤으면 좋겠네요."

헉. 소리가 났지만 입을 오른손으로 틀어막고는 90도로 인사하며 하얀이와 함께 5층에서 내렸다. 나는 너무 좋아서 기분이 날아갈 것 같았다. 하지만 아무런 내색도 하지 않은 채 내 자리에 가서 앉아 있었다.

곧 내 사수인 염지율 사원이 들어왔다. 국내 영업부에서 일을 잘하기로 소문난 지율 선배님은 귀여운 외모의 소유자였다. 지율 선배님은 내게 컴퓨터로 하는 업무부터 가르쳐주셨다. 물론 A부터 Z까지 모든 걸 알려주시기에는 할 일이 많으시기에 눈치껏 대답하며 눈과 귀를 쫑긋 세웠다.

인턴으로서 내가 주로 하는 업무는 복사기와 친해지는 거였다. 그리고 컴퓨터로 문서 정리를 하면서 하루를 보내는 것이었다. 하얀이도 일을 배우는 중이라 정신없어 보였지만 확실히 나보다는 뭔가 복잡한 업무를 하고 있는 듯 했다.

15화.
인턴 한설아_2

오전 회의가 있는 날에는 복사기와의 협업이 무엇보다 중요했다. 나는 복사기에 종이가 걸리지 않기를 빌면서 인쇄물을 착착 스테이플러로 묶고 있었다.

제2회의실에 약간의 과자와 물, 음료수 및 커피를 갖다 놓았다. 그리고 인쇄된 종이를 사람 수대로 자리에 올려 두었다. 그 때 하얀이가 문을 빼꼼 열고는 나에게 말했다.

"설아야."

"응."

"이따 구내식당에서 밥 같이 먹자."

"좋아."

나는 회의 준비를 모두 마친 후 자리에 앉아 있었다. 곧 여수진 부장님의 지시에 따라 국내 영업부의 사원들이 회의실로 발걸음을 옮겼다. 지율 선배님은 나에게 회사 다이어리를 챙겨 회의 준비에 참석하라고 말했다.

인턴인 나에게도 회의에 참여할 수 있는 기회가 주어지다니! 벅찬 마음을 안고 회의실로 들어갔다.

이번 회의는 최근에 출시된 '금옥만당' 만두에 대한 매출 달성을 위한 계획을 논의하는 자리였다. 여수진 부장님은 사원들에게 이번 신제품과 관련해 자유롭게 말할 기회를 주셨다.

먼저 강다연 사원이 말했다.

"요즘 대세인 온라인 광고를 활용해 금옥만당 만두의 가장 큰 장점인 속이 꽉 찬 고기만두라는 것과 쫄깃한 만두피인 것을 강조해야 합니다."

현진령 과장님은 강다연 사원에게 물었다.

"금옥만당 만두의 장점이 제당 회사 제품인 빠비고에서 내놓은 만두의 장점과 동일해 보이는데요. 저희만의 색다른 장점은 없을까요?"

"아... 음... 그게..."

나는 조심히 손을 들고는 말할 기회를 엿보고 있었다. 그러자 여수진 부장님이 나에게 발언할 기회를 주셨다.

"그래요. 한설아 인턴. 한 번 말해봐요."

"네. 현재 출시된 금옥만당 만두는 총 3가지의 만두를 선보이고 있습니다. 고기, 애호박, 새우. 제가 금옥만당 만두를 먹어보니 냉동식품이지만 찌거나 삶거나 구워도 안에 육즙이 그대로 살아 있었습니다. 그리고 어떤 향신료인지는 모르겠으나 향이 세지도 않으면서 자꾸만 구미를 당기는 향이 났습니다. 그리고 만두피는 마치 수제비의 식감과 같았습니다. 텁텁하지 않으면서 부드럽고 쫄깃했습니다. 그리고 그렇게 얇지 않아 오히려 삶아도 잘 터지지 않았고, 구웠을 때는 더 바삭해져 타사와 다른 장점이라고 생각했습니다."

여수진 부장님은 고개를 끄덕였다. 염지율 사원은 부장님을 보며 말했다.

"금옥만당 만두의 장점에도 불구하고 현재 매출이 부진한 실적입니다. 신규 판매 루트를 더 개척해야 하는 것으로 파악됩니다."

하얀이는 설명을 덧붙였다.

"현재 욜로대형마트와 배영백화점과 컨택할 계획인 것으로 압니다. 신제품 행사 기간을 만들어 그동안 시식을 할 수 있도록 하고, 1+1이나 묶음으로 일단 저렴하게 판매해야 합니다. 한 번 금옥만당 만두 맛을 보면 재구매 의사가 생길 수밖에 없으니까요. 소비자에게 한 번 그 맛을 볼 수 있는 기회를 열어야 한다고 생각합니다."

여수진 부장님은 또 한 번 고개를 끄덕였다. 회의가 마무리될 즈음 송별희 차장님이 사원들을 보고는 말했다.

"그러면 일단 행사 기간과 관련된 계획서는 이번 주 중으로 사장님께 보고드려야 하니까. 온라인 쪽은 손지현 주임이 좀 맡아주고. 그리고.. 구채선, 대조성 사원!"

"네!"

"음.. 욜로대형마트 쪽 좀 맡아줘요."

"네! 알겠습니다!"

송별희 차장님은 나와 하얀이에게 다가와 말했다.

"그리고 말이야. 백하얀 사원하고 한설아 인턴."

"네!"

"배영백화점 쪽을 좀 맡는 건 어때? 물론 현진령 과장이 함께 할거야."

하얀이는 내 머리 위에 엄지를 들어 보이고는 말했다.

"그럴게요. 저희에게 기회를 주셔서 감사합니다."

나는 얼떨떨한 기분을 감추지 못한 채 송별희 차장님께 90도로 인사한 후 말했다.

"감사합니다!"

나는 기분 좋게 하얀이와 신관에 있는 구내식당으로 향했다. 오늘의 메뉴는 한식 뷔페였다. 사원증을 찍고 수저와 둥그런 접시를 들었다. 반찬을 살펴보니 잡채와 불고기, 각종 전이 풍성하게 있었다. 양상추 샐러드도 가득 담아 유자 드레싱을 뿌렸다.

마지막으로 배춧국을 들고는 앉을 자리를 살펴보니 입구 쪽에 소파가 있는 4개의 식탁이 비어있었다. 내가 그리로 들어가 앉으니 하얀이도 따라와 내 옆에 앉았다.

"응? 그런데 대부분 맞은편에 앉지 않나?"

"아니? 네 옆에 앉을 건데?"

"그래."

두근거리는 마음을 진정시키고 국을 한 술 뜨는 순간 구채선 사원과 대조성 사원이 다가왔다. 구채선이 나를 보며 물었다.

"여기 앉아도 되죠? 언니."

"아. 채선님. 네. 앉으세요."

"어머! 죄송해요. 인턴으로 들어오신 분이 나이가 29세라고 들어서. 저보다 나이가 많으시길래. 저는 25세예요. 언니. 언니보다 너무 어리죠."

"아. 네. 반가워요."

대조성도 나를 보며 한 마디했다.

"저는 32살이에요. 저는 미국으로 유학 다녀오느라 좀 늦었어요. 해외 어디 다녀오셨어요?"

"아뇨. 저는 한 번도 해외 다녀온 적 없어요."

"하! 요새 해외 안 가본 사람도 있나?"

하얀이는 잡채를 먹으며 구채선과 대조성에게 물었다.

"저한테는 왜 아무 말씀도 안 하세요? 채선님. 조성님?"

구채선과 대조성은 눈을 끔뻑이며 시선을 피했다. 그러다 구채선이 하얀이에게 조심스럽게 물었다.

"저... 승진 기회가 모두 동등하게 있는 거 맞죠?"

"성과만 잘 내면 승진할 수 있는 거 아닌가?"

"근데... 제가 그게 좀 부족한데 대인관계는 자신 있거든요."

"그 대인관계 좋-은 능력 활용해서 업체 미팅하고 매출 달성시키면 되겠네요."

구채선은 얼굴이 빨개지며 육전을 씹고 있었다. 이번에는 대조성이 하얀이에게 물었다.

"여자친구 있어요?"

"아뇨. 조성님은 있어요?"

"네. 승무원. 제가 주선을 좀…"

하얀은 조성을 보며 크게 웃기 시작했다. 나는 하얀이의 목청에 깜짝 놀라 순간 어깨를 들썩였다. 하얀이는 조성을 향해 말하기 시작했다.

"나. 백하얀이에요."

구채선과 대조성은 다 먹지도 않은 채 부랴부랴 접시를 들고 일어섰다. 그러자 하얀이가 그들을 향해 고개를 들며 한마디했다.

"음식 남기면 벌금 5천원!"

나는 벌금을 내지 않기 위해 열심히 먹고 또 먹었다. 그러다 체했는지 명치 끝이 아려왔다. 하얀이의 부축을 받아 1층 복도 끝에 있는 의무실로 들어갔다.

나는 침대 위에 걸터 앉아 있었다. 하얀이는 구급상자에서 소화제 두 알을 꺼낸 후 물과 함께 내게 건넸다.

"에휴. 어쩐지 많이 먹는다 했다."

"아.. 벌금이 있는 줄 몰랐어."

"그 벌금으로 아이들한테 기부하고 있거든."

"좋은 일 하시는 거였구나. 그런데 아까는 왜 그런거야?"

"뭐가?"

“구채선하고 대조성한테… 물론 좀 불편하긴 했지만. 그 정도로 무안을 주면…”

“그 사람들이 너한테 무안 주려고 시동 걸고 있었잖아. 그걸 처음부터 다 받아주기 시작하면 무안 줄 상황만 만들어주는 거야. 애초에 싹을 잘라버려야지.”

나는 하얀이에게 너무 고마워 친구로서 잠시… 포옹을 신청했다.

16화.
인턴 한설아_3

오늘의 룩은 연분홍색 블라우스에 베이지색 부츠컷 슬랙스 바지이다. 거기에 흰색 단화를 신었다. 집을 나서려고 하는 순간 엄마가 나를 다급하게 부르셨다.

"설아야! 이거. 이거 하고가."

"뭐여. 이거 엄마 결혼기념일로 아빠한테 받은 귀걸이랑 목걸이 아니여."

"응. 오늘 중요한 미팅 있다며. 이거 하고 가."

"아효. 됐어. 액세서리 거추장스럽기만 해. 그리고 잃어버릴까 무셔. 보관함에 얼른 넣어 놓으셔."

"이게 부적 같은거여. 오늘 미팅 성사시킬지도 몰라. 얼른!"

"아... 엄마도 참..."

나는 엄마의 성화에 못 이겨 뒤를 돌아 엄마께 목덜미를 보여드렸다. 엄마는 내게 목걸이를 채워 주신 후 백허그를 하셨다.

"밥을 그렇게 많이 먹는데. 도대체 살이 어디로 가는겨. 삐쩍 말라가지고."

"엄마도 오늘 밥 잘 챙겨드셔. 다녀올게요."

나는 바로 배영백화점과의 미팅 장소로 향했다. 지하철을 타고 환승으로 버스를 탄 후 백화점 근처 정류장에서 내렸다. 백화점 입구에 당도하니 하얀이가 하늘색 셔츠에 검정색 슬랙스 바지를 입은 채 손목시계를 보고 있었다.

"하얀아!"

"응! 현과장님은 안에 와 계신대."

"얼른 들어가자!"

배영백화점 인근 건물에 상품기획본부가 위치해있다. 그곳에서 오늘 배영진 대표님과의 미팅이 진행된다.

엘리베이터를 타고 10층에 당도하니 자유로운 분위기에서 일하는 직원들의 모습이 눈에 띄었다. 나는 왼쪽 팔에 파일철을 끼고는 조금은 긴장된 상태로 들어섰다.

오른쪽을 돌아보니 현진령 과장님이 손을 흔들고 계셨다. 나와 하얀이는 안쪽에 위치한 투명 유리의 사무실로 들어갔다. 배영진 대표님은 인자한 표정으로 맞아주셨다.

"어서오세요. 반갑습니다."

나와 하얀이는 배영진 대표님과 악수를 한 후 자리에 앉았다. 사각형으로 된 책상 맞은편에는 대표님과 과장님이 앉아 계셨다. 그리고 대표님 오른쪽에는 내가 그 옆에는 하얀이가 앉았다.

대표님은 나를 빤히 보시고는 왼손으로 턱을 만지작거리셨다. 그리고는 내게 물으셨다.

“그... 아이리스 목걸이랑 귀걸이는...”

“아. 이거... 오늘 아침에 엄마께서 하고 가라고, 하도 그러셔서요.”

“20년 전에 저희 배영백화점에서 처음 내놓은 주얼리 상품이었습니다. 제가 사원이었던 시절 입점시켰던 상품이죠.”

“아... 그렇군요. 대표님께는 잊지 못할 주얼리셨겠네요.”

“처음 유럽으로 출장을 가던 날... 어머니께서 교통사고로 돌아가셨죠. 저는 어머니 임종도 못보고 그렇게... 계약을 성사시키려 프랑스에 머물렀습니다.”

나는 입을 오른손으로 막고는 어쩔 줄 몰라 하고 있었다.

그러자 배영진 대표님은 내게 목걸이와 귀걸이를 한 번 볼 수 있냐고 하셨다. 나는 그 자리에서 목과 귀에서 액세서리를 제거한 후 대표님 손에 쥐어 드렸다.

“손상이 거의 없네요. 어머니께서 보관을 잘하고 계셨나봐요.”

“네... 저희 아버지께서 결혼기념일로 드린 거였는데... 거의 착용을 안 하셨어요.”

“오늘 미팅이 있다기에 어머님이 설아 씨께 드린 거군요.”

"네…"

"아이리스 주얼리를 보니… 감회가 새롭네요."

배영진 대표님은 내 손에 목걸이와 귀걸이를 쥐어주시고는 눈물을 훔치셨다.

"고맙네요. 불편한 부탁일 수도 있었을텐데…"

"제가… 대표님께 달리 해드린 게 없는데요…"

"제게 어머니를 떠올리게 해준 고마운 사람으로 기억될 겁니다. 한설아 사원은…"

아. 저는 사원은 아닌데… 현진령 과장님과 하얀이는 호칭에 별 상관없다는 듯한 눈짓을 내게 보내고 있었다.

나와 하얀이는 준비한 제안서를 드리고는 설명을 드렸다. 그리고 현과장님의 화려한 말솜씨로 금옥만당 만두의 행사 기획은 배영백화점에서 할 수 있게 되었다.

배영진 대표님은 한 가지를 더 제안하셨다. 행사 기간 동안 고객들의 반응이 좋아 매출 달성을 하게 된다면 차후에 홍보가 잘 될 수 있는 진열대 중심부에 놓겠다고 말씀하셨다.

내 생애 처음으로 팀을 이뤄 함께 일군 성과였다. 나는 건물 밖으로 나오면서 벅차오른 가슴을 오른손으로 쓸어내렸다. 그 모습을 본 현과장님은 내게 포옹을 해주셨다.

나와 하얀이는 현과장님의 차를 타고는 함께 회사로 향했다. 회사에 도착하니 분위기가 심상치 않아 보였다.

구채선 사원과 대조성 사원이 맡았던 욜로대형마트 건이 무산되었다는 얘기가 돌았다. 그럴 수도 있다고 생각했지만 단순한 사안은 아니었다.

욜로그룹에서 우리 회사를 상대로 고소를 하겠다고 엄포를 놓은 것이다. 여수진 부장님과 송별희 차장님은 극대노하신 상태였다.

구채선 사원과 대조성 사원은 미팅 시간을 30분 어긴 것도 모자라 미팅 자리에서 욜로 회사 대표에 대한 모욕을 했다는 것이었다. 대조성 사원은 최근 있었던 욜로회사 대표의 불륜설을 언급했다는 것이다.

그 불륜설은 욜로그룹의 강이려 대표를 음해하기 위해 강대표의 비서였던 홍지영 비서가 언론에 뿌렸던 거짓 기사였던 것으로 판명된 사실이었다.

백하준 사장님은 구채선 사원, 대조성 사원과 함께 강이려 대표를 만나 고소 건을 취하하도록 부탁을 했고 사원의 불찰에 대해 정중한 사과를 드렸다고 했다. 강이려 대표는 백하준 사장에게 사원에 대한 인사 처리를 부탁했다.

3주 후. 구채선 사원은 감봉 처리에 대조성 사원은 대전에 있는 공장으로 대기발령이 내려졌다. 들리는 소문에는 이번 욜로대형마트 건이 대조성 사원이 승진될 수 있는 기회였다고 했다.

이제 금옥그룹에서 인턴으로 일한 지 반 년이 지나고 있었다.

오늘 점심은 외부에 있는 식당에서 먹기로 했다. 하얀이는 근처 중식당 '해영루'로 나를 안내했다. 이곳은... 내가 하얀이 대학교 졸업식날 예약했던 곳이다. 하얀이가 내게 비싼 지갑을 사준 답례로 내가 하얀이에게 잔치를 열어준 장소다.

자리에 앉으니 옛날 생각이 나면서 도하도 함께 있었으면 좋았겠다 라는 생각이 들었다. 그때 당시 나는 도하와 함께 하얀이의 졸업식에 가고 있었다.

2017년 2월.

그 무렵 나는 탈락의 고배만 마시며 아직 취업 준비중이었다. 나는 방지대학교로 가는 지하철을 타고 가고 있었다. 역에서 내려 대학교 정문으로 향하던 중 내 옆에 커다란 그늘이 생겼다.

오른쪽을 돌아보니 도하였다. 도하는 많이 변해 있었다. 음... 그러니까 더 멋있어진 모습이었다.

“더 예뻐졌네.”

“응? 아... 고마워. 너도 더 멋있어졌네.”

“나 안 보고 싶었어?”

“응? 어... 보고 싶었지... 군대 있을 때 편지 주고받은 이후에 얼굴 보는 건 오늘이 처음이니까... 그동안 잘 지냈어?”

“아니. 못 지냈어. 네가 너무 보고 싶어서.”

“아...”

“설아 네가 너무 보고 싶어서 매일 밤 울면서 지냈는데... 어떻게 잘 지낼 수가 있었겠어.”

“그... 그렇게 말하면 내 가슴이 아픈데.”

“남친은 생겼어?”

“아니. 아직 직업도 없는데.”

“그럼... 내 자리는 남아 있는 거네.”

도하는 그 한 마디를 남기고는 쌩하고 빠른 걸음으로 가버렸다. 하얀이의 졸업식에서 우리는 많은 사진을 남겼다. 나는 하얀이에게 핑크색 장미 다발을 전해주었다. 도하는 백합을 하얀이에게 전했다.

하얀이는 함박웃음을 지으며 내가 예약한 '해영루'로 향했다. 가장 고급스럽기로 유명한 중식당이었다.

도하는 내 옆자리에 앉은 후 물을 따라 주었다. 하얀이는 쟁반짜장 2인분과 깐풍기, 유린기를 시켰다. 만만치 않은 가격이었지만 하얀이에게 이 정도는 쓸 수 있다고 생각하는 중이었다.

도하는 내 얼굴을 빤히 쳐다보며 음식을 기다리고 있었다. 나는 낯이 뜨거워지는 느낌이 들었다. 나는 도하를 보며 말하기 시작했다.

"도하도 6개월만 있으면 졸업이네."

"하얀이랑 같이 졸업할 걸 그랬다. 내 졸업식에는 못 오지?"

그러자 하얀이가 도하를 보며 말했다.

"건욱이랑 나무, 재영이까지 불러서 성대하게 졸업식 파티 열자. 우리 집에서."

도하는 하얀이를 보며 미소를 지었다. 그리고는 고맙다는 말을 했다. 나도 도하에게 선물을 해주겠다며 뭐가 필요한 지 물었다.

"난..."

때마침 음식이 나와서 부랴부랴 식탁에 정리하느라 정신이 없었다. 나는 도하를 보며 다시 물었다. 그러자 왼손으로 내 머리를 쓰다듬으며 먹자는 말만 할 뿐이었다.

그때 도하는 뭐가 갖고 싶었는지 아직까지도 말해주지 않고 있다.

지금 이 자리에 함께 있다면... 도하에게 원하는 선물이 뭐였는지 다시 한 번 꼭 묻고 싶다는 생각이 들었다.

나는 하얀이와 짬뽕 한 그릇을 먹으며 앞으로 있을 신상품 기획에 대한 이야기를 나누었다.

17화.

터닝포인트

금옥만당 만두가 대히트를 친 후 금옥그룹에서는 사원들에게 보너스가 주어졌다. 내가 한 달 월급이 세전 200만원인데... 2주 일한 값을 더 받은 격이니. 결코 적지 않은 금액이었다.

아빠가 쾌차하셔서 회사에 다니고 계시지만 나이가 있으시다보니 내가 하루라도 빨리 자리를 잡아야겠다는 생각이 들었다. 이제 서른 이라는 나이에 꿈이라는 글자는 사치가 되어버렸다.

인턴직도 거의 1년에 가까워지고 있었고 정규직 전환을 앞두고 있는 시점이었다. 내가 영업직에 대한 일과 딱 맞다고 단정지을 수는 없었다. 다만 인턴보다는 조금 안정적인 직급을 원하고 있었다.

나는 하얀이와 구내식당에서 밥을 먹은 후 사내카페에서 앉아서 얘기하고 있는 중이었다.

“내가 인턴으로 1년간 일하면서 돈을 벌 수 있었던 건 하얀이 다 네 덕분이야. 정말 고마워.”

“그게 무슨 말이야?”

“사실 인턴직 채용에 대해서 말해준 날... 영어학원이 폐업하는 바람에 그만두게 됐거든. 게다가 아버지까지 과로로 쓰러지셔서, 돈 벌 사람은 나밖에 없는데... 일자리는 구해야하고... 정말 막막했거든.”

“우리 설아가 마음 고생이 많았겠다...”

“정규직 전환되면 안정적인 직장이 생기는 거니까... 욕심이 나긴 해...”

“설아는 꼭 될 거야.”

“고마워...”

나와는 다른 환경에서 자란 하얀이가, 내가 돈에 절박해 하는 상황에 대해 모든 것을 다 이해하기에는 어려움이 있을 것이라 생각은 하고 있다.

그러면서도 하얀이가 긍정적인 말을 해줄 때면 나를 조금은 이해해주고 있구나 싶었다.

나는 하얀이와 함께 엘리베이터를 탔다. 5층에서 내려 복도를 지나가는데 영업부 게시판에 인사관리에 대한 종이가 붙어 있었다.

<정규직 전환>

국내 영업부 한설아 인턴

국제 영업부 진재경 인턴

나는 게시판을 보며 눈물을 글썽였다. 그리고는 하얀이에게 안겨 진심어린 축하를 받았다.

“오늘 정규직 전환된 거 축하 파티하자!”

“고마워.”

나는 부모님께 정규직으로 전환됐다는 사실을 전화로 미리 알렸다. 그리고 친구들과 축하파티를 한다고 말씀드렸다. 가족파티는 내일 저녁에 하기로 약속되어 있었다.

하얀이와 나는 퇴근 후 회사에서 30분 정도 떨어진 곳에 있는 ‘분조칵테일바’에 도착했다. 하얀이는 도하도 불렀다고 했다.

셋이 모인 김에 나는 ‘해영루’에서 말하지 못했던…

도하가 졸업 선물로 어떤 걸 원했는지 물어볼 심산이었다.

10분 후 도하가 가게 문을 열고 들어오며 나를 향해 환히 웃어 보였다.

우리는 맥주 3병에 소주 3병을 마시고 있었다.

술을 잘 못 마시는 나는 조금씩 얼굴이 빨개지며 취기가 올라오고 있었다.

도하가 내게 바람을 좀 쐬자고 제안했다.

“설아야. 나랑 바람 좀 쐬고 올래?”

“그래야겠다…”

도하는 내게 외투를 걸쳐주었다. 그러자 하얀이가 말했다.

"왜 너네 둘이만 가냐. 그럴거면 계산하고 다같이 나가자."

도하는 웃으며 고개를 끄덕인 후 계산을 했다. 그리고 우리 셋은 편의점을 향해 뚜벅뚜벅 걸어갔다.

편의점에 다다르자 하얀이는 아이스크림 냉동고에 다가가 아이스크림을 고르고 있었다.

나는 다리에 힘이 풀려 옆에 있던 도하를 밀치며 편의점 옆 골목으로 들이밀었다.

"어... 미안해. 도하야."

"난 괜찮아. 설아 너는 괜찮아?"

"응. 괜찮아. 다 괜찮은데..."

도하는 내 어깨를 잡아주며 말했다.

"그러게. 좋은날 왜 우울해해."

"사실 나는... 꿈은 없이 돈을 벌기 위한 그 목적 하나만을 갖고 여태 살아왔어. 취업에 실패한 내가 불명예스럽고... 그저 돈을 벌 수 있는 일자리가 있다면 내가 잘하고 좋아하는 일인지는 생각해볼 겨를도 없이 일단 하고 봤어."

도하는 말없이 고개를 끄덕여주었다.

"... 정규직되고 돈에 여유가 생기면... 나한테도 꿈이 생길까?"

"돈의 부족함이 채워진다면... 뭘 하고 싶어?"

"음... 돈 걱정을 하지 않는다면... 잘 모르겠어."

"내가 같이 고민해주고 싶어…"

"하나 있긴 해. 돈 걱정이 없다면… 쇼핑. 엄마랑 같이 쇼핑해보고 싶어."

"좋은 생각이다."

"응… 그런데. 도하야."

"응. 설아야."

"하얀이 졸업식 날 중국집 갔을 때."

"응."

"왜 갖고 싶은 선물 얘기는 안 한거야? 지금이라도 말해봐. 내가 정규직 된 김에 선물 하나 해줄게."

"내 앞에 있는데 뭘."

"응?"

"설아야. 나는 지금 이대로 네 옆에 있는 것도 좋아."

도하는 어두운 골목에서 나를 꺼내주었다. 그 모습을 보고 있던 하얀이는 내게 딸기맛 막대아이스크림을 건넸다.

도하는 내게서 아이스크림을 가져간 후 포장지를 까서 내게 먹여주었다. 달콤했다.

나는 하얀이와 함께 도하의 차를 탔다. 내가 가장 먼저 내렸고 도하와 하얀이에게 고맙다는 인사를 했다.

집에 들어오자마자 바로 씻었다. 오늘 하루는 행복하면서도 어쩐지 고된 느낌이었다.

나는 방에 들어가 요매트에 누워 바로 잠이 들었다.

반쯤 깬 얼굴로 휴대폰 시계를 보니 벌써 12시였다.

나는 어쩐지 좀 우울하면서도 허기진 느낌이 들어 휴대폰으로 배달앱을 켰다.

2022년 10월. 밤 12시.

'배달기사님께 : 벨이나 문 두드리지 마시고, 그냥 문 앞에 놔주세요. 배달 됐다는 문자 보내지 마세요.'

가족들과 함께 사는 나로서는 혼자 지내는 밤이 아니기에... 밤 늦게 야식 배달을 시키려면 조용히 먹는 것이 내가 가족들에게 해줄 수 있는 나름의 배려이다.

나는 배달 앱으로 부채살 스테이크 풀박스를 시킨 후 노트북을 켜고 영화를 볼 준비를 하고 있었다.

'배달이 예상시간보다 20분 빨리 완료되었어요.'

나는 현관 문 앞에서 두 손을 모으며 두 눈을 감았다. 요청 사안을 잘 지켜주신 기사님께 감사의 인사를 표하며...

조용히 현관 문을 열고는 음식이 든 봉투를 들고 살금살금 폴짝! 방 안으로 들어왔다.

오늘의 영화는... 인플라워.

부채살 스테이크를 입에서 잘근잘근 씹으며 목으로 넘기며 물을 마셨다. 그리고 감자튀김 위에 케첩을 뿌렸다. 짭조름하면서 기름진 감자튀김이 새콤달콤한 케찹과 만나니 구미가 계속 당겼다. 함께 온 양상추 샐러드에 유자 드레싱을 뿌려 찹찹 먹고 있었다.

이거 또 안 먹을 수 없지. 어슷썰기로 썰린 브라운빵 하나를 집어들고는 딸기잼을 스윽 발랐다. 어머. 이 빵 뭐야… 너무 부드럽고 고소하잖아!

노트북 화면에서는 여자주인공 올리비아의 산통이 시작되고 있었다.

그 순간… 내 배에서도 이상한 느낌이 감지되었다. 배가 너무 아파왔고 나는 화장실로 뛰어갔다. 변기 위에 앉아 있는 중 복부 통증은 계속되는 가운데 갑자기 하품이 나왔다. 그러면서 머릿속이 새하얘지기 시작했다. 시야는 흐려지고 배의 통증은 계속되었다.

'똥 싸다가 죽을 수는 없어!'

얼른 뒤 처리를 한 후 변기 물을 내리고 손을 씻는데 정신이 점점 더 희미해지기 시작했다. 나는 곧바로 화장실을 나왔고 바로 앞에 있는 파란색 식탁을 부여잡고는 쓰러졌다.

그 순간 내 머릿속에는 화장실에서 내 생을 마감하지 않은 것이 다행이라는 것밖에는 생각이 들지 않았다.

눈을 떠보니 하얀 도포를 입은 남자가 나를 향해 다가오고 있었다.

"Hi. baby." (안녕. 아가야.)

뭐여. 외국인 산신령이여? 뭐. 대답은 또 해줘야지. 내가 영어회화학원 다닌 것만 자그마치 3년인데. 중급반 진급은 못했지만.

"Yeah. hi. Do I go to heaven or hell?"

(네. 안녕하세요. 저 천국가나요? 지옥가나요?)

당황한 산신령은 하얀 도포자락을 휘날리며 말했다. 아. 물론 한국어로.

“너가 죽은 건 알긴 아는구나. 내가 너한테 하나 묻고 싶은 게 있는데.”

“아... 외국인 아닌데 왜 외국말 해요.”

“I’m sorry. 너 다음에 태어난다면 뭘로 태어날래?” (미안해.)

“나요? 부잣집 딸래미. 그건 왜...”

그렇게 하얀 할아범탱이는 내 시야에서 사라졌고 나는 그 분을 잡으려고 허공에 팔을 흔들고 있었다.

2022년 10월. 밤 12시.

나는 너무 목이 말라 물을 마시려고 일어났다. 응? 잠깐만. 나... 죽었는데.

손으로 몸을 만지자마자 두터운 살들이 느껴졌다. 뭐야. 나 왜 이렇게 뚱뚱해. 지옥에 왔나?

손가락을 더듬어 불을 켰다. 내 눈 앞에는 웬 할머니가 서 있었다.

누구신지...

전신거울에 비친 내 모습이었다.

할머니로 환생했어? 내가?

18화.
귀금옥, 그녀는 누구인가_1

내 나이 서른. 똥 싸다가 죽을 뻔 했지만 다행히 싸고 나서 죽었다.

내가 먹은 부채살 스테이크가 잘못된 것은 아닌지 의심되지만... 그러기엔 너무 맛있었어.

그렇다면 내 소화기관이 문제였던 것인가.

어쨌든 죽은건 그렇다쳐도 왜 하필 귀금옥 회장님으로 환생한거지?

무의식 속에서 부잣집 딸래미를 원했던 내 속물적인 속성을 하늘이 알고 이런 모습으로 환생하게 해준 건가.

아니. 그래도 52년생에 뚠뚠한 할머니는 좀 심하지 않나...

전신거울로 내 몸매를 매만지면서 이런 저런 생각에 잠기고 있었다.

이유야 어찌됐든 그렇게 바라던 부잣집 딸래미로 다시 태어난 거니까.

게다가 부잣집 할머니면 적어도 돈 걱정없이 살 수 있겠군.

그럼 일단 귀금옥 회장님에 대해 알아볼까?

나는 방에 있는 소반 위에 노트북을 켜고 인터넷에 '귀금옥'을 쳐봤다.

하지만 아무리 인터넷을 찾아봐도 그녀에 대한 상세한 정보는 찾기 힘들었다.

그녀는 금옥그룹의 명예회장이며 회사의 실질적인 경영은 모두 백하준 사장에게 일임했다는 얘기뿐이었다. 그리고 신입사원 채용 시 면접에 관여한다는 글이 드물게 보였다.

하는 수 없이 가족들을 공략해 그녀에 대한 것을 파헤쳐 보기로 했다.

때마침 백하준 사장이 아침 문안 인사를 하러 내 방으로 들어왔다.

오전 6시.

"어머니. 잘 주무셨어요?"

"응. 그래."

"몸은 좀 어떠세요."

회장님 몸이 좀 안 좋으신가?

"뭐. 나쁘지 않아."

"어머니. 식단관리 중에 야식은 금물이예요."

오. 나와 공통점을 찾았다. 야식을 즐겨드시는구나.

"어제는 괜찮으셨어요?"

"어제?"

내가 죽은 날인데… 귀금옥 회장님도 무슨 일이 있으셨나?

"부채살 스테이크 풀박스 드신 후에 배탈나셔서 고생하셨잖아요."

응? 나랑 같은 음식을 드셨네? 그런데 할머님도 배탈이 나셨었다고? 역시 그 음식이 문제였나.

"그랬지. 괜찮아 지금은. 아무렇지도 않아."

"어머니. 야식 그렇게 드시다가 정말 건강 안 좋아지세요. 가뜩이나 불면증까지 있으신데. 제발 야식 좀 줄이시고 운동 좀 하셔요."

회장님 운동 안 하시는구나. 나랑 똑같네.

"그리고… 식사하시고 매일 같이 그렇게 누워 계시면 소화 안 된다고 제가 몇 번이나 말씀드렸어요. 제발 좀. 어머니. 예?"

그러면 진짜 안 좋긴하지.

"알겠어. 앞으로는 안 그럴게."

"그리고. 그 자개함 안에 들어있는 젤리… 제가 모를 줄 아셨죠? 어머니. 단 음식도 좀 줄이시고요. 그니까 살이 찌실 수밖에 없는거예요…"

살 얘기는 아니지. 그건 내 몸일 때 할 수 있는 말이지. 사장님 선 넘으시네.

"알겠어. 고만하고."

"어머니. 제가 아기 취급한다고 하시는데. 이거 다 어머니 건강 생각해서 하는 말이에요. 어제만 해도 그래요. 그걸 그렇게 우걱우걱 드시니 배탈이 날 수밖에 없는 거예요."

뭐라고? 우걱우걱? 이건 무슨 석기시대 닭다리 뜯어먹는 소리도 아니고. 자기 어머니한테 이런 말을 한다고?

“아들아. 내 건강은 내가 알아서 할테니. 여기서 그만해.”

“맨날 그만하라고 하시면서 개선이 안 되시잖아요.”

“그럼 내가 운동을 하면 되겠니?”

백하준 사장님은 깜짝 놀라시면서 나를 쳐다보고 있었다.

“예?”

“내가 야식 안 먹고 안 눕고 운동하면 되겠냐고 물었다.”

“아… 네… 그런데 젤리 안 드신다는 말씀을 안 하시네요.”

아. 들켰다.

“그래. 줄여보마. 됐니?”

“예. 그럼 오늘 친구 분들이랑 잘 놀다오시고요. 차 조심하시고. 가방도 잘 챙기시고요. 식사하실 때 제발 좀 천천히 드세요.”

거참 잔소리가 2절 3절에 이어 후렴까지 있으시네.

나는 그렇게 30분이 넘도록 백하준 사장님의 연설을 들은 후에야 방에서 나올 수 있었다.

하얀이는 파란색 정장을 입은 모습으로 현관문 앞에 서 있었다. 그리고는 내게 다가와 안겼다.

“할무니~ 하얀이 출근합니당~”

아침부터 애교가 흘러넘치네.

“그래. 잘 다녀와.”

"그런데 할머니."

"응. 왜."

"왜 이렇게 딱딱해진 느낌이지?"

"왜. 뭐가."

"아니. 평소에는 우리 강아지~ 하면서 엉덩이 두들겨 주잖아. 오늘은 왜 안 해줘?"

아. 그런 것도 해야 해? 참... 옛다 궁디팡팡.

나는 오른손으로 하얀이의 엉덩이를 톡톡쳤다.

"됐지?"

"응! 다녀올게요! 할머니. 오늘 차 조심하고. 가방 잘 챙기시고. 식사할 때는 천천히 드세요!"

회장님을 아기 취급하는 사람이 또 있었네. 아니 회장님이 물건 잃어버리신 적 있나? 이 정도 취급이면 나 그냥 방 안에만 있어야 하는 상태인 거 아니야?

나는 부엌에서 바나나 한 개와 떠먹는 요거트를 들고는 방 안으로 들어왔다. 그리고는 회장님에 대해 알아낸 내용을 다이어리에 적기 시작했다.

<다이어리>

- 백하준·백하얀 : 잔소리가 심함, 아기 취급함
- 야식을 즐겨함
- 평소 불면증이 있음

- 눕기를 좋아하고 운동을 안 함

- 어제 배탈이 났음

- 출근 전 하얀이한테 궁디팡팡해주기

오늘 아침에 가족들한테 알아낸 건 이 정도고. 이제 친구들을 좀 만나러 가볼까.

나는 씻으려고 욕실로 들어갔다. 바지를 벗으니 오른쪽 허벅지에 시퍼런 멍이 있었다.

이게 뭐지? 어디서 넘어지셨나? 그런데 한두 번 생긴 멍 같지가 않은데…

뭐. 어디서 넘어지셨나보지.

나는 시원하게 씻은 후 욕실에서 샤워가운을 입고 우아하게 나왔다.

그리고는 옷장을 열어봤다. 부잣집 할머니치고는 수수하게 생긴 옷들만 있었다.

보푸래기가 조금씩 있는 옷들도 보였다. 옷장 안이 나랑 별반 다르지 않네.

나는 연두색 니트에 갈색 코트를 입었다. 그리고 조금 해졌지만 기품있어 보이는 갈색 가방을 들었다.

밖으로 나가니 검정색의 번쩍거리는 차가 나를 기다리고 있었다. 기사님이 열어주시는 차를 타고는 얼떨떨했다. 이런 게 일상이시구나. 회장님은…

나는 근처 백화점에 도착했다. 어? 여기는… 배영백화점이네.

회장님 모습으로 다시 오다니. 참. 감회가 새롭네.

백화점 안으로 들어가니 회장님 또래로 보이는 세 분이 서 계셨다.

카리스마 있어보이는 분은 상경자. 온화하게 생기신 분은 유연석. 선글라스 끼신 분은 노강복이었다.

상경자 할머님은 나를 빤히 보더니 물었다.

"금옥아. 너 어제 무슨 일 있었니?"

그러자 유연석 할머님이 내게 말했다.

"어제 배탈나서 아들한테 혼났다며. 서럽다고 울면서 전화했었잖아. 나한테."

회장님... 마음 고생 하셨구나...

노강복 할머님이 내게 젤리를 건네며 말했다.

"이거 먹고 기분 좀 풀어. 근데 네 아들도 진짜 별로야. 분가하라고 해도 뭔 고집으로 네 집에서 안 나간다니?"

응? 분가하라고 해도 사장님이 안 나가시는 거라고? 나는 뒷말을 더 듣기 위해 맞장구를 쳤다.

"그... 그러게 말이야. 그런데 아마도... 내 건강이 걱정돼서 그런 거 같던데..."

"뭐라고 하디? 야식 먹지 말고, 누워있지 말라고 그러지? 지들은 왜 밥 안 챙겨 먹고 술, 담배하면서 몸 버리는 짓 한다니. 우리는 아프면 병원 가고 약국 가고 다 해. 병원이랑 약국가봐. 다 우리 또래만 앉아 있지. 그거 다 핑계야."

"내 건강 걱정이 핑계라면... 다른 의도가 있다는 거야?"

"뭐, 네 아들이니까 네가 잘 알겠지만. 그냥 나는 좀 그렇다는거지. 능력 있는 애가 왜 다 늙은 엄마한테 붙어 살고 있냐. 안 그래?"

나는 귀금옥 회장님이 아니라 무슨 말씀을 하시는지 알 수가 없어 조금 답답한 기분이 들었다. 하지만 어쩐지 중요한 정보를 들은 것 같아 다이어리에 적어 두기 위해 기억하고 있었다.

우리는 상경자 할머님의 리드 하에 여성 의류가 있는 4층으로 향했다.

엘리베이터를 타고 들어가니 몇 십만원에서 몇 백만원을 호가하는 옷들이 가득했다.

와. 나는 우리집 시내 옷가게만 가봤지. 백화점에서 옷 사보는 건 처음인데.

나는 일단 나한테 어울리는 걸로다가 다 골라봤다. 니트에서 시작해서 코트, 스카프, 신발까지.

회장님 친구들은 눈이 휘둥그레지면서 나를 쳐다봤다. 유연석 할머님이 내게 물었다.

"야... 금옥아... 너 요새 심경에 변화가 생기긴 했구나. 이렇게 많이 산 적은 없었잖아. 사더라도 한 개만 사거나 아이쇼핑만 했으면서..."

아. 그렇구나. 회장님은 엄청 검소하셨구나.

나는 조금 민망해서 얼굴을 붉히고 있었다. 그러자 상경자 할머님이 말했다.

"지돈 지가 쓴다는데. 누가 뭐래. 얘도 오늘은 좀 지르고 싶은 날인가 보지."

노강복 할머님이 선글라스를 벗으시며 말했다.

"그래. 얘가 부잣집에서 태어났어도 부모님이 검소하게 살라고만 하셔서 그렇잖아. 그런데 그 습관은 고쳐졌니?"

습관? 어떤 습관이 있으신거지? 나는 고개를 갸웃거리며 노강복 할머님을 바라봤다.

"너 누군가한테 억압받는 느낌들 때마다 네 허벅지 주먹으로 치는 거. 아직도 하고 있는 건 아니지?"

뭐? 그럼... 이 멍이... 그런 상처였다고?

내 눈에서는 눈시울이 붉어지고 있었다.

19화.

귀금옥, 그녀는 누구인가_2

내가 회장님 친구들과 있으면서 그녀에 대해 알아본 바로는 다음과 같다.

우선 귀금옥 회장님의 할아버지께서는 증권회사를 운영하셨었다.

그리고 아버지는 주류 사업을 크게 하셨다. 당시 국내에서 만든 막걸리 사업이 잘 되어 해외로 수출까지 해 막대한 수익을 거두었다.

귀금옥 회장님은 아버지의 주류 사업을 이어받지 않고 자금만 빌려 본인 이름을 건 식음료 회사를 차렸다고 했다.

그리고... 귀금옥 회장님이 몸에 흔적을 남길 수밖에 없었던 이유는 바로 부모님의 엄격한 교육법 때문이었다.

집안에서 해야 할 말과 행동에 대한 것들에 대해 규칙을 정해 두었다. 원칙을 어기면 가차 없이 굶겼다고 했다.

또한 돈에 대한 개념이 필요한 시기에는 스스로 집안일을 도와서 용돈을 벌도록 했다. 그리고 받은 돈도 허투루 쓰지 않는 법을 가르쳤다고 한다.

성인이 된 후 귀금옥 회장님이 아버지 회사에서 경영수업을 받을 적에는 사원들보다 적은 월급을 받았다고 했다.

다만 귀금옥 회장님이 회사를 차릴 자금이 필요한 때에는 사업계획서를 꼼꼼히 준비해 발표까지 해가며 아버지를 설득해 밑천을 빌릴 수 있었다고 했다.

노강복 할머님 말씀으로는 회장님이 17세 때부터 몸에 흔적을 남기신 것 같다고 하셨다.

고등학교 때 방과 후 몰래 친구 분들과 개울가로 놀러간 적이 있다고 했다. 회장님이 교복 치마를 들추고 물장구를 칠 때 노강복 할머님이 그 멍자국에 대해 물어보셨다고 했다.

그때 처음 회장님이 부모님에 대해 말씀하시길 숨 막히는 원칙주의자라고 하셨다고 한다.

친구들과 개울가를 간 그 날 역시 집에 바로 안 왔다는 이유로 밥을 굶게 돼 허벅지를 주먹으로 치시며 하루를 버티셨다는 이야기를 들었다고 하셨다.

회장님을 비롯한 세 분 모두 방지대학교 심리학과를 졸업하셨다. 졸업 이후에는 서로 왕래가 없으셨다고 했다.

한동안 회장님은 사업이 바쁘셔서 친구 분들과 관계가 소원해지셨다고 했다.

그리고 세 분과 다시 만나게 된 계기는 회장님의 남편 분이 상을 당하셨을 때였다고 한다. 결혼하신 지 3년 만에 혼자가 되신 것이다.

그제서야 나는 백하준 사장님이 왜 회장님과 같이 살려고 하시는지 조금은 알 것 같았다.

홀로 사장님을 키우셨던 회장님을 외롭게 하고 싶지 않은 마음이 아닐까 싶었다.

하지만 가족이라는 이유로 걱정이 넘치다 못해 말까지 지나치게 나오시는 것은 회장님께 상처가 되었을 것 같다는 생각이 들었다.

나는 내 오른쪽 허벅지를 어루만지고 또 어루만졌다. 그간 회장님의 고된 삶이 이곳에 닿아있는 것 같아서...

우리는 쇼핑 후 근처 양식집에서 식사를 하는 중이었다.

노강복 할머님은 나를 빤히 보며 물으셨다.

"그런데 금옥아."

"응. 강복아."

"너 네 얘기 하는 거 별로 안 좋아하면서. 오늘은 웬일로 옛날 얘기까지 다 꺼낸다니?"

그야 제가 앞으로 귀금옥 회장님으로 살기 위해서는 뭐든 다 알아야하기 때문이죠.

그래. 최대한 자연스럽게 대답하자.

"하하하- 늘그막에 주책인가보지 뭐."

그러자 유연석 할머님이 말씀하셨다.

"왜~ 늙으면 다 그렇지 뭐. 괜히 옛날 생각나고. 그땐 그랬었지 하면서 추억에도 잠기고."

휴... 그래도 안 들키고 잘 여쭤봐서 필요한 정보 중 일부는 알아낸 것 같은데.

하얀이랑 가족이 되었다는 게 좀 걸리긴 하네. 같이 살아야 한다는 게 좀 불편하긴 하지만.

이제 내가 하얀이 할머니니까. 잘 대해줘야겠지.

그런데 말이 쉽지. 내가 할머니처럼 행동이 되겠냐고! 그래도 오늘 아침에 궁디팡팡은 자연스러웠어. 음.

아니. 그보다 하얀이는 내가 죽은 걸 알까. 지금쯤 내가 회사에 없다는 걸 알고는... 부고를 접했을지도 몰라.

도하는 진짜 울고 불고 난리났을텐데...

얘들아... 나... 앞으로 귀금옥 회장님으로 살아야 해.

엄마, 아빠. 내 장례는 잘 치르셨나요. 평생 고생만 시켜드리고 죄송해요.

나는 부모님이 생각난 김에 이따 아버지 퇴근 시간에 맞춰서 집에 한번 들르기로 마음먹었다.

식사를 마친 후, 나는 할머님들과 함께 영화를 보러 가기로 했다.

영화 한 번 보는 돈이 아까워 월 7천9백원 내고 태빙에서 영화를 보곤 했었는데...

이제는 영화 개봉할 때마다 스크린으로 볼 수 있겠다! 나는 들뜬 마음을 품고 영화관으로 향했다.

우리는 상경자 할머님 스포츠카로 다같이 움직였다.

오. 나는 스포츠카는 처음인데.

“너무 멋있다.”

앗. 내 속마음이 입으로 튀어나와버렸네.

유연석 할머님은 웃으며 나를 빤히 쳐다보셨다.

“얘. 금옥아. 너 오늘 좀 낯설긴 하다.”

아무렇지 않은 척 하자.

“왜. 뭐가.”

“네 감정표현이 꼭 이삼십 대 아가씨 같아서.”

헙. 그게 느껴지시나? 역시 연륜은 무시 못한다니까. 앞으로 할머님들 앞에서 말이랑 행동 진짜 조심해야겠다.

그런데 내 주변에는 70대 할머니가 안 계셔서 어떻게 행동하시고 말씀하시는지를 모르겠네.

나는 태어나기 전에 이미 조부모님이 다 돌아가셔서 할머니, 할아버지의 손길을 느껴본 적이 없었으니.

내일은 노인복지회관에 전화해서 방문 가능한지 여쭤봐야겠다. 어르신들을 뵈면 30대인 내가 70대 할머니로 살아가는데 도움이 되지 않을까.

나는 고개를 끄덕이며 할머님들과 함께 영화관 안으로 입장했다.

오늘 우리가 볼 영화는… ‘오 마이 파라다이스’다.

영화를 보며 웃고 계시는 할머님들을 보니 젊음으로는 감히 대체할 수 없는 아름다운 모습임에 틀림없었다.

나는 내 왼편에 앉은 유연석 할머님과 오른편에 앉은 노강복 할머님의 손을 잡았다.

노강복 할머님은 옆에 앉은 상경자 할머님의 손을 잡았다.

그렇게 우리는 영화 상영시간인 104분 동안 서로의 온기를 느끼며 추억이라는 달콤함을 맛보게 되었다.

나는 할머님들과 영화관 밖으로 나왔다.

상경자 할머님은 환히 웃으시면서 내게 말했다.

"얘. 금옥아. 어쩜 조지드래건이 3년 전 죽은 내 남편이랑 똑같다니."

그러자 유연석 할머님이 손뼉을 치시면서 말했다.

"네 남편은 무슨… 내 전남편이랑 똑같던데 뭐."

노강복 할머님은 핑크색 스카프를 두르시면서 한 마디 하셨다.

"뭔 소리야. 내 남편이랑 똑같은데."

조지드래건이 어떤 할머님의 남편 분과 똑같이 생겼는지 당장은 알 수 없는 일이었지만… 할머님들이 기분 좋으시니 나도 왠지 뿌듯해졌다.

상경자 할머님은 나를 집까지 태워다 주겠다 하셨다. 하지만 나는 부모님을 뵈러 가야하니.

혼자 집에 가겠다고 하고 고맙다는 말을 남기며 우리는 헤어졌다.

나는 오늘 쇼핑한 종이백들을 한아름 들고는 버스에 몸을 실었다.

아이고. 몸이 무거운 건지. 물건들 무게를 내가 감당을 못하는 건지.

가만. 나 이제 70대 노인이니까. 노약자석에 앉아도 되겠네. 굳이 뒷자리까지 안 가도 되겠다.

버스 카드를 찍고는 자리에 앉으려고 보니 이삼십대 분들이 앉아 계셨다.

그래. 나는 저- 뒤로 가련다.

그러자 기사님이 나보고는 얼른 앉으라며 큰 목소리로 말씀하셨다.

"할머니! 빨리 앉으세요!"

"예! 앉을게요!"

에휴. 나는 부랴부랴 짐을 챙겨 왼쪽 구석에 자리를 잡고 앉았다.

짐을 내 몸 가까이에 안으며 창밖을 바라봤다.

70대 노인으로 사는 것도 녹록지만은 않구나 싶었다.

그래. 나이 불문하고 사람 사는 게 어디 그리 쉽던가.

나는 우리집 앞 정류장에서 내리면서도 끙끙거려야 했다.

아휴. 살을 빼던가 해야지. 안 되겠네. 영 움직이기가 힘드네.

아직 아빠 퇴근 시간이 안 되었으니. 엄마는 집에 계시겠네.

나는 103동을 향해 걸어갔다. 때마침 공동현관문으로 나오는 주민 분 덕에 쉽게 안으로 들어갔다.

늘 탔던 엘리베이터인데 왠지 모르게 마음이 두근거렸다.

나는 1203호 문 앞에 서서 백화점에서 산 엄마, 아빠 겨울옷이 담긴 종이백을 걸어두었다.

그러자 갑자기 문이 열렸다.

엄마인가?

“어머. 설아야. 어떤 할머님이 오셨는데?”

네? 제가… 설아인데요? 엄마 딸 설아는 죽었는데…

그때 나는 내 눈 앞에서 죽은 나를 보는 기이한 풍경을 보게 되었다.

누구세요?

20화.
환생의 목적

나는 한설아의 형체를 보자마자 너무 놀라서 뒤로 주춤거렸다. 그리고는 엄마께 한 마디 건넸다.

“이건... 설아가 드리는 선물이에요.”

두근거리는 가슴을 진정시키며 엘리베이터를 탔다. 나는 아파트 앞 벤치에 앉아 있었다.

내가 죽은 게 아니었나? 아니. 분명 산신령은 나보고 내가 죽은 걸 안다고 했어.

그럼 내 모습을 하고 우리집에서 살고있는 저 사람은 누구지?

잠시후 한설아의 몸체가 나를 보며 뛰어오고 있었다.

환장하겠네. 왜 내 몸이 살아있는거냐고!

"설아야."

"누구세요?"

"나야. 귀금옥."

"네? 회장님이라고요? 그런데... 어떻게 제 몸 속에..."

"나도... 그 날 죽었거든."

나는 도저히 상황 파악이 안 돼서 회장님. 아니. 내 얼굴에 흐르는 식은땀을 닦고 있었다. 그러자 회장님이 말씀하셨다.

"설아양. 우리는 한 날 한 시에 죽었어요. 사인은 배탈이 나서."

"그럼. 회장님도 그 산신령을 보셨겠네요. 다시 태어나고 싶은 게 뭔지도 말씀하신건가요?"

"그렇죠. 저는 30대 평범한 여자로 태어나고 싶다고 했어요. 그래서 설아양으로 환생하게 된거고요."

"아니. 부잣집 할머니께서 뭐가 아쉬우셔서... 저같은 애로 환생을..."

"저는... 지금이 너무나도 행복해요. 설아양... 그 전에 제가 설아양한테 부탁이 있는데... 혹시 들어줄 수 있나요?"

"네. 말씀하세요."

나는 침을 꿀꺽 삼키며 회장님의 말씀에 귀를 기울이고 있었다.

"혹시 제 몸에 멍자국을 보았나요?"

"아... 네... 실은 회장님 친구 분들 만나서 회장님에 대해 알아오는 길이었어요."

"제가 친구들한테는 부모님의 엄격한 교육법 때문이라고는 했지만 사실 굶기는 체벌은 학대에 가까웠어요. 그걸 못 견디고는 제 몸에 상처를 입힌거죠."

눈시울이 붉어지는 내 모습을 보며 나도 눈물이 나고 있었다.

"저는 부잣집 딸래미는 맞지만 억압과 속박 속에서 자유라는 이름을 잊고 산 세월이 벌써 70년이나 됐답니다. 내 아들 백하준 사장과 하나뿐인 손주 하얀이도 만났겠지만 저를 위한다는 이름 하에 불편한 소리를 감내하며 살아온 것이 저에게는 오히려 불면증이라는 병을 안겨주었지요."

"제가 무얼 해드리면 될까요?"

"... 회사에 제 얼굴을 비춰주세요."

"네? 회장님은 여태 베일에 싸인 채로 회사 경영을 백하준 사장님께만 맡기셨잖아요."

"그랬죠. 제가 사람들 앞에 서는 것에는 극도의 공포심이 생겨 불안증세가 있어 하준이한테 맡긴 거예요. 사실 회사를 처음 일굴 때도 회장 대행을 맡아준 친구가 있어요. 저는 그저 돈을 어떻게 벌고 쓰는지에 대해서만 부모님한테 배웠을 뿐. 저를 드러내는 일에는 몸이 거부하고 있죠... 설아양..."

"네. 회장님."

"설아양이 인턴 면접 때 '자유'에 대해서 말해주었지요?"

"네."

"그때 설아양을 보면서 자유에 대한 갈망이 다시 생기더라고요. 그리고 설아양의 그 생각과 재능을 갖고 하루만이라도 살아보고 싶다는 생각이 들었어요."

"저같이 볼품없는 애가…"

"그렇지 않아요. 설아양. 회사에 얼굴을 비추고 회사 경영을 맡아주세요. 그리고 그렇게 된다면 제 부모의 학대에 대해서도 말이 나올 거예요. 그럼 제 이야기를 세상 사람들에게 들려주세요. 그리고 다시는 그런 학대가 없도록 단단히 힘주어 말해주세요."

내 눈에서는 눈물이 멈추지 않고 있었다. 내 몸을 한 귀금옥 회장님의 손길이 나를 어루만져주고 있었다.

"설아양이라면 잘 해주리라 믿어요."

나는 고개를 끄덕이며 내 몸을 끌어안았다. 내가 나를 안아보는 것이 처음이라 이상한 느낌이 들었지만 내 몸이 아닌 귀금옥 회장님의 영혼을 안아주는 것이라 생각하고 있었다.

나는 버스를 타고 집으로 돌아오는 길에 참 많은 생각이 들었다.

어쩌면 내가 귀금옥 회장님으로 환생한 것이 내 인생에 새로운 꿈을 생기게 할지도 모른다는 생각이 스쳤다.

그리고 나 한설아가 앞으로 귀금옥 회장님으로 살려면 금옥그룹을 어떻게 이끌 것인지에 대한 계획을 철저히 세워야겠다 다짐했다.

나는 버스에서 내린 후 집 앞까지 터벅터벅 걸어가고 있었다.

대저택으로 가는 길은 꽤 멀었지만 험난하지는 않았다. 길도 구불거리지 않았고 돌부리 하나 없어 발에 걸리는 방해물도 없었다.

다만 삭막했다. 조용했다. 외로웠다. 이곳에서 회장님이 갈망했던 자유란 억압과 속박에서 벗어나는 것 이외에 또 어떤 삶을 바라고 계셨던걸까.

아마… 누군가의 뒤에 숨지 않고 회장님 자신의 삶을 펼치며 사는 삶이 아니었을까.

내가 당장 눈앞에 있는 돈이 필요해 꿈보다는 안정적인 직업을 갈망한 것과는 다른 삶인데.

과연 내가 귀금옥 회장님으로 살 수 있을까.

대문 앞에 다다르자 한숨이 절로 나왔다. 하지만 어쩐지 묘하게 할 수 있겠다는 의지도 느껴졌다.

회장님과의 약속도 있고. 나도 부잣집 딸로 살기를 바랐었고. 이 나이에 못할 게 뭐 있겠냐.

그래! 해보자! 한설아. 지금부터 귀금옥 회장님으로 살기 본격 시작이다!

그날 저녁.

백하준 사장님은 퇴근하자마자 내 방문을 두들겼다.

'똑!똑!'

"그래. 들어와라."

"어머니!"

"웬 소란이야."

나는 우아하게 소반 위에 있는 모과차를 들이켜고 있었다.

"어머니. 어머니께서 회사 경영에 관여하신다고 하셨어요?"

"그래. 내 회사인데. 내가 안 하는 게 이상하지 않니?"

"아니... 어머니. 그 불안증세는 어쩌시고요."

"괜찮아. 어제 배탈난 뒤로 싸악- 나았어."

"무슨... 말도 안 되는..."

"이미 배비서님... 아니. 배비서한테 다 말해놨고. 내일부터 출근하기로 했으니까 그리 알아라."

내 말이 끝나자 하얀이가 내 방문을 두들기고는 들어왔다.

"할머니! 나 불렀어?"

"응. 그래. 우리 강아지."

"퇴근 시간에 갑자기 할머니가 문자 보내서 깜짝 놀랐어. 무슨 일인데?"

하얀이는 내 팔짱을 끼며 요매트 위에 올라앉았다.

"이 할미가 내일부터 하얀이랑 같이 출근하려고 그러는데 하얀이는 어떻게 생각혀?"

"정말? 나야 좋지! 그럼 내 친구 설아도 소개해줄게!"

아. 나를 소개해준다고?

"어... 어떤... 친구인데?"

그러자 백하준 사장님이 나를 보며 말했다.

"어머니께서 칭찬하신 그 한설아 인턴 있잖아요. 유능하다던..."

"아차차. 그랬지. 응. 그래. 소개해줘."

하얀이는 하얀 이를 드러내며 웃었다. 그리고는 내 왼손을 꼬옥 잡았다.

다음날 아침.

오늘의 룩은 하얀색 셔츠에 검정색 정장을 입었다. 그리고 검정색 구두를 신었다. 가방은 검정색 미니백을 들었다.

백하준 사장님과 하얀이와 함께 차를 타고 회사에 다다르니 언론사들이 차 주변으로 모여들고 있었다.

백하준 사장님이 조수석에서 뒤를 돌아 나를 보며 물었다.

"어머니... 언론사 부르셨어요?"

"그래. 불렀다. 서프라이즈~ 하려고."

"아니... 어머니... 배탈나신 뒤로 어째..."

"앞으로 숨지 않을 거다. 네 뒤에도. 나 자신에게도. 날 드러내면서 살 거야."

나는 검정색 차 안에서 세상 밖으로 나와 발을 디뎠다. 카메라 빛에 눈이 부셔 다리가 후들거렸다.

그러자 하얀이가 내 왼손을 꼬옥 잡아주었다. 하얀이를 바라보니 하얀 치아를 드러내며 웃고 있었다.

나도 하얀 치아를 드러내며 하얀이와 함께 당당히 금옥그룹으로 발걸음을 옮겼다.

21화.
귀금옥 회장의 행보

나는 어제 귀금옥 회장님으로부터 금옥그룹에 관한 상세한 이야기를 들을 수 있었다. 그리고 관련 자료를 배비서님께 부탁드렸다. 배비서님은 함께 일한 지 20년이 넘어 가장 신뢰할 수 있는 분이라고 하셨다.

그리고 설립 당시 함께 하며 회장직을 대행해주셨던 친구는 다름 아닌 도하의 할아버지인 김상춘 대표님이라고 하셨다. 지금은 교육업계에 계시면서 아들인 김상운 이사장님과 함께 일하신다.

배비서님이 준 자료에 따르면 금옥그룹은 처음에 가성비가 좋은 식음료 제품으로 인기를 끌었었다. 저렴한 가격에 양과 질 면에서 상품성까지 좋았기 때문이다.

특히 한때 찹쌀 과자로 인기를 끌었던 '옥동스낵'은 연매출 2조 6천억 원을 달성하며 금옥그룹을 재계 순위 10위권 안으로 올려주었다. 그리고 착즙주스 중 포도맛인 '금화' 음료는 어린이들에게 인기가 많았다. 이 역시 연 매출 1조원을 넘어섰었다.

초반에 금옥그룹에서 생산되는 스낵과 음료는 모두 귀금옥 회장님의 개인 땅에서 재배되는 재료로 만들어졌었다. 지금도 소비자들과의 신뢰를 잃지 않기 위해 질 좋은 재료로 건강한 식음료를 만들어 판매하고 있는 금옥그룹이다.

다만 회사끼리의 계약이 체결될 때마다 금옥그룹의 회장은 언론사에 얼굴을 비추지 않아 신비주의 이미지가 있었다. 제품만 믿고 사는 소비자들이었지만 베일에 싸인 금옥그룹의 회장이라는 타이틀은 소비자와의 신뢰감에 적지 않은 타격을 주곤 했다.

그래서 나는 일단 언론사에 얼굴을 비추기로 마음먹었다. 그래야 소비자들도 금옥그룹의 제품을 더 믿고 살 수 있을 것 같았다.

나름 성공적인(?) 언론사와의 신고식을 한 뒤 나는 먼저 영업부로 향했다.

내 첫 번째 일정은 사원들 독려하기이다.

국내 영업부에 들어서니 여수진 부장님과 송별희 차장님, 현진령 과장님이 앞에 서 계셨다.

나는 여수진 부장님께 손 악수를 건네며 말했다.

"반가워요. 여수진 부장님. 한설... 아니. 귀금옥입니다."

"네. 회장님. 저희 영업부에 먼저 와주셔서 영광입니다."

"당연히 그래야죠. 제가 인턴으로 일했던... 아. 아니. 제 손으로 뽑은 영업부 인턴이 대히트를 쳤으니. 하하하-"

아. 이거 보통 일 아니네. 처음부터 실수투성이네.

나는 국내 영업부 사무실 안을 돌아다니며 사원들과 악수를 했다. 그리고 앞으로도 열심히 일해달라며 독려했다.

강다연 사원에게 다가가 손을 건넸다. 그러자 강다연 사원이 내 손을 잡으며 인사했다.

“회장님. 영업부 강다연이라고 합니다. 잘 부탁드립니다!”

인턴 때 나에게 했던 꼰대짓은 온데 간데 없이 군기가 바짝 들어 있었다.

“그래요. 강다연 사원. 강다연 사원이 저희 회사에 한 식구이듯 인턴도 마찬가지입니다. 한 식구들과 잘 지내길 바랍니다.”

강다연 사원은 얼굴이 빨개지며 우물쭈물거리고 있었다.

나는 그 옆에 있는 구채선 사원에게 다가가 손을 내밀었다. 그러자 두 손으로 내 손을 잡으며 벌벌 떨고 있었다.

“회장님. 구채선이라고 합니다. 잘 부탁드립니다.”

“그래요. 구채선 사원 올해 나이가 어떻게 되죠?”

“올해 25살 되었습니다.”

“저보다 한-참 어리네요. 그래도 언니라고는 부르면 안 됩니다.”

“하하- 네. 회장님!”

회장님. 제가 회장님 탈을 쓴 채 유치한 짓 좀 했습니다. 하하- 속은 좀 시원하네요.

나는 한설아 사원에게 오른손을 건넸다.

“잘 부탁해요. 한설아 사원.”

“네. 회장님. 잘 부탁드립니다.”

한설아 사원은 내게 은은한 미소를 보였다. 나는 내가 웃는 모습을 보니 새삼스럽게 느껴졌다. 나도 한설아 사원에게 미소를 지어 보였다.

마지막으로 하얀이에게 손을 건넸다. 하얀이는 고개를 갸웃거리며 나를 쳐다보고 있었다.

“하얀씨. 열심히 일해주어요-”

“네. 할... 아. 회장님...”

나는 하얀이에게서 손을 뗀 후 조용히 영업부에서 나갔다. 부서별로 한 번씩 인사를 건넨 후 백하준 사장님과 함께 10층에 위치한 회장실로 향했다. 엘리베이터에서 백하준 사장님은 내게 물었다.

“어머니. 내일 기사는 금옥그룹으로 도배가 되겠네요.”

“응. 그렇겠지.”

“아무렇지 않으세요?”

“우리 금옥그룹에 대한 신뢰가 더 생길 수 있는 기회가 될 거란다.”

나는 백하준 사장님과 함께 내린 후 사장실 바로 옆에 있는 회장실로 걸어갔다. 백하준 사장님은 나를 따라 들어왔다.

회장실 문을 여니 가운데에는 검정색 탁자를 삥 둘러 검정색 패브릭 쇼파 여러 개가 있었다. 그리고 내 책상 위에는 귀금옥 회장님의 이름이 새겨진 명패와 꽃바구니가 놓여져 있었다.

“이 꽃바구니는 뭐니?”

“거기 카드있네요. 어머니.”

핑크색 장미꽃 사이에 꽂혀 있는 카드를 펼쳐보니 김상춘 대표님이 보내신 거였다.

<카드 내용>

사랑하는 내 친구, 금옥.

항상 꽃길만 걷길.

- 봄의 남자 상춘이가.

스윗한 카드 내용을 보니 달달한 사탕을 먹고 있는 느낌이었다. 왠지 도하가 할아버님을 많이 닮은 것 같다는 생각이 들었다.

나는 다음 일정을 위해 회장실에서 잠시 쉬었다가 움직이기로 했다. 백하준 사장님은 나와 소파에 앉아 이야기하기를 청했다.

기꺼이 응해주겠다며 정 가운데에 있는 소파에 앉았다.

“어머니. 건강은 정말 괜찮으신거죠?”

“셧업. 건강 관련된 거는 박박사하고만 의논할테니까 네가 관여하지 않아도 된다.”

“셧… 아… 어머니… 회사 경영은 앞으로 어떻게 하실 참이세요.”

“음… 당분간은 언론사에 내 얼굴 좀 뿌리고. 그리고나서 신상품 기획에 대해서 의논해보자꾸나.”

"네... 오후 일정은 배비서님께 들었어요. 노인복지회관 가신다면서요."

"그래. 이제 겨울이 다가오는데 어르신들 만나 뵙고 우리 제품 홍보도 하고 선물도 하면 좋지 않겠니."

"그렇죠. 영업부 사원들과 가시려고요?"

"응. 그리고 내 친구도 불렀다. 같이 도와주기로 했어."

"설마 김상춘 대표님도 부르신거 아니죠?"

"불렀는디. 걔가 오겠다고 해서... 왜. 안 되니?"

"아녜요."

뭐지? 내가 모르는 뭔가가 있는 건가? 귀금옥 회장님은 김상춘 대표님에 대해서 별말씀 없으셨는데. 백하준 사장님은 왠지 김상춘 대표님을 경계하시는 것 같네.

나는 백하준 사장님을 돌려보낸 후 혼자 창밖을 내다보고 있었다. 문득 고등학교 졸업식날이 떠올랐다. 주입식 교육이 끝나고 혼자 길을 찾아가야 한다는 부담감이 들었을 때 말이다.

그때의 두려움이 지금도 느껴진다. 한날 인턴이었던 내가 금옥그룹을 이끌 수 있는 힘이 있을까.

코앞에 발을 디딜 곳이 있다면 나는 그곳부터 시작하련다. 이제는 눈앞에 보이는 돈을 좇는 것이 아닌 내가 가야 할 길을 한 발짝씩 떼며 걸어가고자 마음 먹었다.

설령 발을 디딘 그곳에 물웅덩이가 있거나 시궁창이 존재하더라도. 그 다음 발걸음을 내딛으면 그만이라는 생각으로...

이제 내 두 번째 일정인 어르신들께 선물 증정하기를 실천하러 가야겠다.

나는 회사에서 나와 '연화노인복지회관'으로 가는 중이었다. 목적지에 다다르니 영업부 사원들이 회관 앞에서 물건을 옮기고 있었다.

차에서 나와 멀찍이서 사원들을 바라보고 있었다. 날이 참 좋아. 햇살이 비추는 하늘을 바라보니 사진으로 뵈었던 김상춘 할아버님이 내게 그늘을 만들어주고 계셨다.

"아. 상춘이! 일찍 왔네!"

"그래. 금옥이. 내가 소개해줄 사람이 있어서."

"누구?"

김상춘 할아버님 뒤로 186cm의 건장한 남성이 눈에 띄었다. 김도하다. 나는 도하를 보자마자 무의식적으로 내 입술을 왼손으로 매만졌다.

"헙. 아... 안녕?"

도하는 나를 보며 깜짝 놀라는 표정을 지었다. 앗. 나는 손을 얼른 내리고는 도하에게 손악수를 청했다.

도하는 두 손으로 내 손을 잡았다. 그리고는 나를 그윽하게 쳐다보았다. 눈치 못챘겠지? 그치? 70대 할머니인데. 설마.

도하는 나를 에스코트한다며 내 어깨에 손을 올리며 회관 안으로 함께 들어갔다.

나는 어르신들에게 금옥그룹의 베스트 제품들로 꾸린 종합선물세트를 준비해 갔다. 나는 어르신들의 이야기를 듣는 시간을 갖기로 했다.

무대 위에 오른 어르신 분들은 자신의 이야기를 들려주셨다. 아픈 이야기부터 시작해서 가정사 또는 자식들이나 손주 자랑도 들을 수 있었다.

그리고 나는 영업부 사원들과 함께 선물을 나눠드리는 시간을 가졌다. 김상춘 대표님과 도하도 도와주었다.

어르신분들 중 선물을 받아드시고는 꼭 껴안고 계시는 분들이 계시거나, 상자를 열고 시식하시는 분들도 있으셨다.

도하는 내 옆에 꼭 붙어서 선물 증정하는 것을 도와주었다. 도하 옆에 있던 하얀이는 그 모습을 흐뭇하게 쳐다보고는 내게 웃어보였다. 나도 하얀이에게 눈웃음으로 화답했다.

그러자 도하가 내 왼쪽 귀에 대고 속삭였다.

"설아야. 어떻게 된거야?"

"어?"

다음날.

신문을 비롯한 인터넷 뉴스에는 내가 깜짝 놀란 표정을 하고 도하를 보는 모습과 도하가 환하게 웃으며 다정하게 어르신들에게 선물을 드리는 모습이 1면에 실려 있었다.

제목은... '귀금옥 회장, 잘생긴 손주별 남성과 함께 선물 증정... 크리스마스 선물 미리 받은 듯'

22화.
도하의 고백

기사가 나간 뒤 나뿐만 아니라 도하에게까지 관심이 쏠렸다.

귀금옥 회장의 첫 행보에 앞으로의 귀추가 주목된다는 기사와 함께 영업부에는 도하가 금옥그룹 사원이냐는 전화가 오고 있다고 했다.

생각 외로 도하 덕에 금옥그룹의 이미지가 좋아지고 있는 듯했다. 도하가 나눠주고 있던 종합선물세트가 소비자들 눈에 띄어 연말에 한정 기간 동안 출시하기로 했다.

오늘은 김상춘 대표님과 도하를 집으로 초대한 날이다. 노인복지회관에서 도와준 것에 대한 답례를 하기로 했다.

나는 부엌에서 이리저리 돌아다니며 아주머니께서 해주신 음식 맛을 보고 있었다. 곧 초인종이 울렸다.

"할머니! 도하랑 대표님 오셨어!"

"그려! 알겠어!"

나는 부엌에서 입을 닦고는 한달음에 현관 앞으로 달려 나왔다. 그러자 도하가 나를 와락 안았다.

"그래. 왔니? 도하야."

"설ㅇ.. 네. 하... 할머니."

도하는 내게 귓속말로 속삭였다.

"이렇게 호칭해야 되는 거야?"

"일단은..."

나는 내가 한설아라는 걸 알아챈 도하에게 이제까지 있었던 일에 대해서 다 설명해줄 참이었다.

김상춘 대표님은 도하를 엉덩이로 밀치시면서 내게 포옹을 하셨다.

"금옥이. 내 보고싶었네 그려."

"그려. 상춘이. 그간 잘 지냈는가."

나는 김상춘 대표님과 포옹 후 대표님을 바라보며 눈웃음을 지었다. 그러자 대표님은 고개를 갸웃거리며 내게 물었다.

"그런데 금옥이. 없던 습관이 생겼네?"

"뭣이 생겼는데?"

"눈웃음. 원래 그런 거 안 했잖여."

아. 평소의 습관이 이렇게 나오는구나.

나는 노인복지회관에 있으면서 어르신들의 제스처와 말투, 자주 사용하는 단어들을 유심히 보고 들으며 내 것으로 배워왔다. 그런데 귀금옥 회장님이 평소 어떤 말씀을 하고 행동하시는지는 같이 살지 않는 이상 잘 모를 수밖에 없었다.

자연스럽게 둘러대자.

“늙으면 없던 것도 생기고 그러더라고...”

그러자 백하준 사장님이 내 어깨에 손을 올리며 말했다.

“어머니. 이만 식사하러 가시죠.”

“그래. 얼른 들어가 식사하자꾸나.”

나는 식탁의 제일 우두머리에 앉아 있었다. 함께 식사를 하는 풍경을 이렇게 바라보는 건 처음이었다.

식사를 마친 뒤 우리는 거실에 모여 과일과 차를 들고 있었다. 그런데 갑자기 도하가 얼굴이 새하얘진 채로 명치를 부여잡고 앉아 있었다.

나는 도하가 걱정되어 도하를 바라보며 물었다.

“도하야. 어디 아프니?”

“체한 것 같아...”

나는 도하를 부축해 내 방으로 들어오게 했다. 하얀이와 백하준 사장님, 김상춘 대표님께는 거실에 잠시 계시라고 말했다.

나는 도하를 요매트에 앉힌 후 자개함을 열어 사혈침을 꺼냈다.

“쪼매만 기다려봐.”

나는 도하 옆에 앉아 도하의 오른팔을 쓸어내린 뒤 도하의 엄지손톱

위를 찔렀다. 그러자 검은색 피가 봉긋하게 올라왔다.

“식사 자리가 불편했던거야?”

“아니. 그런 건 아닌데…”

“나야 잘 체하지만… 도하는 그렇지 않았잖아.”

그러자 도하는 내 무릎을 베개 삼아 눕기 시작했다. 그리고는 대학 졸업 후에 있었던 일을 들려주었다.

도하는 한 학기를 휴학한 것이 아버지의 권유로 경영수업을 받기 위해서였다고 한다. 하지만 도하의 적성과는 맞지 않아 아버지와 잦은 다툼이 있었다고 했다.

도하는 대학교 졸업 후 통번역 대학원에 가기 위한 시험 준비를 하며 꽤 힘든 시간을 보냈지만 그래도 그 어렵다던 통역 고시를 통과해 2년 만에 졸업했다고 자랑스럽게 얘기했다.

하지만 도하는 동시통역사가 되고 싶어 이 길을 선택했지만 요새 슬럼프가 와서 우울증이 왔다고 했다. 게다가 그렇게 힘들던 중에 소화까지 잘 안되기 시작했다고 말해주었다.

나는 도하의 어깨에 손을 올리며 말했다.

“힘들면 잠시 쉬어도 돼. 이렇게 누군가에게 기대면서 휴식을 취한 후에 다시 걸어가도 괜찮아.”

도하는 어깨에 닿은 내 손을 잡으며 말했다.

“이럴 줄 알았어.”

“뭐가?”

"한설아는 이렇게 따뜻한 애인데… 실은… 힘들었을 때 너한테 연락을 했었는데… 그 분은 그러시더라고. 힘든 시절 안 겪는 사람이 어디있냐고…"

"아… 연락했었구나. 그 분이 진짜 귀금옥 회장님이셔…"

나는 도하에게 그간 있었던 일에 대해 이야기해주었다. 똥 얘기는 창피했지만 그래도 똥 안 싸는 사람은 없으니까. 나는 적나라하게 내가 죽고 난 후 환생한 이야기까지 털어놓았다.

도하는 내 무릎을 매만지며 말했다.

"이럴 줄 알았으면… 고등학교 때 그냥 고백할 걸 그랬다…"

"…"

도하는 일어나서 내 어깨를 부여잡고는 눈을 맞추며 천천히 이야기하기 시작했다.

"나는 네가 어떤 모습을 하고 있어도 내 눈에는 다 예쁘고 귀여워."

"쿠다다당-쾅-"

방 문 쪽을 바라보니 하얀이와 백하준 사장님, 김상춘 대표님이 방 문을 열고는 넘어진 채 계셨다. 하얀이는 도하에게 다가오더니 멱살을 쥐고 나갔다. 나는 다급히 도하에게 달려 나갔다.

"아. 아니… 그게…"

그러자 백하준 사장님이 내 어깨를 부여잡았다.

"어머니. 아무리 그래도… 도하는 30살이에요."

"알아. 나도. 우리는 그런 게 아니라… 그런데 왜 노크도 없이 방 문을 연다니?!"

"노크했는데 못 들으신거예요."

김상춘 대표님은 백하준 사장님께 고개를 숙이며 말했다.

"백하준 사장님... 제가 도하를 잘 타이르겠습니다. 워낙 편견이 없는 아이라... 실수를 한 것 같네요."

"아닙니다. 그럼... 부탁을 좀 드리겠습니다."

"그런 게 아니라니까!"

나는 백하준 사장님의 손을 뿌리치며 거실로 나갔다. 그런데 하얀이는 도하와 함께 웃으며 이야기하고 있었다. 내가 우려했던 주먹다짐의 광경이 아니었다.

하얀이는 나에게 다가와 웃으며 말했다.

"할머니! 도하가 진심으로 할머니를 좋아하는 거였대. 나처럼! 앞으로 자주 놀러오겠다는데. 괜찮지?"

아. 도하가 설명을 잘했구나. 다행이다.

그러자 백하준 사장님과 김상춘 대표님이 거실로 나왔다. 김상춘 대표님은 난감한 듯 오른손으로 이마를 매만지며 도하에게 말했다.

"도하야.. 금옥이는 내 친구이자. 내가 아끼는 사람이란다."

"저도 할아버지와 생각이 같아요."

"도하야... 그래도 이건..."

그러자 하얀이가 손사레를 치면서 김상춘 대표님을 보며 말했다.

"아뇨. 아뇨. 저희 할머니를 진심으로 좋아하는거래요. 그... 이성적으로 아니고! 손주로서요!"

김상춘 대표님은 백하준 사장님과 서로 마주보고는 놀라는 눈빛을 보냈다. 백하준 사장님은 도하에게 물었다.

"아. 그런 뜻이었니? 정말이지? 다른 의미가 있었던 건 아니지?"

도하는 어깨를 으쓱대며 백하준 사장님께 웃으며 말했다.

"좋아하는데 무슨 의미가 필요한가요."

도하는 내 어깨에 손을 올리며 하얀이와 백하준 사장님, 김상춘 대표님을 바라보며 말했다.

"앞으로 잘 챙겨드릴게요. 제가 좋아하는 분이니까요."

23화.
신제품 모델

오늘의 룩은 흰색 셔츠에 네이비색 정장을 입었다. 그리고 갈색 구두를 신고 흰색 토트백을 들었다.

오늘은 식품개발센터를 방문하기로 했다. 내년 신제품 출시를 위해 애쓰는 연구원들을 만나볼 참이었다.

식품개발센터 수산식품팀에 들어서니 이다정 연구원이 나를 맞아 주었다. 나는 이다정 연구원에게 손악수를 청했다.

"반갑습니다. 귀금옥입니다."

"네. 회장님. 이다정입니다."

"지금 어육 가공품에 대한 연구 개발을 하고 있다고요."

"네. 현재 어묵바와 어묵탕 제품을 선보이기 위해 힘쓰고 있습니다."

나는 이다정 연구원과 함께 연구원들이 일하는 곳을 둘러보며 개발을 진행하는 모습을 지켜보았다.

금옥그룹에서 출시 예정인 '금어묵바'와 '옥어묵탕'에 사용되는 재료는 명태살 연육을 80% 사용했으며 튀기지 않았다.

'금어묵바'는 취향에 따라 먹을 수 있게 치즈와 새우, 톳을 넣어 개발하고 있다. 신선한 재료를 아낌없이 넣고 있다고 했다. '옥어묵탕' 제품에는 당근과 애호박을 섞은 야채 어묵을 사용할 예정이다.

그리고 어묵탕에 가장 중요한 육수 수프는 새우와 꽃게, 멸치, 다시마를 이용해 담백하면서도 감칠맛을 살리려고 개발 중에 있다고 했다.

이다정 연구원은 어묵 제조 시 방부제는 전혀 사용하지 않으며 첨가되는 재료는 직접 공수해 신선한 상태로 정직하게 만들고 있다며 자부했다.

나는 신제품에 힘써주는 이다정 연구원을 비롯한 연구원들에게 매출 달성을 하게 된다면 승진의 기회가 있을 거라고 약속했다.

"신제품 출시를 위해 힘써주셔서 고맙습니다. 좋은 결과가 있었으면 좋겠습니다."

"네. 회장님. 감사합니다."

나는 회사로 돌아가서 영업부에 신제품 출시를 위한 이벤트 기획안 마련을 부탁했다. 한설아 사원이 내놓은 기획안이 채택돼 진행하기로 했다.

금옥그룹에서는 새해를 맞아 출시되는 신제품에 이벤트를 선보이기로 했다.

금옥그룹 홈페이지에서 한 달간 행사를 진행하는 중에 2만 원 이상 구매하는 고객에게는 금옥그룹의 베스트 제품인 간식류 3종을 랜덤으로 발

송하기로 했다.

베스트 제품은 소비자 조사를 통해 금옥그룹에서 가장 선호도가 높은 스낵제품으로 선정되었다. 간식류 3종은 키트로 포장되어 배송될 예정이다.

나는 신제품을 홍보해줄 모델이 필요함을 느꼈다. 그래서 백하준 사장을 회장실로 호출해 함께 의논해보기로 했다.

'똑-똑-'

"들어와라."

"회장님. 부르셨어요."

"그래. 여기 앉아봐라."

백하준 사장님은 소파에 앉으며 내게 물었다.

"신제품 모델이 필요하시다고요?"

"그래. 연예인을 쓰기보다는 우리 회사 사원들로 뽑으면 어떨까 싶어서. 어떻게 생각하니?"

"음.. 상당히 파격적이긴 한데. 홍보가 잘 될까요?"

"확실히 이슈는 되겠지. 네가 보기엔 회사에 좋은 인물들이 없는 것 같니?"

"일단 공고를 내서 지원자를 받고 사내 투표로 선정하죠."

"그래. 그러자꾸나."

다음날 사내게시판에는 신제품 모델을 지원받는다는 공고가 붙었다.

생각보다 다수의 직원들이 지원을 해주어 지원자는 총 50명이었다. 나는 50명 지원자들의 실물과 사내 평판을 파악하기 위해 각 부서의 부장과 함께 서류 검토 작업에 들어갔다.

우선 영업부에서는 강다연 사원과 백하얀 사원, 그리고 구채선 사원도 지원을 했다.

여수진 부장님이 말씀하시길, 신제품 모델에 한설아 사원을 추천했지만 극도로 꺼려해 추천인으로서 조금 민망했다고 내게 말해주었다.

내가 아닌 회장님이시니, 당연히 그럴 수밖에 없다고 생각했다. 나는 한설아 사원이 부끄러워 그런 것이니 본인 의사가 없으면 추천은 하지 않는 게 좋겠다고 타일렀다.

솔직히 영업부 지원자들 중에서 외모와 평판으로는 하얀이밖에 볼 사람이 없었다. 만장일치로 백하얀이 최종 명단에 올랐다.

그리고 인사부에서는 이성태 사원과 윤현지 사원이 지원을 했다. 인사부의 차연희 부장은 둘 다 외모와 심성이 일품이라며 칭찬을 아끼지 않았다.

홍보부에서는 나영상 사원과 진태민 사원이 지원했다. 최숙 부장은 외모는 훌륭하지만 일처리를 하는 데 있어서 조금 태만한 게 있다며 반려를 부탁했다.

나는 전체 지원자들 중 10명을 선택해 카메라 테스트를 보기로 했다.

백하준 사장님과 함께 신제품 어묵 샘플을 들고 회사 지하1층에 있는 스튜디오로 향했다.

직원들이 저마다 아름다운 모습을 뽐내며 나에게 인사를 했다. 하얀이는 내게 환한 미소를 보이며 나를 안아주었다.

"그려. 내 새끼. 한 번 잘 혀봐."

"응. 할머니."

백하준 사장님과 나는 카메라 모니터를 관찰하며 웃을 때나 말할 때 모습과 작은 습관 같은 것들을 캐치하면서 세세히 보았다.

4명쯤 지나가고 있을 때 백하준 사장님이 나를 보며 말했다.

"저… 어머니… 외람된 말씀이지만… 도하는 어떠세요?"

"도하? 갑자기 도하는 왜?"

"외모도 그렇고… 저번에 노인복지회관에서 상당한 이목을 끌어서 매출에 도움을 많이 줬더라고요."

"그래… 그랬더구나. 그런데 도하는 우리 회사 직원이 아닌데…"

"그렇긴 하지만… 저희 사원들 중에는 썩 마음에 드는 친구가 없는 것 같네요."

"하얀이는 괜찮잖니."

"제 아들 녀석이긴 하지만 좀 가벼운 느낌이랄까. 신제품 이미지랑은 잘 안 맞는 것 같네요."

"그래. 알았다. 네 의견도 고려해보마."

"도하한테 한 번 말씀이라도 해봐주세요. 어머니 말씀은 잘 따르는 아이니까.."

"그래. 내 한 번 물어나 볼게."

나는 도하와 한 차례 해프닝이 있은 후 도하에게 현재 내가 사용하는 귀금옥 회장님의 휴대전화 번화를 알려주긴 했었다. 힘들 때마다 연락해도 좋다고...

하지만 지금 도하가 진로 문제로 힘든 상황인데 과연 신제품 모델 일을 해줄 수 있을까 염려되었다. 가뜩이나 힘들고 아픈 애한테 괜한 짐을 지우는 것 같아 마음이 무거워졌다.

걱정되는 마음을 안고 도하에게 만나자는 약속을 잡았다. 도하는 떡볶이가 먹고 싶다며 허름한 옛날 떡볶이 집으로 나를 안내했다.

주인집 아주머니는 우리를 반갑게 맞아주셨다.

"아이고! 손주가 할머니랑 여까정 같이 온겨?"

"아. 그게 아니라..."

도하는 난감해하며 손사례를 쳤다. 나 할머니 맞는데 뭐. 나는 아주머니께 그렇다고 말씀드린 후 떡볶이 2인분을 시켰다.

"요새는 어떻게 지내고 있어? 도하야."

"그냥 집에 있으면서 번역 의뢰 오는 거 해주고 있어. 나 시간 많으니까 자주 불러내도 돼."

"아... 그래? 그럼... 부탁이 있긴 한데... 무리다 싶으면 당연히 안 해도 상관없어."

"무조건 할게. 뭔데?"

나는 어묵 신제품 모델을 사원들 중에서 뽑고 있지만 마땅히 마음에 드는 사람이 없는 상황부터 설명했다.

그리고 최근 언론에 모습을 보였던 도하가 매출 상승에 도움을 주어 이번에도 함께 했으면 좋겠다고 부탁했다.

도하는 흔쾌히 하겠다고 웃으며 대답해주었다.

“대신 조건이 있어.”

“뭔데?”

나는 회장님 이름이 들어간 ‘금어묵바’와 ‘옥어묵탕’ 샘플을 들고는 하얀이와 도하에게 웃어보였다.

“좋습니다. 회장님. 다시 한 번 그 눈웃음이요!”

이게 뭐람. 도하가 제안한 건 다름 아닌 나와 함께 하자는 것이었다.

회사 내에서는 하얀이가 최종적으로 모델로 뽑혀 함께 하기로 결정되었다.

결국 ‘따뜻한 겨울을 보내기 위한 준비, 손주 사랑은 할머니가 만들어 주신 어묵으로부터’ 라는 컨셉으로 하얀이와 도하, 그리고 내가 함께 신제품 모델을 하게 되었다.

24화.
귀금옥 vs 강이려

새해를 맞아 금옥그룹에서는 어묵 신제품이 출시되면서 상당한 인기를 끌고 있었다. SNS에서는 할머니들이 손주들에게 간식으로 '옥어묵탕'을 해줬다는 사진이 올라왔다. 그리고 인기블로그에는 '금어묵바'의 품질에 대한 칭찬이 자자했다.

물론 포장지에 박힌 모델에 대한 이슈는 있었으나 인기에 한몫하지는 못했다. 다만 도하에 대한 궁금증은 도하의 허락 하에 회사 SNS에 올리긴 했다. 귀금옥 회장님 손주의 친구로서 그리고 예전 김상춘 회장 대행의 손주로 회사에 도움을 주고 있는 친구라고 말이다.

그런데 신제품 출시 이후 언론에서는 금옥그룹에 대한 이상한 소문이 돌고 있었다. 욜로그룹의 강이려 대표님과 이정대 사원이 모델인 '강한어묵'을 금옥그룹이 표절했다는 이야기였다. 나는 말도 안 되는 언론보도를 바로 잡기 위해 강이려 대표님을 만나기로 했다.

욜로그룹에 도착하니 번쩍번쩍 블링블링한 분위기로 장식한 회사의 전경이 눈에 띄었다. 회사 안에 들어가니 강이려 대표님의 자화상과 그녀의 이력에 대한 내용이 주욱- 적혀 있었다. 뭔가 자기애가 대단한 사람이라고 느껴졌다.

강이려 대표님이 있는 13층에 올라가니 엘리베이터 앞에서부터 레드카펫이 펼쳐져 있었다. 오른편에서 강이려 대표님이 벌버리 숄을 걸치고는 나를 빼꼼 쳐다보았다. 그리고는 내게 손짓하며 말했다.

"언니. 일찍 왔네. 들어와."

언니? 귀금옥 회장님이랑 아는 사이인가? 귀금옥 회장님으로 살면서 느끼는 거지만 참 비밀이 많으신 분인 것 같다. 언니라고 부를 정도면 친근한 사이일텐데. 왜 그런 말도 안 되는 얘기를 언론사에 뿌린 걸까 싶었다.

나는 레드카펫을 밟으며 회장실로 들어갔다. 통유리창으로 되어 있는 사무실은 화이트로 깔끔하게 꾸며져 있었다. 강대표님은 내게 화이트 가죽 소파에 앉으라고 했다.

"앉아. 언니."

"응. 그래."

강대표님은 유선 전화 호출 버튼을 누르며 비서를 불렀다.

"임비서. 홍차 좀 내와요. 언니는 모과차지?"

"응."

귀금옥 회장님 차 취향까지 알 정도면 꽤 가까운 사이인 것 같은데...

강대표님은 팔짱을 끼고 다리를 꼰 채로 나를 보며 물었다.

"언니. 아들 뒤에 숨어 있더니 갑자기 얼굴을 다 비추고 웬일이래?"

강대표님의 말투는 굉장히 날이 서 있었다.

"내 회사인데 내가 얼굴을 안 비추는 것도 이상하지 않니?"

"그거야... 그렇지만. 언니 불안장애 있다고 하지 않았어?"

그것도 아시네?

"이제 다 나았어. 그나저나 내가 여기 온 이유는..."

"알아. 어묵제품 모델 표절한 거. 그것 때문에 온거지?"

"무슨 생각으로 그런 기사를 낸 지는 모르겠지만 어묵제품에 사원모델 쓴 거 표절한 적 없어. 그리고 엄연히 컨셉이 다른데 무슨 표절이라니?"

"알아. 표절 아닌 거."

"뭐? 표절이 아닌 거 아는데. 우리 회사에 피해를 주는 기사를 냈단 말이야? 도대체 무슨 연유로 그런 짓을..."

"언니가 상춘 오빠 만난 기사 봤어."

"김상춘 대표? 여기서 상춘이가 왜 나온다니?"

"노인복지회관 기사 보고는 순간적으로 너무 화가 나서..."

"그게 너랑 무슨 상관이라고 화가 난다니?"

"언니. 상춘 오빠 군대 갔을 때 나한테 뭐라고 했는지 기억나?"

저야 모르죠! 그런데 왜 김상춘 대표님 이야기가 나오는 거지. 나 원 참.

"뭐... 뭐라고 했는데?"

"상춘 오빠 만날 일 없다고 했잖아."

"그... 그랬니? 그런데 그 때가 언제적인데."

"그래 놓고 남편 죽으니까 상춘 오빠를 회장 대행으로 앉히고."

"아니... 너 말이 좀 심하다."

"그래. 회장 대행까지는 좋아. 그럴 수 있다 쳐. 그런데 따로 만나는 건 좀 아니지 않아? 상춘 오빠가 군대 가기 전에 고백했을 때 차버렸으면서."

아. 어쩐지 좋아하시는 것 같긴 했는데. 아니 잠깐. 그럼 연정 관계를 회사 일에 결부시켜서 지금 회장님을 못 살게 구는거야? 이런 공과사 구분 못하는 양반 같으니라고.

"아니. 뭐. 그건 상춘이랑 내 일인데 네가 뭔 상관이라니. 너 지금 과거 일에 얽매여서 우리 회사 걸고 넘어지는 거니? 너 설마... 상춘이한테 고백하다가 차였니?"

"허... 이 언니 봐. 그래. 그리고 대학교 때 내가 먼저 그 오빠 찜했다고 언니한테 말했었잖아. 내가 그 오빠랑 CC하려고 얼마나 공을 들였었는데 언니가 다 망쳐 놨었잖아!"

"이려야. 언론 보도 바로 잡아라. 네 개인적인 감정으로 또다시 우리 회사 이미지 망치는 일 하게 된다면 나도 네 과거 까발려서 네 회사에 먹칠할 거니까 그리 알아."

"어머. 이 언니. 많이 변했네. 찍 소리도 못할 땐 언제고. 내... 내가 과거가 어디 있다고 그래!"

그거야. 귀금옥 회장님께 여쭤보면 뭐라도 나오겠죠.

"어쨌든. 상춘이를 좋아하는 마음은 알겠다만 회사까지 피해 주는 건 아닌 거 알잖아. 우리 어묵 신제품 매출 올라야 해. 직원들 승진 시켜주기로 약속했단 말이야."

강대표는 순간적으로 흘렸던 눈물을 훔치고는 알겠다며 내가 보는 앞에서 해당 언론사에 정정 기사를 내달라는 전화를 걸었다. 강대표는 일어나서 창쪽으로 걸어가면서 창밖을 내다보며 전화 통화를 했다.

때마침 임비서가 차를 내와 모과차를 들이켜고 있었다. 강대표는 전화를 마치고 소파에 앉으면서 내게 물었다.

"언니."

"왜."

"나... 불륜설 났을 때 기억나?"

갑자기 뭐지.

"그거 진실 아닌 걸로 판명났잖아."

"아주 아닌 건 아니야."

"뭐?"

"젊은 애랑 썸 비슷한 게 있긴 했는데... 유부남인 줄은 꿈에도 몰랐어. 그걸 홍비서가 알게 됐는데. 글쎄 돈을 요구하더라고. 그래서 싫다고 했더니 사진이랑 문자 내용을 언론사에 뿌려버린거 있지."

잠깐. 그럼 불륜설이 사실이긴 했다는 거네. 그럼 대조성이 그걸 언급했을 때 괜히 찔려서 고소하겠다고 한거였구만. 물론 계약할 때 그걸 언급한 대조성이 잘못하긴 했지만... 그게 사실이었다니.

"돈? 그래. 주면 그만이지. 근데 주기 싫었던 이유가 뭔지 알아?"

“뭔데.”

“그년이 회사에서 내 뒷담을 얼마나 하고 다녔는데. 재수없다고. 성괴라고. 그러면서 젊은 남자 겁나 밝힌다고. 그딴 년한테 내가 왜. 빌미만 더 주는 꼴이지.”

나는 말없이 고개만 끄덕이고 있었다.

“언니… 나 궁금한 게 있는데… 언니는 상춘 오빠한테 단 한 번도 흔들린 적 없었어?”

그거야 모르죠.

“아마도?”

“상춘 오빠 군대갔을 때 내가 진짜 화가 났던 건 나는 오빠한테 매번 편지를 썼는데 답장 한 번 없었으면서 언니한테는 매번 편지를 썼다는 거야.”

와. 순정파시네. 김상춘 대표님에게서 도하가 보인다. 보여.

“그… 그랬니. 그래도 다 지난 일이잖아. 잊어버려.”

“더 화가 나는 건… 아무리 남자를 만나도 상춘 오빠 만한 남자가 없다는 거야.”

“너 결혼은 했을 거 아냐.”

“어머. 이 언니 보게. 나 미혼이잖아. 그것도 까먹었어?”

헙. 강이려 대표님이 미혼이었나? 그러고보니 결혼 기사는 없었던 것 같기도 하네.

“그… 그랬구나. 내가 나이가 먹으니까 오락가락하네.”

"뭐. 우리가 연락하면서 지낼 사이는 아니긴 했지. 상춘오빠가 언니 일 도와준다는 거 알고 내가 일방적으로 언니 연락 끊었으니까."

"그래. 어쨌든 네 감정은 상춘이한테 풀든지 말든지 하고. 내가 이런 일로 너를 찾아오는 일은 더 이상 없도록 하는 게 좋겠다. 언론사에 잘 말해두었겠지."

강이려 대표님은 어깨를 으쓱거리며 술을 여몄다.

"아. 걱정마. 언니. 회사에 피해는 없을 거야."

다음날.

금옥그룹의 어묵 신제품 모델을 표절했다는 기사는 다 내려진 상태였다. 그리고 강이려 대표와 내가 함께 앉아 담소를 나누는 모습이 찍힌 사진이 1면에 실려 있었다. '율로그룹 강이려 대표, 금옥그룹과 차기 계약 성사 예정'이라는 제목과 함께...

나는 출근 후 책상을 살펴보니 서류 봉투 하나가 놓여져 있었다. 강이려 대표님이 우편으로 보낸 계약 서류였다. 금옥그룹의 어묵 신제품을 율로 대형마트에 판매할 수 있도록 한다는 계약서를 보낸 것이다. 강이려 대표님은 계약 서류와 함께 작은 쪽지도 보냈다.

<쪽지 내용>

금옥 언니. 개인적인 감정으로 회사에 피해줘서 미안해.

그런데 상춘 오빠한테 관심 없는 거 확실하지?

그렇다면 그 계약서에 사인 부탁해.

- 강이려 대표

나는 계약서에 사인한 후 배비서님께 우편으로 부쳐달라고 부탁드렸다. 그리고는 내 몸체를 찾아 영업부로 달려갔다.

25화.
하얀이의 고민

국내 영업부 사무실에 들어서니 직원들이 드문드문 앉아 있었다. 시간을 보니 점심시간이었다. 나는 사무실에서 나와 복도 끝 쪽으로 걸어갔다. 여자 휴게실에 당도하니 내 몸체가 도시락을 먹고 있었다.

나는 숨을 한 번 고른 후 회장님 앞에 앉으며 말했다.

"제게 시간을 좀 주실 수 있나요?"

회장님은 고개를 끄덕이며 드시고 있던 함박스테이크 한 조각을 마저 입에 무셨다.

"무슨 일이에요?"

"어제 강이려 대표님을 만났습니다."

"아... 그 표절 건 관련해서 만난 거군요. 그런데 잘 해결된 것 같던데.

나를 찾아온 이유가 또 있나요?"

"네... 오늘 제 책상에 가보니 강이려 대표님이 보낸 신제품 판매 계약서와 함께 이 쪽지가 있더군요."

회장님은 쪽지를 펼쳐보시고는 얼굴이 붉어지셨다. 그리고는 입술에 묻은 갈색 소스를 혀로 빨아드시고는 말씀하셨다.

"이려가 상춘이에 관해서 뭐라고 한 거군요. 설아 씨한테 이런 일을 알게 해서 굉장히 부끄러운데요. 상춘이와 나는 친구 이상의 감정이 조금도 없어요. 결백해요. 계약서에 사인은 했겠죠?"

"네. 계약 건은 회사에 도움이 되는 거니까요. 당연히 안 할 리 만무하죠. 그런데 김상춘 대표님은 회장님에 대한 마음이 남아계신 것 같던데. 일부러 거리를 두셨던 건가요?"

"오래 전 남편이 먼저 세상을 떠나고 힘들었던 건 사실이에요. 사실상 유복자나 다름없던 우리 하준이를 혼자서 키울 용기가 안 났었어요. 그때 제 옆에 있겠다고 한 상춘이를 밀어낼 수는 없었어요. 그게 전부예요. 일말의 다른 감정은 절대 없어요."

얼굴을 붉히시면서 말씀하시는 회장님의 모습을 보며 자신의 감정마저 숨기시는 것 같아 안타까운 느낌이 들었다. 일단은 알겠다고 해야겠지. 두 분 사이까지 내가 뭐라 할 주제는 안 되니까.

"알겠습니다. 그럼 강이려 대표님이 김상춘 대표님과 어떤 관계로 진전이 되더라도 저는 가만히 지켜보기만 하면 될까요?"

"그래 줘요. 고마워요."

나는 내 몸체의 등을 토닥이며 함께 휴게실에서 나왔다. 휴게실 앞에는 하얀이가 서 있었다.

“할머니... 설아야... 둘이... 같이 밥 먹은 거야?”

나는 왠지 서운해 할 것 같은 하얀이를 향해 웃으며 말했다.

“아... 어쩌다가 우연히 만나게 돼서. 그렇게 됐어.”

회장님은 하얀이에게 다가가 엉덩이를 토닥이며 말씀하셨다.

“아이구... 서운해 하지 말어. 하얀이랑은 다음에 같이 먹으면 되지. 나 먼저 가마.”

헙. 여태 저렇게 행동하셨던 건가? 아니면 하얀이랑 둘이 있을 때만 저렇게 하셨던건가. 나는 내 몸체로 하얀이에게 하는 행동이 너무 당황스러워서 하얀이만 멍하니 바라보고 있었다. 그러자 하얀이가 내게 다가와 귀에 대고 속삭였다.

“할머니... 나 고민 있어.”

“고민?”

“이따 퇴근하고 집에서 얘기 좀 들어주세요.”

“그래... 그러마.”

하얀이는 나를 보고는 시무룩해 하는 표정을 지었다. 그리고는 쓰레기통 앞에서 다 먹은 도시락 통을 분리수거해 버리고 있었다.

무슨 일이지. 아무래도 느낌이 좋지 않았다. 왠지 모르게 소름이 돋아 등골이 오싹해지고 있었다.

퇴근 후 집에 들어가니 하얀이는 다 씻고 나서 젖은 머리를 하얀색 수건으로 부비적거리고 있었다.

나는 하얀이에게 손짓하며 방으로 들어오라고 했다. 요매트에 앉으며 하얀이에게 물었다.

"그래. 무슨 고민이 있는데?"

하얀이는 내 옆에 앉으며 젖은 머리를 내 어깨에 갖다 대었다. 그리고는 말하기 시작했다.

"할머니. 설아 알지? 내 친구 한설아. 요즘 걔가 좀 낯설게 느껴져."

"뭐가... 어떻게 낯선디?"

나는 두근거리는 마음을 진정시키며 아무렇지 않은 듯 하얀이를 바라봤다.

"얼마 전에 회의 준비하다가 종이에 손이 베었는데. 그 때 설아가 내 손을 보더니 자기 입으로 가져 가는 거야. 내가 아는 설아는 안절부절 못하는 모습이어야 하는데..."

"..."

"나보고 회의실에서 기다리라고 하면서 바로 손 소독약이랑 밴드 가져오더라고. 그러면서 내 손을 자기 무릎에 올리면서 말했어."

"뭐라고?"

"작은 상처라도 치료할 때를 놓치면 상처가 아무는 데 오랜 시간이 걸린다고. 사랑도 상처와 마찬가지라 작은 시그널에도 제때에 반응하지 않으면 그 사람과는 사랑을 쌓아가는 데 많은 시간이 걸릴 거라고.."

아. 내 입에서는 절대 나올 수 없는 말씀을 하셨네.

"그 말... 내가 설아한테 흔들렸을 때 할머니가 나한테 해준 말이었잖아.”

“흔… 들려? 누가.”

“내가.”

“누구한테.”

“설아한테.”

오매. 얘가 무슨 소리를 하는 거야.

“설아한테 언제 흔들렸는데?”

“도하랑 사귄다는 소문 돌 때. 내가 설아한테 심통 좀 부렸는데… 설아한테는 친구로서 화가 나 그랬다고 말했지만 그때 내 마음을 자세히 들여다보니까 나는 설아를 이성적으로 좋아하고 있었더라고 얘기했었잖아. 할머니한테.”

“그런데 유학가서 외국인 여자친구 사귀었었잖아.”

“그랬지. 그런데도 설아 생각이 안 잊혀졌어. 그 때 확신하고는 같은 부서에 지원했는데. 어느새 도하랑 많이 가까운 사이가 된 것 같더라고. 내가 들어갈 자리가 없는 것 같아서. 힘들어하고 있었는데…”

“그런데?”

“오늘 내 엉덩이 팡팡하는 거 할머니도 봤잖아. 걔가 요새 둘만 있을 때 그러는데. 진짜.”

“싫었어?”

“좋았지. 좋아서 죽겠는데. 뭐라고 해야 할지도 모르겠고.”

하얀이는 내 어깨에 기대며 훌쩍이고 있었다. 나도 울고 싶었다. 여태 짝사랑 상대라고 생각했는데 얘도 나를 좋아하고 있었다니. 쌍방이었다니! 그걸 얘는 왜 이제서야 말하고 난리야. 진짜. 바꿀 수도 없는 마당에.

"그래서 너는 어쩌고 싶은 건데? 설아양이랑."

"내가 고백하면 받아줄까?"

뭐? 회장님한테 고백하는 꼴인데. 미치고 환장하겠네. 다시 배탈나서 죽을 수도 없고.

어? 잠깐만. 배탈나서 다시 죽으면 다시 소원을 들어주지 않을까?

아냐. 뭔. 말도 안 되는 소리를.

지금은 회장님과 한 약속도 지켜야하고. 금옥그룹을 이끄는 한 사람으로서 역할도 충실히 해야해.

그런데 하얀이 얘기를 들으니 그 때로 다시 돌아가서 내가 용기를 갖고 먼저 고백을 했으면 어땠을까 하는 생각이 들었다. 수준 차이든 뭐든 상관 안 하고 그냥 내 감정대로 밀어붙일 줄도 알았어야 하는 것 아닌가 싶었다.

그렇게 나는 하얀이의 시그널에 반응하지 못한 채 사랑을 멀리 멀리 떠나보내고 있었다.

"할머니?"

하얀이는 내 어깨에서 일어난 후 울고 있는 나를 보고는 얼른 안아 주었다. 따뜻했다. 하얀이의 온기를 온몸으로 느꼈다.

"왜. 할머니가 울어. 할머니가 우니까 나도 슬퍼지잖아."

"끄아아앙-"

나는 아이처럼 폭포수 같은 눈물을 흘려보냈다. 슬펐다. 내 사랑 내 곁에 있는데 갖지 못하는 심정에 처음으로 부잣집 딸래미가 된 것을 후회하고 있었다.

26화.

김상춘 대표의 부도

밤 11시. 노트북을 켜고는 승진예정자 명단을 보고 있었다. 각 부서마다 부장에게 추천인을 받은 상태였다. 신제품의 반응이 좋아 매출은 지난 분기보다 40%나 오른 상태였다.

이 정도면 나 사업에 재능있는 거 아냐? 귀금옥 회장님 계셨을 때보다 매출이 쭉쭉 오르는 걸 보고는 잠시 자만에 빠져 있을 때였다.

하얀이는 노크를 한 후에 야식으로 조각피자를 대령했다.

“할무니.. 내가 만들었어. 우리 한 잔하면서 같이 먹을까?”

“그려. 이리 들고 와봐.”

하얀이는 작은 쟁반에 각종 치즈와 야채가 범벅된 피자와 소주 한 병을 들고 왔다. 나는 소반에 있는 노트북을 치우고는 쟁반을 내려 놓았다.

"할무니."

"왜. 또 고민 있어? 요새 설아는 워뗘?"

"설아가 갑자기 차가워졌어."

"왜?"

"나보고 할머니 잘 챙기라면서... 자기는 해야 할 일이 있다면서. 밥도 따로 먹는다고 하고."

뭐지? 회장님 무슨 일 있으신가? 내일 만나면 여쭤봐야겠다.

"그래서 그렇게 시무룩해 있었어? 괜찮아."

"정말... 여자 마음은 알다가도 모르겠어."

"남자도 마찬가지여. 알다가도 모르는 게 사람 마음이지."

나도 네 마음을 진즉에 알았으면 이렇게 후회하지 않았겠지. 나는 올리브가 가득 들어간 치즈 피자를 한입 먹고는 소주를 들이켰다.

그날 나는 쓰디쓴 소주 3잔을 들이켜고는 아주 푹- 잤다. 그 날밤 꿈속에서는 내가 한설아의 몸으로 돌아와 기뻐하며 하얀이와 함께 포옹을 하고 있었다.

다음날. 출근 후, 가벼운 마음을 안고는 회장실로 들어왔다. 나는 승진자 명단을 정리하고 게시판에 올렸다. 그리고 전 직원에게 보너스를 지급한다는 공지 사항도 올렸다.

식품개발센터 수산식품팀의 이다정 연구원은 부연구소장으로 임명했다. 신제품 출시에 수고해주었던 연구원은 각각 책임연구원과 수석 연구원으로 진급되었다. 그리고 보너스는 각 직원들에게 이전 보너스에서 2배 정도 오른 금액으로 일괄 지급했다.

금옥그룹 직원들의 사기 진작을 위해 이 정도는 해야 한다고 판단했다. 나는 점심을 먹기 위해 엘리베이터를 타고 내려가고 있었다.

5층에 서니 내 몸체가 다급한 표정을 지으며 올라탔다. 나는 회장님께 말을 걸었다.

"어디 급한 일이라도 있으세요?"

"저 좀 도와주세요. 회장님."

"네?"

회장님은 내 손을 붙잡고는 지하 주차장에서 내렸다. 그리고는 두리번거리며 CCTV가 없는 곳을 찾았다. 나는 회장님께 이끌려 가장 어두운 곳에 닿게 되었다.

"무슨 일이신데 그러세요."

"상춘이가 지금..."

"김상춘 대표님이요?"

"상춘이가 교육업계에서 사업을 하고 있어요. 그런데 최근에 내부자의 배신으로 경영이 어려워지고 있었는데... 오늘 기사를 보니까 부도가 났다고..."

회장님은 휴대폰으로 김상춘 대표님의 기사를 보여주었다. 김상춘 대표님이 이끄는 '상복스터디'가 경영난을 이기지 못하고 부도가 나 결국 폐업을 결정했다는 이야기였다. 그런데 뉴스나 기사에는 내부자의 배신이라는 말은 없었다. 나는 회장님께 여쭸다.

"그런데 내부자 배신이라는 말은 없는데. 어떻게 아신거예요?"

"강이려예요. 강이려가 '상복스터디'에 있는 내부자를 꼬드겨서 상춘이를 무너뜨리려고 한 거예요."

"아니... 좋아한다는 사람을 어떻게 망가뜨릴 수가 있어요?"

"강이려가 그런 애예요. 본인이 갖지 못하면 무너뜨려서라도 자기 옆에 두려는... 그래서 상춘이와 떨어뜨리려고 했던 거였는데. 다 제 잘못이죠."

"그럼... 김상춘 대표님은 이제 어떻게 되는 거예요?"

"회사고 집이고 모두 경매에 넘어갔을 거예요. 지낼 곳이 없을텐데... 부탁을 좀 들어줄 수 있을까요?"

"네. 그럼요. 뭐든 말씀하세요."

"상춘이 가족들이 당분간 숙식을 할 수 있도록 도와줬으면 좋겠어요. 그리고... 재기할 수 있는 돈을 제가 마련해두었는데. 그건 계좌로 제가 보내 놓은 상태예요. 기회되면 그걸 상춘이한테 좀 줬으면 해요."

나는 회장님의 떨리는 목소리에서 김상춘 대표님에 대한 사랑을 미묘하게 느낄 수 있었다. 정이라고 치부하기에는 그 이상의 감정이 느껴졌기 때문이다.

회장실로 돌아온 후 나는 기사를 면밀히 보고 있었다. 드물었지만 일부 기사에서는 도하에 대해서도 언급되었다. 한 기사의 댓글에는 '금옥그룹에서 불렀던 인재가 하루아침에 거지 왕자님 되었네.'라는 몰상식한 글이 올라와 있었다.

나는 도하에게 전화를 걸었다. 전원이 꺼져 있는 상태였다. 착잡한 마음과 걱정이 앞선 나는 하얀이에게 도하네 집이 어디인지 물은 후 무작정 찾아갔다.

도하가 살았던 저택 입구에 당도하니 언론사 기자들이 깔려 있었다. 뒷마당 쪽을 바라보니 도하와 김상춘 대표님이 계시는 것 같았다. 인적이 드문 왼쪽 골목으로 들어간 후 차에서 내려 도하가 있는 곳으로 성큼성큼 걸어갔다.

도하는 발자국 소리에 뒤를 돌아보았다. 나는 도하를 보자마자 두 팔을 벌렸다. 그러자 도하가 내 품에 얼굴을 묻으며 눈물을 흘렸다. 도하의 등을 어루만지며 괜찮다고 말한 후 김상춘 대표님께 말씀드렸다.

"상춘이. 우리집으로 가세. 그곳에 기거하면서 다음 계획을 생각해보자고."

김상춘 대표님은 내 어깨를 어루만지며 도하와 함께 일부 옷가지가 든 가방을 들고는 차에 올라탔다.

집에 도착한 후 김상춘 대표님에게는 1층 공동 화장실에서, 도하에게는 내 방에 있는 욕실에서 씻으라고 말했다.

그리고는 부랴부랴 짐을 들고는 아주머니와 함께 2층으로 올라갔다. 손님방 2개를 정리한 후 간단한 요기할 것을 준비해 거실 탁자에 두었다.

나는 조금 긴장된 상태로 소파에 앉아 무릎을 매만지고 있었다. 그러자 도하와 김상춘 대표님이 옷을 갈아입고는 쭈뼛쭈뼛거리며 거실로 나왔다.

"어여 와서 요기혀. 출출할텐디."

도하는 내 옆에 앉으며 샌드위치를 한 입 깨물었다. 김상춘 대표님은 내 앞에 있는 소파에 앉으며 말했다.

"금옥이. 내가 면목이 없네. 그려."

"무슨 그런 소리를 해. 우리 사이에. 나도 도움 받은 거 있고. 우리 도하한테도 고마운 게 많고. 그리고 강이려 그 년은 내가 아주 요절을 낼테니까 걱정 붙들어 매고 있어."

"이려가 요 며칠 전에 나한테 연락이 왔더라고."

"이려가 뭐라고 해?"

"금옥이 네가 나한테 관심 없다고 했다면서 자기를 만나볼 생각없냐고. 아직 나를 사랑한다면서."

나는 조용히 김상춘 대표님을 바라보며 듣고 있었다.

"그래서 이려한테 그랬지. 금옥이가 설령 그렇게 말했어도 내가 이려 너를 사랑할 일은 없다고. 그리 일러두었지. 그런데 이렇게 뒤통수를 칠 줄은..."

"그년이 뭘 어떻게 한거여? 내부자를 꼬드겨서 뭘 어떻게 구워 삶았길래..."

"전세진 상무가 있어. 우리 '상복스터디'에서는 재무나 실질적인 업무를 다 맡고 있으면서.. 강사진 관리를 맡고 있었어. 내가 가장 신뢰하는 사람이었지. 그런데 요 며칠 전부터 강사들이 하나 둘씩 그만두더라고. 그것도 일타 강사들만. 알고 봤더니 이려가 전세진 상무와 거래를 했더라고. 일타 강사들을 빼내서 우리 회사를 이려가 인수하게 된다면 욜로그룹의 이사 자리를 주겠다면서."

나는 너무 화가 나서 냉수를 들이켜고 있었다. 이렇게 울화가 치밀었던 적이 살면서 있었던가 싶었다.

김상춘 대표님은 천천히 말을 이어가셨다.

"이려가 회사를 인수하는 계약서를 들고 왔었는데. 그럴 바에는 차라리 망하는 게 낫다고 하고는 그 계약서에 사인하지 않았네. 내 바보 같은 짓일지는 몰라도. 채무를 갚기 위해서 집이고 회사고 다 날아가는 걸 선택한 거지."

나는 도하와 김상춘 대표님을 번갈아 본 후 단단히 힘주어 말했다.

"걱정 말어. 내가 힘이 될테니까. 그나저나 자네 아들은 어디 있는 거여?"

"얼마 전에 내가 두 내외를 미국으로 보냈어. 사돈이 계신 곳이니 한국에서 잡음소리 잠잠해질 때까지는 그곳에 있으라고. 내가 도하한테도 같이 가라니까. 극구 한국에 있겠다고. 뭐. 좋아하는 사람이 있다나. 뭐라나. 그 사람이 여기 있는 한 절대 안 떠날 거라고. 아효... 도대체 어떤 사람이길래. 데려오라고 해도 아직은 안 된다고 하더라고."

나는 눈을 질끈 감았다가 뜨며 도하를 빤히 쳐다봤다. 그러자 도하는 내 눈을 피하며 다른 곳을 보고 있었다. 때마침 백하준 사장님과 하얀이가 집으로 들어왔다.

"어여와. 인사 드려. 당분간 같이 지낼거니까. 그리 알어."

백하준 사장님은 김상춘 사장님께 손악수를 청했다. 하얀이는 도하를 보며 미소를 지었다. 도하는 내 어깨에 손을 얹으며 하얀이에게 웃어 보였다.

그렇게 우리는 세식구에서 다섯식구가 되었다. 다들 잘 지내겠지?

27화.
소개팅

오늘의 룩은 흰색 셔츠에 연분홍색 정장을 입었다. '솔눈 기업'과의 미팅이 있어 한껏 단장 중이었다.

방문 너머로 고소한 냄새가 코를 간질였다. 부엌으로 들어가니 김상춘 대표님과 도하가 앞치마를 입고는 수플레 팬케이크를 만들고 계셨다.

"이게 다 뭐야?"

도하는 내게 다가와 생크림을 코에 묻히려다 내 옷을 보더니 손을 뒤로 감췄다.

"오늘 중요한 날이야?... 요?"

"오늘 '솔눈기업'이랑 미팅이 있어서."

김상춘 대표님은 접시에 각종 과일들로 예쁘게 플레이팅한 수플레 팬케이크를 내 앞에서 들어보였다.

“이거 먹고 계약 잘 성사됐으면 좋겠네. 금옥이.”

“고맙네. 상춘이.”

나는 식탁에 앉아 김상춘 대표님이 내민 접시를 뚝딱 해치웠다. 도하는 유리컵에 오렌지 주스를 따라 주며 물었다.

“어디서 미팅하는데?… 요?”

“‘L레스토랑’에서 보자네? 식사하면서 이야기하고 싶다고.”

“사장님도 가시는 거지?… 요?”

“아니. 대표가 나하고만 이야기하고 싶다고 하더라고.”

“단 둘이?”

“응.”

김상춘 대표님은 도하의 등을 다독이며 물었다.

“금옥이 사업에 이렇게 관심이 많은 줄 몰랐네?”

“아니… 그게… 내가 같이 가줄까?… 요?”

“도하가?”

“그… 미팅 끝나면 저 밥 좀 사주세요. 할머니.”

“그래. 그러지 뭐. 오래 걸릴 수도 있는데. 괜찮아?”

“네. 그럼 제가 모셔다 드릴게요. 저랑 같이 가요.”

“그래. 그러자꾸나.”

나는 오렌지주스를 한 입에 털어 넣고는 도하가 준비할 동안 거실에 앉아 있었다. 그러자 백하준 사장님과 하얀이가 출근 준비를 서두르고 있었다.

하얀이는 나를 보며 말했다.

"할머니. 오늘따라 너무 예쁜데?"

"호호호. 그러니?"

"살이 좀 많이 빠진 것 같은데?"

"그래?"

요새 스트레스 받은 일이 많아서 그런가? 아니면 이곳 저곳으로 돌아다닐 일이 많아서 저절로 운동이 된건가. 설마 영혼이 바뀌더니 체질까지 바뀐건가? 그러고보니 내 몸체는 조금 살이 찐 것 같던데. 뭐 어쨌든. 늙으나 젊으나 예뻐지면 좋은거지.

출근 시간이 되어 백하준 사장님과 하얀이는 함께 출발했다. 나는 도하를 기다리면서 대문 밖에 서 있었다. 그러자 도하가 장미향을 뿜으며 밖으로 나왔다. 향기로웠다. 앞머리는 5:5로 갈라 볼륨을 주었고 젖은 생머리를 드라이로 컬을 준 것 같았다. 외모에서 향기가 나는 것처럼 느껴졌다.

"오늘 멋있는데. 도하야."

"가자."

도하는 차 문을 열어주며 안전벨트까지 매주었다. 도하는 나와 함께 가는 내내 아무 말도 하지 않았다. 나는 조금 적적한 분위기 같아서 먼저 말을 걸었다.

"함께 지내는 거 괜찮아? 불편한 거 있으면 언제든지 말해."

"아냐. 너무 좋아."

"오늘은 왜 같이 가주겠다고 한거야?"

"'솔눈기업' 대표랑만 미팅이라기에. 뭔가 좀..."

"뭔가 좀?"

"아냐. 가보면 알겠지."

도하는 의문스러운 말을 남기고는 나를 에스코트하며 함께 레스토랑 안으로 들어갔다. 창가 쪽에 '솔눈기업'의 윤솔욱 대표님이 앉아계셨다.

"대표님. 저기 계시네. 나 얼른 다녀올..."

도하는 내 손을 잡고는 윤솔욱 대표님을 향해 다가갔다. 그리고는 내게 한마디를 남기고는 뒤쪽 자리로 덤덤이 걸어갔다.

"이따 뵐게요."

나는 윤솔욱 대표님을 뵙고 90도로 인사를 드린 후 앉았다. 윤솔욱 대표님은 회장님보다 10살쯤은 더 어려보이는 것 같았다. '솔눈기업'은 최근에 상승 주가를 올리고 있는 회사이다. 금옥그룹과는 첫 미팅이기에 대표들과 먼저 만나기로 한 것이다.

그런데 거래처 미팅이 내 예상과는 조금 다르게 흘러가고 있었다.

"귀금옥 회장님. 이렇게 실물로 뵈니 더 아름다우시네요."

"아. 네. 감사합니다. 그런데..."

"식사 먼저 주문하실까요?"

"아. 네. 뭐. 그러죠."

나는 조금히 생각하지 않은 채 메뉴를 고르고 있었다. 윤솔욱 대표님은 내게 와인을 권하셨다.

"아뇨. 술은 제가 잘 못해서."

"그러시군요. 잘 알아두겠습니다."

뭐지. 뭔가 이 야리꾸리한 느낌은...

"그런데. 저희 회사의 어떤 제품이 마음에 드셨기에 이리 먼저 연락을 주신 건지... 여쭤봐도 괜찮을까요?"

"네?"

"저희 오늘 미팅 건에 대해서 물어보는 겁니다."

"미팅이라뇨? 무슨 말씀이신지..."

"저희 회사로 연락을 주셨다고 백하준 사장님께 들었는데요. 아닌가요?"

"아.. 전달에 문제가 있었나보네요. 저는 오늘 귀금옥 회장님과 소개팅을 하러 온 겁니다."

"예? 뭐... 뭐를 해요?"

"백하준 사장님께서 저희 '솔눈기업' 주최로 하는 파티에 참석하셨었는데. 그때 제가 회장님 같은 스타일을 좋아한다고 했더니. 주선을 해주시겠다고 하셔서."

요새 잔소리가 없다 했더니. 회장님 의사도 안 묻고 이런 일을 벌이다니. 오늘은 따끔히 혼을 좀 내야겠다. 소개팅이 어린 애 장난도 아니고. 일단 적당히 분위기 봐서 퇴짜를 놓아야겠다.

"아. 그랬군요. 그런데 저 같은 스타일은 어떤 스타일일까요? 제가 볼

때는 한 열 살쯤 어려보이시는데."

"저도 사별을 해서요. 결혼한 지 3년 만에 와이프를 먼저 보냈습니다. 백하준 사장님 말씀을 들어보니 공통점이 있기도 했고. 무엇보다 심성이 좋으신 것 같아서."

"저를 겪어보지도 않으시고 어떻게 심성을 판단하시죠?"

"눈이요. 눈 큰 사람치고 나쁜 사람 없다는 말을 어릴 때 자주 들었거든요. 금옥씨 눈을 보니 심성이 착하실 것 같아요."

"뭐... 아주 아닌 건 아니지만. 언제나 착한 건 또 아니랍니다. 어쨌든 대표님. 다시 한 번 말씀 드리지만 저는 소개팅인줄 모르고 나왔습니다. 정말 저희 회사와 계약 의사가 있으셔서 오신 줄 알았어요."

"네. 그러지 않았다면 안 나오셨겠죠. 혹시 제 나이가 부담스러우신가요? 아니면 따로 연민하고 계신 분이 있으신 건지. 그렇다면 오늘 일은 그냥 없던 일로 하겠습니다. 금옥씨의 진짜 마음을 알고 싶습니다."

나는 한참을 허공을 보며 할 말을 생각하고 있었다. 회장님이 연모하는 사람은 김상춘 회장님인 것 같은데 그건 내 추측일 뿐이니 여기서 그걸 말하면 당연히 주제를 넘는 발언인거고. 취향. 그래. 취향이 아니라고 하자.

"그... 그쪽이 제 취향이 아니라서요."

"역시... 제가 너무 나이가 많군요."

"예?"

"아까 그 남자 분이 남자친구인가요?"

"누구요?"

"손잡고 같이 왔던 30대 남자 분이요."

"아녜요. 도하는... 제 벗입니다. 손주 친구예요. 제게 힘이 되어주는 아주 좋은 벗이랍니다."

"그렇군요. 무례한 발언이었다면 사과드릴게요. 그럼 조만간 계약 건으로 다시 한 번 연락드려도 괜찮을까요?"

"네. 그럼요. 그런 연락이라면 두 팔 벌려 환영입니다."

"도하... 라고 하셨나요? 손주 분 친구 성함이..."

"네..."

"도하라는 분... 부럽네요. 금옥 회장님과 벗이라니... 제가 회장님의 벗이 될 수는 없겠죠?"

윤솔욱 대표님은 멋쩍은 웃음을 지으며 내게 손악수를 청했다. 나는 두 손을 잡으며 정중히 90도로 인사를 했다. 나는 바로 백하준 사장님께 전화를 걸었다. 그리고는 일찍 퇴근하라는 명령을 내렸다.

도하와 함께 집으로 온 후 나는 백하준 사장님을 마주할 만반의 준비를 하고 방에 앉아 있었다. 백하준 사장님이 방으로 들어오신 뒤 나는 방문을 잠궜다. 그리고는 천천히 말하기 시작했다.

"하준아."

"네. 어머니."

"윤솔욱 대표님과 소개팅이라니. 네가 주선했다는구나. 왜 그런 일을 벌인거니?"

"솔직히 말씀 드릴게요. 아버지 그렇게 가시고 상춘 아저씨가 제 아버지 노릇하는 거 솔직히 역겨웠어요. 제게는 아버지가 계신데. 그 사람을 어머니께서 제 옆에 두게 하신 것도 너무 짜증났구요. 그런데 또 집에 들이신다는 말씀 듣고는 차라리 다른 분과 만나는 게 낫다고 생각했어요.”

“내 인생을 왜 네가 간섭한다니?”

“그럼 제 인생은요? 제게 언제 한 번이라도 물어보신 적 있으세요? 상춘 아저씨 좋은 사람이야 라고 하면 제가 그 사람을 좋아하실 줄 알았어요? 제게는 선택권이 없는 건가요? 저는 어머니 하나로도 충분했다고요!”

“그… 그건…”

나는 백하준 사장님이 울부짖는 말씀에 더는 뭐라 할 말이 없었다. 귀금옥 회장님과의 감정의 골이 꽤 깊다는 것을 알고는 어찌할 바를 몰랐다.

“똑같이 느껴보시라고요. 그래서 그랬어요. 맘대로 옆에 둘 사람 정해주는 기분이 어떠셨어요. 어릴 때 저도 어머니한테 싫다고 말하고 싶었는데. 제가 이렇게 말하면 어머니께서 저를 버리실 것 같아서. 그래서 아무 말도 안 하고 참았어요.”

하… 나는 귀금옥 회장님의 마음도. 백하준 사장님의 마음도 이해가 가서 너무 마음이 아팠다. 내 눈에서는 눈물이 멈추지 않고 있었다. 사장님의 주먹 쥔 손이 빨개지고 있었다. 사장님의 눈에서 흐르는 눈물은 양복을 다 적시고 있었다.

생각해보니 백하준 사장님께는 불편하지 않냐는 의사를 물은 적이 없었다. 그저 회장님의 부탁을 들어드리려고 한 것이 누군가에게는 힘든 일이 될 수 있음을 미처 생각하지 못하고 있었다.

내가 감당할 수 없는 일들이 닥치니… 대응해야 할 방법이 당장은 떠오르지 않아 우물쭈물하며 손가락만 만지작거렸다.

28화.
한설아의 대책

1시간. 백하준 사장님이 내 앞에서 눈물을 흘린 시간이다. 나는 사장님에게 다가가 두 손을 붙잡으며 물었다.

"그래. 하준아. 내가 어찌해주면 네가 슬퍼하지 않을 수 있겠니. 네가 흘리는 눈물을 보니 이 애미 가슴이 찢어지는구나. 내가… 내가 어떻게 해주면 되겠니."

"저는 저희 세식구가 제일 편하고 좋아요. 어머니."

"그래. 그럼 너는 며느라기랑 분가하라고 해도 왜 우리 집에서 함께 사는 건지 물어봐도 되겠니?"

"그거야… 어머니 적적하실까봐. 그리고 집사람이랑은 이미 이혼했어요. 미리 말씀 못 드려서 죄송해요."

"뭐? 저번에 하얀이가 애미 이탈리아에 식당 착공한다고 사진 보여주던데. 그럼 애미는 이혼하고 거기서 지내는거니?"

"네. 집사람은 이미 재혼도 했고요. 그건 갑자기 왜 물으세요. 설마 제가 나가길 바라시는 건 아니죠?"

백하준 사장님은 겉모습만 장성한 어른이신 것 같았다. 아직 엄마의 사랑과 손길이 많이 필요한 듯한 눈빛과 행동을 보이셨다. 도통 내가 어떻게 해드려야 하는지 감은 안 잡혔지만 일단은 내가 할 수 있는 최선을 다하려고 마음 먹었다.

나는 백하준 사장님의 얼굴을 매만지며 말씀드렸다.

"내 아들, 내 손자가 세상에서 가장 귀한데. 어딜 나가라고 한다니. 그냥 궁금해서 물어본거여. 불안해하지 말어. 그리고 속 얘기 해줘서 고마워. 이 부족한 어미가 미안하구나. 하준아. 진심으로 사과할게. 미안하고 또 미안하다. 그런 불안감 속에서 너를 살아가게 해서. 정말 미안해."

백하준 사장님은 내게 안겨 볼을 부비며 눈물을 흘리셨다. 나는 사장님의 등을 토닥이며 물었다.

"저... 하준아. 내가 도하 식구들한테 돈을 좀 해주려고 하는데. 그건 허락해줄 수 있겠니? 도하도 아직 어리잖아. 마음 고생도 많을 거고. 집이랑 사업자금을 좀 보태고 싶은데. 네 생각은 어떠니?"

"어머니."

"응. 그래. 하준아."

"도하를 봐서 허락하는 겁니다."

"그래. 고맙구나. 아들아."

나는 백하준 사장님에게 회장님의 온기를 충분히 느끼도록 안아드렸다.

그리고는 숨을 한 번 고른 후 방문을 열고 거실로 나갔다.

그런데 하얀이가 내 방 앞에서 안절부절못하면서 서 있었다. 그리고는 내게 다가와 말했다.

"할머니. 도하랑 김대표님이 짐 싸서 나가셨어."

"뭐?"

나는 겉옷을 챙겨 나가며 도하에게 전화를 걸었다. 전화를 받은 도하는 근처 모텔에 있다고 했다. 나는 모텔 앞에 있는 카페 앞으로 와달라고 사정했다. 도하는 알겠다고 하며 내가 있는 곳으로 한달음에 달려오고 있었다.

"하... 나는..."

나는 있는 힘껏 도하를 끌고는 후미진 골목 안으로 들어갔다.

"야. 김도하. 네가 그렇게 가버리면 나는... 나는 어떡하라고."

"설아야..."

"도하 너는 나한테 정말 고마운 친구라. 솔직히 이제라도 내가 너한테 도움이 될 수 있게 돼서 정말 좋았어. 그런데 백하준 사장님한테 그런 사연이 있으신 줄은 꿈에도 몰라서... 그래서 나도 혼란스럽고 힘든데. 너마저 그렇게 나가버리면 나는... 내가 어떻게 너를 다시 볼 수가 있겠어..."

도하는 내 볼을 매만지며 눈물을 닦아주었다. 그리고는 천천히 입술로 다가와 키스를 했다. 잠... 잠깐만. 이 몸은 귀금옥 회장님 몸이란 말이야!

"설아야."

"응?"

몸이 왜 이렇게 가볍지? 내 손을 바라보니 주름 하나 없는 손이었다. 나는 손으로 가슴을 만져보니 트리플 A컵임이 확실한 내 몸인 것을 확인할 수 있었다. 이게 뭐야. 도하 키스로 내가 내 몸으로 돌아온다고? 이게 뭐야!

"도하야. 나 한설아 맞는 거지?"

"응. 설아로 돌아왔는데."

"도하야. 나 확인해보고 싶은 게 있는데. 부탁 좀 해도 될까?"

"그래. 뭔..."

나는 도하의 뒷머리를 잡으며 내 입술을 단박에 박아버렸다. 아. 입술을 뗀 후 도하를 보니 도하의 입술에서는 피가 나고 있었다.

"헙. 미안해 도하야. 괜찮아? 내가 키스해보는 건 처음이라."

"괜찮아. 회장님 몸으로 돌아왔는데."

"어?"

나는 손을 보니 주름이 얼기설기 되어 있는 것을 확인할 수 있었다. 그리고 가슴을 만져보니 풍만한 회장님의 몸매임을 확신했다. 나는 도하를 바라보며 물었다.

"그런데 방금 이건 무슨 일이었지?"

도하는 얼굴이 빨개진 채로 헛기침을 하고 있었다.

"내가 너한테 키스를 하면 네 원래 몸으로 돌아오는 거 아냐? 그리고 네가 나한테 키스하면 회장님 몸으로 돌아오고."

"확신이 안 서... 회장님과 나는 한 날 한 시에 배탈이 나서 죽었는데.

도하 네 키스가 영혼을 원래대로 바꿀 수 있는 열쇠라니."

"그럼 다시 해볼까?"

나는 갑자기 적극적으로 돌변한 도하에게 왠지 모를 두근거림이 느껴지고 있었다. 손사례를 치며 골목 안에서 나왔다. 도하는 어두운 골목 안에서 서성였다. 나는 도하의 손을 이끌며 어두운 골목에서 꺼내 주었다.

그리고 김상춘 대표님께 연락해 카페에서 보자고 말씀드렸다. 도하는 내 옆에 앉으며 터진 입술을 매만지고 있었다. 나는 도하의 입술 상태를 확인하고는 미안하다고 말했다. 그러자 도하는 웃으며 미안하면 한 번만 더 키스하자며 나를 놀려댔다.

그 사이 김상춘 대표님이 오셔서 내 앞에 앉으셨다.

"금옥이. 내가 미안하네. 그려."

"뭣이 미안하다고 자꾸 그런댜. 하준이 마음을 몰라준 내 탓이지. 상춘이는 아무런 잘못이 없어. 그러니까 미안하다는 말 이제 그만 듣고 싶네."

"무슨 할 말이 있어서 불렀는지…"

"상춘이 계좌로 내가 집 구할 돈이랑 사업 자금 좀 넣었어. 확인해 봐. 이 정도는 해줄 수 있는 사이라고. 내 하준이한테도 일러두었으니 걱정은 안 해도 될거여."

"금옥이… 이걸 어떻게 다 갚는댜."

"갚기는. 내가 당신 식구들한테 참 고마운 게 많아. 나야말로 이제라도 갚을 수 있게 돼서 마음이 편해지려는 참이구만. 상춘이는 충분히 다시 일어설 수 있어. 내 확신해."

"그럼. 내 염치 없지만 한 가지만 더 부탁해도 될까."

"뭔디?"

"집 구할 때까지만 도하가 금옥이네서 좀 머물 수 있을까. 도하가 모텔에서 왔다갔다 하는 게 내가 너무 미안해서. 이기적으로 들리겠지만.."

"아니여. 그럼. 도하는 내 벗인디. 그건 걱정하지 말어."

"고맙네. 금옥이."

"그려. 상춘이."

도하는 일주일 정도 집에서 머문 후 김상춘 대표님이 구한 저택으로 들어갈 수 있었다. 그리고 김상춘 대표님은 다시 사업 구상에 들어가셨다. 그리고 필요한 자문을 구할 때마다 내가 자처해서 도와드렸다.

나는 출근 후 내 몸체를 찾으러 갔다. 국내 영업부에 들어가니 여수진 부장님이 계셨다. 나는 부장님께 인사를 드린 후 한설아 사원이 어디 있는지 물었다.

"회장님. 한설아 사원은 병원에 있습니다."

"병원에요?"

"네."

"어디가 아픈가요?"

"어제 배탈이 났다고 해서요."

"그렇군요. 입원한 병원이 어디인지 알 수 있을까요?"

여수진 부장님이 알려준 병실로 찾아가니 내 몸체를 찾을 수 있었다.

다행히 부모님은 안 계시네. 얼른 말씀드리고 나가야겠다.

"회장님."

"설아양."

"괜찮으세요?"

"네. 요즘 야근이 잦아서 야식을 자주 시켜먹다보니. 결국 탈이 났네요."

"회장님. 거두절미하고 드릴 말씀이 있어서요. 아프신데도 불구하고 제가 이렇게 찾아왔습니다."

"네. 말씀하세요."

백하준 사장님 일은 내가 잘 해결했으니 상처를 들쑤시는 건 좋지 않겠지. 그 일은 말하지 말자.

"김상춘 대표님께서 집 마련하셨고요. 재기하실 수 있도록 자금도 모두 드렸습니다."

"고마워요. 설아양. 상춘이가 집에서는 잘 머무르다가 갔나요?"

"네? 네. 네. 그럼요. 네. 뭐."

"그럼 됐어요. 그리고 또 할 말이 있나요?"

"제가 어쩌다 도하랑 키..."

"키?"

"키스를 했는데요. 몸이 잠깐 바뀌었었거든요. 회장님은 그때 어떠셨는지. 여쭤보려고요."

“몸이 바뀌었어요? 도하랑 키스를 하고나서?”

“네. 그리고 제가 다시 도하한테 키스를 하니까 회장님 몸으로 이렇게 돌아오더라고요.”

“잠깐 배에서 통증을 느꼈지만 저한테는 변화가 없었어요.”

“네? 분명 제 몸으로 돌아왔었는데.”

“그럼 도하를 불러서 한 번 시험해보는 건 어때요? 지금 이 자리에서요.”

“그래도 괜찮을까요?”

“그럼요. 저희 몸을 바꿀 수 있는 열쇠가 도하의 키스라면... 그런데 설아양.”

“네.”

“그게 확실하다면 몸을 바꾸고 싶은가요?”

“네? 아... 저는...”

나는 그때 왜 대답을 망설였는지 지금도 잘 모르겠다.

“제 몸으로 할 수 있는 모든 것을 한 뒤에 바꾸어도 안 늦을거예요.”

“그럴까요?”

“확실히 해두는 게 좋으니까. 도하를 이곳으로 부를까요?”

“네.”

나는 도하를 불러서 병실로 오게 했다. 도하는 나와 내 몸체를 번갈아 보며 혼란스러운 표정을 짓고 있었다. 도하는 회장님 몸을 하고 있는 나에게 다가와 키스를 했다. 그러자 내 몸은 다시 한 번 가벼워지기 시작했다. 나는 바로 가슴을 확인하니 확실한 한설아로 돌아와 있었다.

내 몸체가 있는 침대를 바라보니 회장님의 몸체는 온데간데 없었다. 뭐지? 이게 어떻게 된거야? 나는 곧바로 도하의 입술에 키스를 했다. 그러자 회장님의 몸체로 돌아오면서 내 몸체가 침대에 앉아 있었다.

"회장님! 어디가셨던거예요?"

"저... 산신령을 봤어요. 설아양."

"네?"

도하는 얼굴을 붉히고는 입술을 서로 부딪히며 삐끔거렸다. 그 순간 나는 산신령을 만나야겠다는 생각밖에 들지 않았다.

29화.

꿈

그날 밤 12시.

나는 오늘 있었던 일들에 대해 곰곰이 생각해보고 있었다. 도하의 키스가 내 몸체로 돌아오는 열쇠라면 회장님은 왜 그 자리에서 사라지셨던 것인지. 그리고 산신령은 회장님께 어떤 말씀을 하신 것인지.

회장님께서는 산신령을 보신 뒤 달리 말씀하지 않으셨다. 회사에서 보자는 말씀만 남기신 채. 머릿속이 복잡해진 나는 따뜻한 모과차를 들이켠 후 잠에 들었다.

잠시후 꿈속에서는 하얀 도포를 입은 남자가 나를 향해 다가오고 있었다.

“Hi. baby.” (안녕. 아가야.)

“hey! hey!” (이봐요! 이봐요!)

"그래. 나한테 궁금한 게 많겠지."

"도대체 저한테 무슨 짓을 하신거예요?"

"무슨 짓이라니. 네가 죽고난 후에 네 소원을 들어준 사람한테. 서운하다 너."

"진짜 도하의 키스가 영혼을 되돌릴 수 있는 열쇠인가요?"

"아니."

"네? 그럼 왜 몸이 바뀌었던 건데요!"

"부잣집 딸래미로 다시 태어나서 좋았니?"

"좋은 점도 있고 그렇지 않은 점도 겪는 중이예요."

"돈 때문에 메이커 옷도 못 입고 놀림 당하던 때. 가족이 빚 때문에 허덕일 때. 그때에 비하면 지금은 꽤 만족하는 삶일 줄 알았는데. 아니구나?"

"좋아요. 좋은데..."

"네가 후회하는 것 같길래 원래의 몸으로 돌아가게 된다면 어떤 반응일지 궁금해서 내가 장난을 좀 쳐봤는데. 놀랐니?"

"그게... 장난이라고요?"

"응. 지금의 삶이 힘든 것 같길래. 원래대로 돌아가게 된다면 어떤 선택을 하게 될지 궁금했었어. 다시 배탈난 후 죽게 된다면 똑같은 선택을 할거니?"

내 목구멍에서는 쉽사리 그렇다는 긍정의 목소리가 나오지 않고 있었다. 내가 살아온 삶은 돈 때문에 전전긍긍하면서 힘들었던 삶이었다. 평범의 기준을 잘 알지 못하면서 우리집은 평범하다 자부하면서 살았었다. 그러던 중 메이커 옷에 대한 중요성을 알지 못하고 놀림을 받았던 때도 있었다.

친구가 한 명도 없던 중에 그럼에도 나를 좋아해주는 사람들이 있었다. 가족이 아플 때 터무니없는 비용에 힘들 때도 있었지만 다행히 벌어놓은 돈으로 병원비를 댈 수 있었다. 대학교 등록금으로 빚이 있었을 때 못 먹고 못 입으며 아끼는 삶을 살았지만 그래도 학원에서 열심히 일하면서 번 돈으로 오천만원이라는 큰 숫자를 내 인생에서 지워낼 수 있었다.

때마침 들어간 금옥그룹에서 정규직이 되었지만 모아 놓은 돈 한 푼 없는 서른 살이 되어있었다. 나이든 부모님 걱정에 내가 가족들의 기둥이 돼야 할 지도 모른다는 생각에 사로잡혀 무의식적으로 부잣집 딸래미였으면 하고 생각할 때가 한 해 두 해 지날수록 많아지기 시작했다.

그런데 막상 부잣집 딸래미로 살아보니 정말로 돈 걱정은 한 개도 없이 살 수 있었다. 지금 내 눈 앞에 닥친 일을 처리하고 사업에 몰두하는 내 자신이 자랑스럽게 느껴지기도 했다.

여전히 꿈은 없지만 꿈이 없는 삶도 만족하면서 살고 있던 때 하얀이가 나를 좋아하고 있다는 사실을 알게 되고는 처음으로 후회를 하긴 했었다.

하지만 그 뿐이었는데. 내 몸으로 돌아갈 수 있다고 생각하니 혼란스러운 생각이 머릿속을 스친 것은 사실이지만 다시 주어진 내 인생에서 몸이 바뀔 일은 없으니 평생 귀금옥 회장님으로 살아야겠지.

나는 하얀 도포자락을 휼날리는 산신령을 보며 말했다.

"아마 그럴 것 같아요."

"그렇다면..."

산신령은 싱거운 말 한마디를 남기고는 내 눈 앞에서 사라졌다. 그리고 눈을 떠보니 아침 7시가 되어 있었다. 꿈 속이었지만 생각에 잠겨 있던 탓인지 일어나자마자 머리가 지끈거렸다. 두통약을 챙겨 먹고는 부랴부랴 외출 준비를 시작했다.

오늘은 회장님의 꿈을 이뤄드리는 날이다. 회장님은 한설아로 몸이 바뀌신 뒤에도 여전히 회사 일에 매진하면서 사셨다고 한다. 그래서 30대 평범한 여자는 어떤 주말을 보내는지 한 수 가르쳐달라고 말씀하셨다.

사실 내가 잘 할 수 없는 일이다. 나는 돈이 없어서 해외를 가본 적도 없고 돈을 버느라 여행 한 번 가본 적이 없기 때문이다. 집에서 할 수 있는 것들만 해왔던 터라 꿈을 함께 이루는 것이라고 하는 게 정확할 지도 모른다.

우리는 함께 캠핑을 가기로 했다. 서로의 몸이 뒤바뀐 뒤로 하루 종일 같이 있는 것은 이번이 처음이다. 조금 어색하면서도 내 몸체와 함께 있으니 어쩐지 안정감이 들기도 했다.

나는 캠핑 장비를 차에 실고는 내 몸체가 있는 집으로 향했다. 내가 운전을 하게 되는 날이 오다니! 대학교 졸업 후 면허증은 딴 상태였다. 장롱 면허에 불과했지만 회장님 몸으로 바뀐 후 기사님과 열정적인 연습을 하곤 했다. 솜씨는 없지만 안전 운전을 다짐하며 안전벨트를 메었다.

오랜만에 아파트 앞에 다다르니 비둘기색의 교복들이 눈에 띄었다. 학교에 가는 토요일이라 그런지 등교하기 위해 버스를 기다리는 학생들이 보였다. 학생들에 정신이 팔려 있을 때쯤 내 몸체가 헐레벌떡 뛰어오고 있었다.

"설아양. 제가 너무 늦었죠."

"아니예요. 얼른 타세요. 회장님."

나는 회장님을 조수석에 태운 후 산 넘고 물 건너 강원도의 어느 산자락으로 향했다. 한적한 공간에 차를 댄 후 우리는 차박 캠핑을 즐기기로 했다.

일단 차박 텐트를 설치했다. 차 안에 에어매트도 깔고 테이블이랑 캠핑 의자도 세팅했다. 회장님은 취사 도구를 꺼낸 후 음식 준비를 하시고 계셨다. 내가 텐트에 알전구를 장식할 때였다. 회장님은 대뜸 나에게 부모님에 대해 물으셨다.

"설아양은 부모님과 유대관계가 좋았나봐요."

"네. 서로 꽤 끈끈한 가족애가 있는 편이었죠."

"제가 설아양으로 살면서 부모님과 소통하는 것. 그게 좀 힘들었어요. 아시다시피 저는 부모님의 규칙이라는 미명 하에 학대가 있었기 때문에 항상 두려운 존재이거나 반항하고 싶은 존재라는 인식이 자리해 있었거든요."

"네."

"그런데 출근 하기 전에 어머님과 포옹이라든가 아버님과 주먹악수를 하는 것이 너무 낯설어서 한동안은 움츠러들어 있었어요."

나는 묵묵히 회장님의 이야기를 들어드렸다.

"한편으로 부럽기도 하더라고요. 부모님과 이렇게 지낼 수도 있구나 싶어서요."

회장님은 돼지고기 주물럭을 프라이팬에 구우시면서 내게 쌈을 싸서 먹여주셨다.

"엇. 감사합니다."

"설아양은 나로 살면서 힘든 점이 많았죠."

"저는 솔직히 처음에는 돈 걱정 없이 살 수 있어서 좋았어요. 그런데 그 외에 회장님께서 살아오신 세월을 감당하기 어려운 부분도 있더라고요. 30대인 제가 미처 닿을 수 없었던 부분이요. 그래도 잘 헤쳐나가고 있는 중이라고 생각하는데... 역시 쉽지 않은 게 인생이구나를 실감하고 있는 중입니다. 하하-"

"저는 인생을 잘 살지 못한 사람이예요. 설아양 말대로 돈은 풍족했지만 그마저도 지키지 못하면 모두 잃을지도 모른다는 생각에 늘 사로잡혀 있었어요. 그리고 자식에게 사랑한다는 따뜻한 말 한 마디 제대로 해준 적도 없네요. 하얀이는 처음 안은 손주라 참 예뻐했는데... 그럼에도 사랑을 주는 방법을 제대로 알지 못해서 부족한 어미이자 할미였답니다."

"그래도 백하준 사장님과 하얀이가 회장님을 정말 좋아하고 사랑하고 있어요. 그건 함께 살고 있는 제가 느끼고 있는 부분이라 믿으셔도 돼요."

"그런가요? 고마워요. 설아양."

나는 회장님의 밥술에 고기를 올려드리며 웃어보였다. 그러자 회장님은 나를 보며 걱정스러운 듯이 물으셨다.

"설아양. 언젠가는 제 가십거리로 회사 이름이 오르내리는 기사가 날 수도 있을텐데."

"네. 강이려 대표님이 김상춘 대표님 다음으로 회장님을 타겟으로 삼을

지도 모른다는 생각은 하고 있습니다."

"어려운 부탁을 드려 죄송해요."

"아닙니다. 강이려 대표님을 처리하는 일도. 회장님의 가정사를 어떻게 언론에 이야기 할 지도 모두 준비를 하고 있으니 걱정하지 않으셔도 돼요. 제가 회장님으로 사는 동안에는 최선을 다해서 살도록 하겠습니다."

"그래요. 우리 각자의 자리에서 앞으로도 잘 살아보도록 해요. 자. 짠!"

"짠!"

나는 회장님과 함께 미래를 위하는 건배를 하며 화이트 와인을 마셨다. 달콤 씁쓸한 그 맛이 꼭 앞으로의 인생을 대변해주는 듯했다.

30화.
가십

캠핑에 다녀온 후 쇼핑을 좀 했다. 살이 빠지는 연유는 모르겠으나 어쨌든 회장님의 88사이즈에서 현재는 66사이즈까지 입게 되었다.

오늘의 룩은 카키색 블라우스에 아이보리 부츠컷 슬랙스를 입었다. 그리고 연갈색의 단화를 신었다.

나는 회사에 출근한 후 금옥그룹에 대한 기사를 살펴보았다. 귀금옥 회장이 언론에 얼굴을 보인 후 판매 실적이 더 올랐다는 기사들이 쏟아지고 있었다. 그리고 신제품에 대한 반응이 좋아 국내뿐만 아니라 해외 신규 판매 루트도 계속해서 열리고 있다는 긍정적인 기사들이 수두룩했다.

한 소비자 만족도 조사에서는 '소비자들과의 신뢰' 부문에서 독보적 1위였던 '안심그룹'을 제치고 금옥그룹이 당당히 1위로 올라섰다는 글도 볼 수 있었다.

한창 금옥그룹에 대한 이미지가 좋아지고 있을 무렵 욜로그룹의 강이려 대표님 쪽 움직임이 심상치 않다는 보고를 받았다. 나는 욜로그룹의 인성민 차장님을 우리쪽 사람으로 만들어 강이려 대표님에 대한 일거수 일투족을 보고받고 있다.

인성민 차장님에 따르면 강이려 대표님이 귀금옥 회장님의 개인사를 파헤치던 중 '오맥그룹' 귀천 회장님에 대한 정보를 입수했다고 했다.

귀천 회장님은 아스퍼거증후군과 강박장애를 앓고 계셨다. 규칙에 대한 강박이 심해 가정 내에서 지켜지지 않으면 아내와 자식에게 폭력을 휘둘렀다는 내용이 담겨 있었다. 아내에게는 물리적 폭력을 행사하며 자식에게는 굶기는 체벌을 가하셨다.

귀천 회장님은 상대방의 감정을 읽지 못해 본인의 잘못을 인지하지 못한 채 살아가셨다고 했다. 아내인 민여인 사모님은 귀천 회장님과 함께 사시면서 최대한 귀천 회장님의 비위를 맞추며 사셨다. 그럼에도 다투는 날에는 물리적 폭력을 당하셨다.

귀금옥 회장님은 독립한 이후에 가족들과 왕래를 끊으셨다. 그리고 귀금옥 회장님의 남편 분이 돌아가신 후 얼마 지나지 않아 민여인 사모님께서 스스로 목숨을 끊으셨다. 하지만 이 일은 철저하게 비밀에 부쳐져 인터넷 어느 곳에서도 찾을 수 없는 사실이었다.

이런 끔찍한 가정사를 강이려 대표님이 알고 계신다는 것에 두려움이 앞섰다. 귀금옥 회장님의 사생활이 어떤 식으로 언론사에 뿌려지고 2차적 피해가 가해질지 가늠하기 어려웠기 때문이다.

일단 인성민 차장님께는 강이려 대표님이 어떤 방법으로 이 정보를 흘릴 지에 대해 예의주시해줄 것을 당부했다. 이윽고 인성민 차장님께 연락을 받았다. 다음주에 강이려 대표님의 기자회견이 있을 것이라고.

나는 강이려 대표님께 연락을 취했다. 강대표님은 기다렸다는 듯이 내게 장소와 시간을 문자로 남기셨다.

오후 8시. 'K호텔'에 당도하니 강이려 대표님이 인성민 차장님과 함께 차에서 내리는 모습이 보였다. 나도 차에서 내려 강이려 대표님과 인성민 차장님을 마주했다.

"오랜만이네. 이려야."

"그러게. 언니 살이 엄청 빠졌네? 어디 아픈 거 아니야?"

"내 건강 걱정해주는거야?"

"무슨 걱정씩이나."

"그런데. 뭘 달고 왔네?"

"아. 인성민 차장. 오늘 아주 중요한 얘기를 해주실 분이라."

"그래? 기대되는데. 이려가 무슨 얘기를 할지."

강이려 대표님은 입꼬리를 살짝 올리며 호텔 안으로 들어갔다. 나는 인성민 차장님과 눈짓을 주고 받으며 함께 발걸음을 옮겼다.

'K호텔' 내에 있는 카페에 들어섰다. 내가 자리에 앉자마자 강이려 대표님은 단도직입적으로 말하기 시작했다.

"내가 언니 무너뜨리려고."

"그게 무슨 말일까?"

"상춘 오빠 일 알고 있지? 그거. 내가 그런 거야."

뻔뻔함에도 정도가 있어 급을 매긴다면 아마 강이려 대표님은 상급이 아닐까 하는 생각이 들었다. 나는 차분히 말을 이어갔다.

“그래? 날 어떻게 무너뜨릴 계획인데?”

“언니 가정사. 좋지 않다는 건 짐작했지만. 이 정도일 줄은 몰랐네.”

“내 가정사까지 손댔으면 진짜 갈 때까지 가자는 거네. 그런데. 너 감당할 수 있겠니?”

“감당 못할 게 또 뭐 있겠어. 난 언니가 진-짜 싫었어. 부잣집 딸래미인 것도. 모든 남자의 눈길 손길이 다 언니한테 향해 있는 것도.”

“그걸 바로 자격지심이라고 하는 거야. 이려야. 너한테 해되는 일이 아님에도 사람 미워하면. 벌을 받게 돼 있지.”

“심판은 내가 해! 상춘 오빠도 나한테 왔으면 그렇게 무너지지도 않았어. 기대해. 언니도 조만간 무일푼에 그지꼴로 만들어 줄테니까.”

강이려 대표님은 인성민 차장님께 고갯짓을 하며 자료들을 펼쳐 보일 것을 지시했다. 차장님은 내게 서류 봉투를 건넸다.

귀천 회장님의 만행을 입증할 증거 자료들이었다. 귀천 회장님의 건강을 관리하셨던 현박사님이 회장님의 아스퍼거증후군과 강박장애에 대한 약물 치료를 한 기록. 민여인 사모님께서 폭행을 당하실 때마다 찍어두었던 사진들과 폭행에 의한 정신과 진료를 받은 진료기록. 그리고 귀금옥 회장님의 자해 기록까지.

이 모든 증거는 내가 인성민 차장님께 드린 자료였다. 내 예상대로 강이려 대표님은 이것들을 쥐고는 협상을 하러 온 것이다. 김상춘 대표님 때와 마찬가지로.

나는 약간의 연기를 곁들여 강이려 대표님과 얘기를 이어가려고 했다.

"이걸. 네가 어떻게."

"놀랐지? 내가 언니 뒤 캐려다 똥빠지는 줄 알았다니까."

"그래. 이걸 가지고 뭘 어쩔 참인데?"

"그건 말해줄 수 없지."

"그럼 어쩌자고 이걸 보여주는 건데."

"언니는 무섭지 않아?"

"내가 뭣을 무서워해야 하는디?"

"그거야. 언니 회사 이미지를 망가뜨릴 무기를 내가 쥐고 있으니까. 벌벌 떨면서 나한테 빌어야지."

"이거 갖고 하고 싶은대로 혀봐. 어디. 어떻게 써 먹을지 네 말대로 기대되는데."

강이려 대표님은 눈치를 보며 커피를 들이켰다.

"언니 가정사 까발려지면 언니가 정신적으로 문제 있는 게 들통날거고. 그럼 금옥그룹 주가도 폭락할텐데. 감당할 자신 있겠어? 지금이라도 나한테 금옥그룹의 지분 90%를 넘기고 우리 욜로그룹과 합병하는 게 언니 목숨만은 부지하는 일일텐데."

"난 너한테 기회 줬어. 이 자료들 갖고 하고 싶은 대로 해보라고."

"언닌 뭐가 그렇게 당당해?"

나는 더 들을 필요도 없을 것 같아 자리에서 일어나면서 강이려를 바라보며 한 마디 건넸다.

"원래 당하는 쪽이 더 당당한 법이란다."

다음날.

오늘의 룩은 흰색 셔츠에 검정색 정장을 입었다. 그리고 검정색 구두를 신었다. 금옥그룹에 언론사를 불렀을 때와 동일한 옷이다.

나는 성큼성큼 걸어가며 기자회견장에 얼굴을 드러냈다. 자리에 앉으려고 보니 인성민 차장님께서 나를 맞아주셨다.

"오셨습니까. 회장님."

"그래요. 인차장."

"부디 과거에서 벗어나시길 바랍니다. 회장님."

나는 고개를 끄덕이며 앉았다. 내 얼굴을 찍으려 이곳 저곳에서 터지는 플래쉬 세례에 눈을 껌뻑였다. 그리고는 곧 응시할 한 곳을 발견했다. 나는 내 눈 앞에 자리한 내 몸체를 바라보며 말하기 시작했다.

"저는 '오맥그룹' 귀천 회장님의 하나뿐인 딸 금옥그룹의 귀금옥이라고 합니다. 제가 여러분들을 이렇게 부른 이유는 다름 아닌 제 가정사와 관련해 협박을 당하고 있어서입니다."

인성민 차장님은 스크린에 어제 강이려 대표님과 함께 있던 영상 하나를 띄우셨다. 그리고는 차례대로 가족들에게 학대 당했던 증거 사진들이 보여졌다.

"영상에서 보신 바와 같이 욜로그룹의 강이려 대표가 제 안 좋은 가정사를 언론에 퍼뜨리겠다 협박을 해왔습니다. 네. 저는 부친인 귀천 회장님과 모친인 민여인 씨에게서 어릴 때부터 가정 내에서 정해진 규칙을 지키지 않으면 굶기는 체벌을 받아왔습니다. 저는 숨 막히는 가정에서의 생활을 견디지 못하고는 이렇게 제 허벅지를 주먹으로 상처를 내는 자해를 해왔습니다.

저는 이 가정에서 피해자는 저 뿐인 줄 알았습니다. 하지만 이는 철저히 귀천 회장님의 명령과 지시에 따라 행해졌고 모친인 민여인 씨도 물리적 학대를 받은 피해자였다는 것을 이제서야 알게 되었습니다. 제 모친인 민여인 씨는 제가 출가한 후 얼마 지나지 않아 스스로 목숨을 끊으셨습니다. 이 또한 귀천 회장님의 지시로 비밀에 부쳐진 사실입니다.

가정에서 이뤄지는 학대는 반드시 뿌리를 뽑아야 할 중대한 범죄입니다. 허나 이런 저를 보고 계시는 분들 중에는 저를 불쌍히 여기는 분도 아닌 분도 계실 겁니다.

올바르지 못한 교육을 받으며 자란 제가 모든 가정의 먹을거리를 책임진다는 것에 신뢰를 못하시는 분도, 환멸을 느끼시는 분도 있으실 겁니다.

하지만 저는 오히려 굶주렸던 기억을 먹을거리에 대한 소중함으로 바꾸려고 노력했습니다. 그래서 한 가정의 식음료를 책임지기 위해 신선한 재료를 직접 재배하며 생산했습니다.

저희 금옥그룹의 제품만은 진심을 다해 만들어왔습니다. 이건 제가 부끄럽지 않게 말할 수 있는 부분입니다. 그럼에도 제 가정사로 인해 실망하셨을 저희 금옥그룹을 사랑해주신 모든 분들께 죄송하다는 말씀드립니다.

더불어 드리고 싶은 말씀은… 더는 가정에서 폭력이 행해지지 않고 저 같은 일이 발생하지 않도록 바라는 마음입니다. 또한 이를 악용해 2차 가해를 펼치는 강이려 같은 이들이 없는 세상이 되었으면 합니다…”

내 몸체를 바라보니 회장님은 흐느끼며 울고 계셨다. 나도 눈물을 훔치며 인성민 차장님께 인사를 드리고는 나왔다. 마지막 피날레는 인차장님께서 맡아주시기로 했다.

인차장님은 강이려 대표님의 불륜설에 대한 증거를 스크린에 띄웠다.

불륜설의 주인공 인성욱 씨의 형이 인성민 차장님이다. 강이려 대표님의 협박을 받으면서 애인 행세를 해주었다는 인성욱 씨의 목소리가 기자회견장에 울려 퍼졌다. 가정이 있는 것을 알았음에도 아내와 아이에 대해 위협적으로 발언하며 애정을 갈구했다고 했다. 강이려 대표가 인성욱 씨를 협박한 영상이 나오기 시작했다.

모든 언론사는 내 가정사에 대한 가십거리보다는 강이려 대표님에 대한 이야기가 더 흥미로운 듯 해 보였다. 나는 선글라스를 끼고 기자회견장을 빠져 나왔다.

그날밤.

신문과 인터넷 기사에는 강이려 대표님에 대한 이야기가 난무하기 시작했다. 강이려 대표님은 내게 연락을 해왔지만 받지 않았다. 나는 강이려 대표님께 문자 하나를 남겼다.

'구린 인생 그만 청산하길.'

31화.
회상

기자회견 후 회사에는 회장님의 가정사에 대한 인터뷰를 요청하는 전화가 쇄도했다. 각종 토크쇼와 신문 및 잡지사에서 회장님의 안타까운 사연을 담고 싶다고 연락해왔다.

나는 'TRusT' 잡지사와 인터뷰 약속을 잡았다. 회장님께서 겪으신 학대에 대한 것을 비롯해 집안에서 이뤄지는 크고 작은 학대가 아이에게 미치는 영향에 대해서 이야기를 할 참이었다. 사전에 질문지는 받지 않았다. 즉석에서 궁금한 점에 대해 물어봐 달라고 부탁드렸다.

오늘의 룩은 파란색 면티에 흰색 면바지를 입었다. 그리고 흰색 운동화를 신었다. 잡지사에서 빌린 스튜디오 건물로 들어가니 각종 카메라와 장비들이 세팅되고 있었다. 나는 이주선 편집장과 인사를 나눴다.

"반갑습니다. 귀금옥입니다."

"네. 회장님. 인터뷰에 응해주셔서 감사합니다."

"잘 부탁드립니다."

나는 흰색 스튜디오 안으로 입장했다. 그리고 홈바 의자에 앉아 에디터와 인사를 나눈 후 질문에 대한 답을 하기 시작했다.

"우선 욜로그룹의 강이려 대표님께서 회장님의 가정사를 빌미로 협박을 하셨다는 이야기가 연일 화제가 되고 있는데요. 그 분의 처분에 대해서는 생각해보신 것이 있으신지요."

"이려는 대학교 후배이자 저와 오래 알고 지낸 사이입니다. 하지만 제 개인사를 걸고 넘어지며 회사를 넘기라는 협박을 했을 때는 선을 넘을 대로 넘은 것이기에 그에 합당한 처분을 받아야 한다고 생각합니다. 들리는 소문에는 회사에 대한 경영권을 포기하겠다는 이야기가 들리더군요."

"그렇군요. 그런데 회장님의 가정사에 대해 궁금하신 분들이 많으시더라고요. 혹시 그 부분에 대해서 해주실 말씀이 있으실까요?"

"제 할아버지께서는 증권회사를 운영하시면서 막대한 부를 누리셨습니다. 하지만 가정을 돌보는 일에는 소홀히 하셨습니다. 그 부분에 대해 결핍을 느끼신 아버지께서는 가정 내에서는 규칙이 있어야 한다는 생각에 사로잡혀 있으셨습니다. 하지만 원칙에 너무 몰입한 나머지 규칙이 지켜지지 않는 것에 강박관념을 가지셨고 이는 어머니와 저에게 물리적 폭력과 아동학대를 가하는 것으로 이어졌습니다."

"규칙이라는 것이 어떤 것인지 말씀해주실 수 있으실까요?"

"가정집에서 행해지는 평범한 것들이었습니다. 대개 부모들이 학생들의 통금시간으로 오후 8시나 10시쯤으로 말씀하실 겁니다. 하지만 저희 집은 하교 후 바로 집에 오는 것이었습니다. 늘 기사님께서 상주해 계셨고 그걸 어기는 날에는 제게 밥을 주시지 않았습니다. 그 날 아버지께서는 저도 모르는 사이에 어머니께 폭력을 행사하셨겠죠.”

“어머니께서 폭력을 당하신 것을 전혀 모르셨다는 것에 의문이드는데요.”

“아마도 제가 보이지 않는 곳에서 행해졌을 겁니다. 게다가 저는 집안에서 일어나는 모든 일들에 관심을 두지 않는 아이였습니다. 집안에서는 눈을 감고 귀를 닫고 있었죠.”

“굶기는 체벌로 인해 어린 시절 자해를 하셨다는 말씀도 하셨는데요. 이에 대해 하실 말씀이 있으신지요.”

“체벌은 자식에게 벌을 주기 위함이 아니라 올바른 길로 인도하는 것을 말합니다. 올바른 길이라는 것은 부모의 주관적인 생각으로 자행되는 것이 아닌 정당한 도리에 어긋나지 않으면 그걸로 된 겁니다. 하지만 아이러니하게도 저희 부친의 체벌은 자식을 파괴하고 자존감을 떨어뜨리는 영향을 주게 되었습니다. 그래서 불안장애를 겪었고 사람들 앞에 나서는 것에 어려움이 있었습니다.”

“금옥그룹의 창립부터 지난 20년간 얼굴 없는 회장님으로 신비주의 컨셉이라는 이야기가 많았는데요. 갑자기 얼굴을 드러내시면서 가정사까지 밝히시는 이유가 무엇인지 궁금합니다.”

“이 세상의 모든 가정 내의 아동들이 부모의 교육을 받고 자랍니다. 때로는 부모가 아닌 어른들로부터 가르침을 받고 있습니다. 우리는 늘 규칙을 따라야 한다고 배웁니다. 그렇지 않으면 어른들은 우리에게 벌을 준다고 말합니다. 정당한 도리를 마땅히 지켜야 하는 것에는 동의합니다.

아이의 정상적인 사고가 정립되기 위한 규칙이 아닌 부모의 주관적인

사고를 주입시키는 것. 그리고 그것에 위반한다고 해서 반항으로 간주하는 것에는 분명 문제가 있다고 생각합니다. 제 몸에 상처를 입히고 저와 같은 트라우마가 남지 않도록 아이에게도 자유가 주어지는 세상이 되었으면 합니다."

나는 회장님의 바람대로 인터뷰를 끝내고는 집으로 걸어오고 있었다. 기자회견 이후 알아보는 사람이 언뜻 있었지만 크게 신경 쓰지 않았다. 발걸음을 옮기며 생각해보니 인터뷰 당시 회장님의 부모님에 대해 말할수록 우리 부모님이 떠올랐다.

나의 아버지 한강현은 중소기업에서 계장 직급으로 계셨다. 아버지께서는 회사 일도 집안일도 소홀히 하시지 않으셨다. 하지만 회사에서 승진할 기회가 여러 번 있었음에도 어쩐지 아버지한테는 닿지 않았다.

아버지의 승진이 미끄러질 때마다 어머니는 안타까워하셨다. 그럴 때마다 아버지는 주어진 모든 일에 개가 될 필요는 없다고 말씀하셨었다. 아버지께서 다니는 회사는 승진의 조건이 정당한 능력보다는 구린 일을 잘 처리하는 사람이 승진이 되는 분위기였다고 하셨다.

어릴 때는 알지 못했으나 지금 돌이켜보면 구린 일에 부끄러운 남편이자 아버지가 되지는 않을 거라는 소신이 있으셨던 것 같다. 내가 우리집을 평범하다고 자부한 건 부모님이 남한테 손을 벌리는 일이 없으셨고 비도덕적인 삶을 사시지 않았기 때문인지도 모른다.

돈을 위한 삶이 아닌 사람답게 사는 것을 택하셨던 부모님을 보며 자란 나였지만 어쩐지 돈의 무게는 일찍 깨닫는 내 자신이 아이러니하게 느껴지곤 했다. 아마도 사회가 정한 평범함의 기준은 부모님께서 추구하신 평범함과는 거리가 있었기 때문인 것 같다.

회장님이 추구했던 평범함과 내가 추구했던 평범함은 다르다. 하지만 서로 다른 평범함이 각자가 추구했던 삶과 맞아떨어져 지금의 삶을 살고 있다.

회장님의 몸으로 살고 있는 지금 나는 내가 무엇을 할 수 있을지 고민해보았다. 내가 생각한 우리 가족의 평범함이 무너졌던 때부터 생각했다. 그 시발점은 고등학교 시절 메이커 옷이다. 메이커 옷의 중요성을 애써 모른 척하던 그때를 회상하며 그곳에서부터 할 수 있는 일을 떠올려보기로 했다.

사람의 생긴 모습이 다 다르듯 옷도 종류는 같아도 급이 매겨지곤 했다. 고등학교 시절 우리 동네에만 팔던 NY 후드집업이 1만 5천원이었던 것은 수없이 세탁기를 돌린 뒤 보푸레기가 난 후에야 그 이유를 알 수 있었다.

같은 회색에 모자가 달리고 지퍼가 있지만 소재가 다르기 때문에 그 값이 달리 매겨지는 것이다. 그리고 우리가 흔히 말하는 인지도가 있기에 메이커 옷이라 불린다. 유명한 제작자나 제조업체의 제품이기에 그만큼 값이 나가며 인기도 존재한다.

나는 메이커 옷으로 놀림을 당한 그 때를 떠올리며 의류 사업에 도전해보기로 했다. 회장님 몸으로 이루고 싶은 첫 번째 꿈을 꿔보기로 했다.

32화.
AZA 브랜드의 탄생

의류사업을 시작하기 전에 전문가의 조언이 필요했다. 생전 처음 사업을 벌려보는 것이니 걱정이 앞섰다.

문득 회장님 친구 분들과 마사지샵에 갔었을 때가 떠올랐다. 상경자 할머님께서 젊은 시절, 육상선수로 활약하셨다는 이야기를 들은 적이 있다. 은퇴 후에는 모교의 육상부 감독으로 일하셨었다.

상경자 할머님은 스포츠 운동화에 관심이 많다고 말씀하셨었다. 그 시절로 다시 돌아간다면 육상부의 학생들을 잘 뛰게 해주는 마법 같은 신발을 만들어보고 싶다고 하신 게 떠올랐다.

나는 육상 신발에 관심이 많았던 상경자 할머님을 찾아가기로 했다. 상경자 할머님은 현재 타코가게를 운영하시고 있다. 분점을 무려 80개 이상을 갖고 계시는 상당한 부호이시다.

'상경타코'에 다다르니 상경자 할머님이 서 계셨다.

"어서와. 금옥아."

"바쁜데 시간 내줘서 고마워."

우리는 타코가게 옆에 위치한 작은 카페 안으로 들어갔다. 이곳은 직원들의 휴게 공간으로 무료 커피를 마실 수 있도록 마련했다고 하셨다.

상경자 할머님은 자리에 앉자마자 내게 물었다.

"그래. 의류사업을 한다고?"

"응. 스포츠 의류를 만들고 싶은데. 네가 운동화에 관심이 많다는 게 떠올라서. 조언을 좀 구할 수 있을까 해서."

"재밌겠네. 나랑 같이 하는 건 어때 금옥아."

"내 파트너가 돼줄 수 있으면 나는 너무 고맙지."

"우선 스포츠 운동화의 기능과 성능을 높일 수 있는 방법을 연구해야 할 것 같아. 의류에 대한 건 조사 좀 해봤어?"

"후드집업이나 맨투맨 같은 경우에 면을 80% 정도 사용하고 폴리에스터는 20% 사용하더라고. 거기에 플러스 마이너스 조금씩 조정하고. 기능성 운동화를 독자적인 제품으로 만들어 히트친다면 의류는 자동으로 찾게 될거야."

그렇게 우리는 동업을 하기로 했다. 우선 유명 스포츠 운동화의 성능을 높일 수 있는 방안을 연구하는 시간이 필요했다.

의류사업을 시작하기 위해서는 금옥그룹을 백하준 사장님께 맡기는 게 좋겠다는 판단이 섰다. 나는 집으로 가서 백하준 사장님과 하얀이가 퇴근

하기만을 기다렸다.

오후 9시.

백하준 사장님과 하얀이를 거실로 불러 앉혔다. 백하준 사장님은 긴장한 표정으로 내게 물었다.

"무슨 일이신데 그러세요?"

"내가 경자랑 같이 의류사업을 시작하려고."

"갑자기요?"

"그래. 꿈은 원래 갑자기 생기는 법이니까."

"꿈이요? 의류사업이라면..."

"내 이름을 건 브랜드를 한 번 만들어보려고. 스포츠 운동화를 비롯해 후드집업이나 맨투맨, 스포츠 용품까지."

"식음료 외에 그곳에 관심이 있으신지 몰랐네요."

"결핍이 결국 꿈을 만든 거지."

"네?"

"아무튼 당분간은 경자네 집에서 숙식하면서 연구해야 해서 집에 못 들어올 것 같구나. 그리고 하준이 네가 금옥그룹을 맡아줬으면 하는데. 어떻게 생각하니?"

백하준 사장님은 대답은 고사한 채 고민에 잠겨 있었다. 그 사이 하얀이는 내게 다가와 안기며 물었다.

"할머니 안 계시면 집이 텅 빈 느낌일텐데. 하얀이보고 어떻게 견디라고…"

"너 유학 갔을 때 나도 그랬어."

"정말? 가지 말걸 그랬네."

"하얀아. 할미 응원해줄거지?"

"당연하지. 할머니. 꼭 잘 될거야."

그러자 백하준 사장님이 나를 보며 말했다.

"하시다가 잘 안 되시면 언제든 돌아오실 수 있도록 조치해 놓겠습니다."

"걱정해줘 고맙지만 꼭 내 이름을 건 브랜드를 만들테니까 걱정마."

그 날 이후.

나는 상경자 할머님의 집에서 함께 지내기 시작했다. 우선 스포츠 운동화를 직접 분해해 제품의 성능을 높일 방안을 강구했다.

"육상 선수 시절에 신발에 관심을 가졌던 이유가 뭐였어?"

"아무래도 미끄럼 방지나 추진력이 좋은 제품이면 좋겠다 생각했었지. 그런데 인기 있는 외국 제품을 보면 미끄럼 방지 고무나 고어텍스는 이미 기본적인 사항이라."

"그렇지… 우린 발 모형에 따른 신발을 만들어 차별화시켜보면 어떨까?"

"발 모형?"

"저마다 생긴 모습이 다르듯 발의 모형도 다르기 마련이잖아. 우리 엄마는 평발이셔서 기성 운동화는 불편해 하셨거든. 그래서 깔창을 발 모양에 따라 잘라서 신발 안에 넣어 신으셨어."

"그럼 인솔을 활용해야겠네."

"맞아. 일단 신발의 미드솔이 충격을 방지하는 곳이니까. 이곳에 쿠셔닝을 하고. 기능성 인솔을 활용하면 발의 불편함을 잡아줄 수 있어. 그리고 아웃솔의 미끄럼 방지 고무 모양은 뾰족하게 해서 듬성듬성 내는 게 좋겠어. 가볍되 바닥과의 마찰력을 강화해야 추진력을 얻을 수 있을거야."

우리는 스포츠 운동화 디자이너를 고용해 신발의 샘플을 디자인해 줄 사람이 필요했다. 나는 도하의 도움을 빌려 도혜에게 연락을 취했다.

도혜는 수제화 전문점에서 일하면서 디자인을 공부하고 있었다. 나는 도혜가 일하고 있는 가게를 찾아갔다. 오랜만에 보니 반가움에 나도 모르게 도혜를 안고는 놓아주지 않았다.

"어… 저… 할머님…"

"아. 미안해요. 아가씨. 도하한테 연락은 받았죠?"

"네. 저를 디자이너로 고용하고 싶으시다고요."

"맞아요. 저와 친구가 동업을 하고 있는데 디자이너가 필요해요. 저희와 함께 일해주시겠어요?"

"그런데 저는 디자이너가 아닌데. 디자인 공부 중이예요."

"이제부터 디자이너로 일하면 디자이너가 되는거죠? 뭐가 문제일까요?"

도혜는 두 볼이 빨개지며 웃어보였다. 내가 손을 내밀자 도혜는 내 손을 있는 힘껏 잡아주었다. 나는 가게 사장님께 인사를 드린 후 도혜와 함께 나왔다.

경자네 집에서 함께 숙식하는 사람이 한 명 더 늘었다. 이따금씩 도하가 찾아와 간식을 놓고 갔다. 도혜는 신발의 소재를 찾아 샘플을 보여주며 기능성 운동화를 만드는 데 최선을 다해주었다.

어느 날.

우리는 거실에서 도하가 갖다 준 찹쌀 도넛을 먹고 있었다. 경자 할머님은 나와 도혜를 보며 물었다.

"그럼 이제 회사 로고를 정해볼까. 이게 정해져야 공장에 제품을 의뢰할 수 있어."

"우리 서로의 이름 끝자리를 따는 건 어떨까?"

"옥자로 하자고?"

"아니. 아자."

"아자?"

"그렇게 하자. 아자로. 영문으로 A. Z. A. 어때?"

상경자 할머님은 내 이름의 끝자리가 '아' 라는 것에 의아해 하셨지만 웃으시며 곧 내 말에 수긍해주셨다. 도혜도 엄지를 들어보였다. 우리는 'AZA'를 회사 로고로 정한 후 도혜에게 디자인을 부탁했다. 나는 도혜에게 의류 디자인도 할 수 있는지 물었다.

"도혜야. 혹시 후드집업이나 맨투맨 같은 것도 디자인 할 수 있니?"

"네. 신발 공부하면서 의류도 조금씩 했거든요. 후디나 맨투맨은 그렇게 어렵지 않아요."

나는 경자 할머님을 바라보며 말했다.

"그럼 경자는 신발 쪽을 맡아줘. 나는 의류 쪽을 해볼게."

경자 할머님은 친척 분이 하시던 신발 공장에 연락을 취했다. 3년 전 회사 사정으로 문을 닫았지만 공장과 장비만은 팔 수 없으셨다고 하셨다. 우리는 공장 문을 다시 열기를 부탁드렸다. 허가를 받은 공장은 재가동 되었다.

나는 도혜와 함께 의류 쪽 디자인을 고민해보았다. 나는 고등학교 시절 옷에 있어서 무난함을 추구했었다. 그래서 형형색색보다는 심플한 디자인으로 회색과 아이보리의 원단을 찾았다. 그리고 면의 함량이 많아야 보푸레기가 덜 인다는 경험을 토대로 면이 85% 들어간 소재의 옷을 만들기로 했다.

3개월 후.

신발공장과 의류공장에서는 우리의 디자인을 토대로 샘플 제품을 생산해주었다. 신발 샘플 200켤레와 후드집업 샘플 200장을 받아볼 수 있었다.

우리는 근방의 학교를 찾아 방문했다. 육상부 학생들에게 신발과 옷을 후원하기 위해서였다. 인기 있는 외국 제품이 즐비해 있는 오늘날이지만 내 어린시절과 마찬가지로 여전히 메이커 옷과 신발을 착용하지 않는 학생들이 눈에 띄었다.

나는 육상부 학생들 뿐만 아니라 다른 학생들에게도 'AZA' 제품을 후원했다. 요즘 학생들에게는 생소하고 다소 난해한 브랜드였을테다. 아직 브랜드라고 하기에는 무리가 있지만. 어쨌든 반응이 어떨지는 후에 고민해보기로 했다. 우선은 우리가 땀 흘려 만든 이 제품을 버리지는 않길 바랄 뿐이었다.

33화.
AZA 브랜드 모델

나의 모교 한은고등학교에도 들렀다. 스포츠화와 후드집업은 각각 50장이 남아있었다. 육상부와 축구부 감독님에게 허락을 맡고 신발과 옷을 후원하기로 했다. 하지만 운동부 학생들은 유명브랜드 옷이 아니라 입고 다니기 창피하다고 말했다.

망연자실하며 학교 운동장을 터벅터벅 걸었다. 그러자 예쁘장하게 생긴 여학생이 우리에게 다가왔다.

교복 위에 보푸레기가 성난 후드집업을 입고 있는 모습을 보니 고등학교 시절의 한설아가 떠올랐다. 이름 모를 신발을 신고 있는 것까지 똑같았다. 학생은 내 앞에 서며 물었다.

"할머니. 옷이랑 신발. 운동하는 애들한테만 후원해주시는 거예요?"

"아니. 꼭 그런 건 아니란다. 혹시 갖고 싶니?"

“네. 제 동생들 것까지 세 벌 주시면 안 돼요?”

“그래. 고맙구나.”

도혜는 박스에서 회색과 아이보리 후드집업을 꺼내 쇼핑백에 넣었다. 나와 경자 할머님도 신발을 쇼핑백에 담았다. 빵빵해진 쇼핑백을 여학생에게 건넸다.

“여기 있구나.”

“고맙습니다.”

“이름이 뭐니?”

“성연서예요.”

“그래. 고맙구나.”

“이거 브랜드 이름이 뭐예요?”

“아직은 우리가 초기 단계라 브랜드라고 하기는 뭐하지만. 'AZA' 란다.”

“아자. 파이팅 같은 거네요? 응원하고 격려할 때 쓰는 말.”

“그런 셈이지. 실은 이름 끝자를 합친 거란다.”

“좋네요. 아자. 이 옷 입고 신발 신으면 어떤 힘든 일도 다 견뎌낼 수 있을 것 같아요. 감사합니다.”

“어... 그래. 고맙구나.”

연서 학생은 우리에게 90도로 인사를 한 후 양손 가득 챙겨 들고 뒤뚱뒤뚱하며 교문을 나섰다.

차에 재고를 실은 후 경자 할머님이 내게 물었다.

“재고가 꽤 남았는데. 어떻게 할까? 다른 학교 더 돌까?”

“일단 집에 가자. 모두 수고 많았어. 경자도. 도혜도. 재고는 집에 두고 온라인 쪽을 물색해보자고.”

“그려. 수고많았어. 도혜 얘가 일을 잘하네.”

“그럼. 우리 AZA 브랜드의 수석 디자이너인데.”

도혜는 함박 웃음을 지었다.

“온라인 쪽이라면 SNS 말씀 하시는거죠?”

“응. 그렇지. 인플루언서들이 입으면 홍보가 잘 되긴 할텐데.”

“저도 팔로워 수가 좀 많은 편인데. 저는 어떠세요?”

나와 경자 할머님은 서로를 바라보며 고개를 끄덕였다. 지체 없이 금옥그룹으로 향했다. 지하에 위치한 스튜디오를 빌려 시험 삼아 한 컷만 찍어보았다.

도혜의 풋풋한 이미지가 후드 집업과 잘 어울렸다. 나는 교복 대여 업체에 연락해 여학생과 남학생 교복을 빌렸다.

30분 후.

“좋아요. 왼쪽으로 좀 더. 네.”

교복 위에 입은 후드집업과 신발을 신은 도혜의 모습을 보니 너무 예뻤다. 경자 할머님도 마음에 드시는 눈치였다.

“도혜가 우리한테 인센티브 좀 줄 것 같은데?”

"아무래도 그럴 것 같아. 너무 잘 어울린다."

"이제 SNS에 좀 올려 볼까?"

나는 도혜의 계정으로 사진 샘플을 보정 없이 올렸다. 보정이 없어도 인형 같이 나온 사진들이 수두룩했다.

"반응만 기다리면 될 것 같아."

약 3분 후.

도혜의 계정에는 'AZA' 브랜드를 찾는 사람들의 댓글이 가득했다. 그곳에는 성연서 라는 학생의 댓글도 보였다.

'제게 후원해주신 AZA 브랜드 신발과 옷. 너무 좋아요. 감사합니다.'

그 여학생의 계정을 클릭했다.

이따금씩 연예인들과 찍은 사진들이 보였다. 자세히 살펴보니 무명의 배우인 것을 알 수 있었다. 소속사는 없었다. 어머님이 촬영현장에 데리고 다니며 지원해주고 계셨다. 웃고 있는 사진들 속에서 한 장의 사진과 글귀가 마음에 닿았다.

어두운 하늘에 보름달이 밝게 빛나는 사진 아래에는 이렇게 적혀 있었다.

"가난은 나를 비참하게 하기도 원동력이 되기도 한다."

17세 나이의 소녀가 느꼈을 힘듦이 고스란히 전해졌다. 나는 연서의 계정으로 메시지를 보냈다. 연락이 왔으면 하는 바람으로 꾹꾹 눌러 적었다.

'AZA 브랜드의 모델이 되어주세요. 결정을 내리셨다면 답장 부탁드립

니다. - AZA 브랜드 관계자. 010-1234-5678'

곧 내 휴대전화로 연락이 왔다. 연서 학생이었다. 나는 약속 시간을 잡아 연서 학생 집에 기사님을 보냈다. 금옥그룹 옆에 위치한 작은 사무실에서 만나기로 했다. 정식 모델 계약서를 작성하고 싶다고 전했다.

며칠 후.

연서 학생이 어머님과 남동생 두 명과 함께 사무실에 방문했다. 어머님의 손을 잡으며 말했다.

"어서오세요. 아직 신생 의류회사라 조금 누추해도 양해부탁드릴게요."

"괜찮습니다. 회장님."

"아. 금옥그룹은 지금 제 아들이 맡고 있어서요. 굳이 말하자면 AZA 브랜드의 공동 창업자쯤 되겠네요. 경자가 제 파트너입니다."

경자 할머님은 연서와 남동생 둘에게 간식을 먹이며 어머님께 눈 인사를 했다.

도혜는 차를 내오며 내 옆에 앉았다.

"이 친구는 저희 AZA 브랜드의 수석 디자이너이자 모델입니다."

"아… 모델이 벌써 있으신데. 저희 연서를 어떻게 모델로 발탁하신 것인지…"

"도혜는 성인 모델로 쓸 거고요. 저희는 학생 모델을 생각하고 있습니다. 추가 물량도 확보해 놓은 상태고요. 실례가 안 된다면 동생 분들도 저희 일에 도움을 주실 수 있으실까요?"

"둘째는 16살이고 셋째는 15살이예요."

"자녀 분들이 모델 하시는 데 타고 나신 것 같아요. 키도 크시고."

"정말 저희 애들을 모두 모델로 써주실 수 있으세요?"

"그럼요. 계약 조건만 맞으시면 부탁드리겠습니다."

어머님은 모델료를 보며 눈이 휘둥그레지셨다.

"저희가 조금씩 흑자가 나고는 있지만 그렇게 인지도는 많지 않아서요. 많이는 못 드리지만 히트만 친다면 세 배 이상 약속 드릴게요."

"제가 놀란 건 이 금액도 많아서예요. 정말 감사합니다. 무명인 저희를 거둬주셔서."

"동감입니다. 무명인 저희 신발과 옷을 귀하게 여겨주셔서 감사합니다."

금옥그룹 스튜디오로 자리를 옮겼다. 연서와 진성, 하겸은 교복을 갖춰 입고 후드집업과 신발을 착용했다. 그리고 샘플 사진 촬영을 시작했다.

촬영이 한창 진행되는 중에 백하준 사장님이 들어오셨다.

"왔니?"

"이러실 거면 그냥 금옥그룹 내에서 자회사를 만드시지 그러세요."

"우리 AZA 브랜드를?"

"신생 회사라 힘드시잖아요."

"그렇긴 하지."

"그래도 어머님이 자랑스러워요."

"응?"

"일흔이 넘은 나이에도 꿈을 꾸시고 실현시키시는 모습이 존경스럽습니다."

"고맙구나. 하준아..."

나도 모르게 두 볼이 빨개졌다. 하얀이 아버지께는 두 번째로 받은 칭찬이라 몸둘 바를 몰라하고 있었다.

나는 경자할머님과 상의해 AZA 브랜드를 금옥그룹의 자회사로 두었다. 그리고 AZA 브랜드는 훌륭한 모델 덕분에 국내에서 교복에 가장 잘 어울리는 후드집업과 신발 1위로 꼽혔다.

애초에 스포츠 의류로 만들었던 취지에서 벗어났지만 상관없었다. 오히려 학생들에게 위로와 감동을 줄 수 있는 AZA 브랜드로 거듭나 만족스러웠기 때문이다.

한설아의 이름을 걸고 처음 의류 사업에 도전했지만 결과는 성공적이었다. 나는 성공을 자축하며 경자 할머님 댁에서 파티를 열기로 했다.

34화.
귀금옥의 건강 이상신호

오늘의 룩은 회색 후드집업에 회색 트레이닝복을 입었다. 양말과 캡모자까지 착용했다. 물론 AZA 브랜드의 옷이다.

AZA 브랜드는 배영백화점에서 입점 준비중이다. 지금은 배영백화점을 비롯해 세 군데 백화점에서 팝업스토어로 고객들의 반응을 살펴보고 있다. AZA 브랜드 학생 모델인 연서와 진성, 하겸은 학교에서 인기 스타가 되었다고 했다. 삼남매는 종종 내게 친구들과 함께 찍은 사진과 문자를 보내고 있다.

새로운 사업 구상을 하고 있다. 스포츠 의류가 히트친 것에 힘입어 이번에는 여성복을 생각 중이다. 도혜는 디자이너 일과 모델 일을 겸하고 있다. 도혜 말로는 여성복은 시장조사를 철저히 해야 한다고 했다. 워낙 소재가 다양하고 선호하는 디자인도 사람에 따라 다르기 때문이라고 했다.

나는 대학생 때 입었던 옷을 떠올려 보았다. 블라우스에 면바지 혹은 청바지, 아니면 가디건을 입었었다. 심플 이즈 더 베스트라고 했던가. 사람마다 개성이 있어 선호하는 옷이 다르겠지만 화려하지 않고 한설아한테 제일 잘 어울리는 옷을 디자인해보기로 했다.

며칠 전 회장님께 한설아의 옷장에 있는 옷을 가져다 달라고 부탁드렸다. 내 옷을 샘플로 해서 여성복 디자인을 도혜와 함께 상의했다. 곧 AZA 브랜드의 두 번째 신제품인 여성복을 내놓을 만반의 준비를 하고 있는 상태다.

나는 백하준 사장님과 하얀이와 함께 상경자 할머님 댁에 갈 채비를 했다.

"다 준비했니?"

하얀이는 나를 보며 환하게 웃었다.

"할머니. 살이 점점 빠지는 것 같아. 이거 S사이즈 아니야?"

"응. 맞아. 뭐 늙으면 살도 빠지고 그러는 거지. 뭐."

백하준 사장님도 나를 빤히 쳐다보며 말했다.

"어머니. 요 몇 해 사이에 살이 많이 빠지시긴 했어요. 병원에 가보시는 게 어떠실지... 강요는 아니고요. 걱정이 돼서."

"알아. 알아. 아픈 데는 없는데. 올 들어 배탈이 좀 자주 나긴 해."

"음식 드시는 거 가려드시고. 조심하세요."

"알겠어. 걱정해줘서 고맙구나. 하준아."

하얀이는 내 팔짱을 끼며 말했다.

"할머니. 오래오래 살아야 해. 하얀이 장가들 때까지. 아니다. 손주볼 때까지. 알겠지?"

솔직히 그건 안 보고 싶은데.

어쨌든 회장님 몸이 건강해야 하는 건 맞으니까. 파티 후에 병원에 다녀와야겠다.

"그려. 가자 얼른. 경자 기다리겠다."

상경자 할머님의 타코 가게는 오늘 하루 휴점하셨다. 우리의 사업 성공 파티를 위해서다.

가게에 들어서니 김상춘 대표님과 도하, 도혜가 파티 준비를 돕고 있었다. 김상춘 대표님은 내게 손인사를 하신 후 웃으시며 부엌으로 들어가셨다. 도하와 도혜가 나를 보자마자 달려들었다.

"어휴. 반가워들."

도하가 가장 먼저 나를 안아주었다.

"잘 지냈어?"

"응. 할아버지 사업 같이 돕고 있어."

"그래. '봄날출판사'에서 베스트셀러 많이 나왔더라."

"응. 내 번역서를 다량으로 구매하셨던데요. 할머니?"

"아… 좋아서. 음… 친구들도 주고. 개인 소장도 좀 하고. 뭐. 번역이 아주 깔끔해. 음. 하-하-"

"고마워. 설아…니. 할머니."

"응…"

도혜가 나와 도하를 번갈아 보면서 고개를 갸우뚱했다.

"이 장면 굉장히 익숙한 건 뭐지?"

도하가 도혜의 머리를 쓰다듬으며 웃었다.

"아니. 진짜 어디서 본 것 같은데. 아! 방지턱 학원. 그땐 할머니가 아니라 설아 쌤이었는데. 분위기가 어째서 비슷한 거지?"

나는 화제를 돌리기 위해 도혜에게 여성복 디자인에 대해 물었다.

"그… 블라우스랑 면바지 디자인은 어떻게 돼가고 있어?"

"아. 할머니께서 말씀하신대로 심플하게 뽑아놨어요. 공장에도 연락해서 오늘 오후 중으로 샘플 받아볼 수 있다고 했어요."

"그래. 자켓까지 완성되면 면접복으로 홍보를 해도 좋을 것 같고."

"대학생 뿐만 아니라 회사원들 옷으로도 딱이예요."

"수고가 많아. 도혜 덕분에 내 꿈이 실현되고 있는 것 같아 너무 고마워."

"제가 더 감사하죠. 만년 디자이너 준비생을 단박에 정직원으로 고용해주셔서. 기회를 주셔서 감사해요."

도혜의 말에 가슴이 뭉클하면서 인턴 면접보던 때가 생각났다. 별 볼일 없는 한설아에게 금옥그룹이 기회를 주었던 그 때가 떠올랐다.

도혜를 뜨겁게 안아주고는 경자 할머님을 뵈러 갔다. 부엌에 들어가니 경자 할머님은 타코 뿐만 아니라 피자와 갖가지 과일, 양식을 준비하셨다. 김상춘 대표님이 수셰프가 돼서 돕고 계셨다.

"이 많은 걸 언제 다 준비한거야. 나는 한 게 아무 것도 없는데. 준비하는 데 일찍 부르지 그랬어."

"너 며칠 전에도 배탈 나서 얼굴이 창백해져서는 집에 들어가는데 어떻게 음식 냄새를 맡게 해. 우리 나이에는 모쪼록 건강 관리 잘해야 해. 난 금옥이 오래 보고 싶으니까."

"고마워... 안 그래도 병원 가보려고. 파티 끝나고."

김상춘 대표님은 나를 보며 말했다.

"내가 데려다 줄게. 이따 같이 가자."

"응. 그래. 고맙구만. 상춘이."

곧 파티의 시작을 알리는 음악이 울려퍼지자 금옥그룹 스튜디오 식구들과 내 몸체, 그리고 부모님이 들어오셨다.

경자 할머님의 손에서 샴페인이 터졌다. 나와 경자 할머님이 손을 잡고는 외쳤다.

"AZA 브랜드를 위하여!"

그러자 파티에 초대된 식구들의 목청소리가 들렸다.

"귀금옥과 상경자의 도전을 위하여!"

샴페인을 한 모금을 마신 후 내 몸체를 향해 달려갔다.

"설아양."

"네. 회장님. 축하드려요."

"저기... 할 얘기가 있는데."

아버지 한강현과 어머니 민영예가 내게 다가와 인사를 건넸다. 어머니께서 웃으시며 내게 손을 내밀었다.

"회장님 축하드려요."

"감사합니다."

따뜻한 어머니의 손길이 얼마만인지. 사실 얼마 전에 부모님께 AZA 브랜드의 옷을 보내드렸다. 아파트 앞까지 갔지만 현관문 사이로 흘러나오는 된장찌개 냄새와 웃음소리를 듣고는 그냥 문고리에 쇼핑백을 걸어두고 나왔다. 내 몸체와 행복하게 살고 계셔서 다행이라는 생각과 함께 왠지 모를 씁쓸함은 왜 드는 건지.

나도 모르게 아버지께 주먹인사를 건넸다. 당황하셨지만 받아주셨다.

나는 내 몸체와 함께 부엌으로 향했다.

"무슨 일 있어요?"

"요즘 몸 상태가 예전 같지 않아서요."

"박박사님께 꾸준히 건강 체크 받고 있지 않아요?"

"그렇긴 한데. 비만으로 인한 합병증 걱정이라 식단 조절만 하면 된다고 하셔서. 그런데 요새 배탈이 많이 나서. 살도 많이 빠지고. 좀 걱정되긴 해요."

"…병원에 가봐요. 같이. 아무래도 제 몸이니까 제가 알아야겠죠."

"네. 회장님."

파티가 끝난 후 내 몸체와 함께 백하준 사장님의 차를 탔다.

"어머니. 병원에 가신다고요?"

"그래. 설아양이 같이 가준다고 했어."

김상춘 대표님도 가신다는 건 안 말해도 되겠지. 모든 걸 알 필요는 없지. 괜히 긁어부스럼이야.

"하얀이랑 저는 회사에 가봐야 하는데."

"그려. 바쁘면 가봐야지. 나랑 설아양 내려주고 얼른 가봐."

조수석에 앉은 하얀이는 뒷좌석에 앉은 나와 내 몸체를 번갈아 보며 말했다.

"흠... 언제 둘이 친해졌는지는 모르겠지만. 설아야. 우리 할머니 잘 챙겨줘."

"걱정말어. 우리 강아ㅈ... 아니. 하얀아."

하얀이의 귀는 빨개져 있었다.

'S대학병원'에 다다르니 뒤쪽에서 김상춘 대표님이 차에서 내리시는 게 보였다. 얼른 내 몸체와 내린 후 백하준 사장님의 차가 멀어질 때까지 지켜봤다.

내 몸체의 손을 잡고 김상춘 대표님과 함께 병원으로 들어갔다.

박박사님의 도움을 받아 내과 정영태 교수님을 찾아갔다. 진료실에 들어가니 조금 긴장이 되었다.

"어서오세요. 앉으세요."

"네."

교수님을 바라보니 손이 떨렸다.

"몇 년 새 살이 많이 빠지셨다고요."

"네. 한 2년 전부터 88사이즈에서 66사이즈가 맞기 시작해서 옷을 다 줄였어요. 그리고 후드티나 면티는 S사이즈가 맞고요."

"특별히 어디 아프신 데가 있으실까요?"

"배탈이 자주 나서 손을 따거나 소화제를 먹긴 하는데. 올해 들어 횟수가 조금씩 늘더라고요."

"배에서 어떤 게 만져진다거나 혈변을 하시진 않고요?"

"전혀 없어요."

"일단 필요한 검사 몇 가지 해볼게요. 보호자 분들이랑 대기실에 계시다가 간호사 분이 이름 부르면 검사하시고 결과 나오면 다시 저랑 얘기하시면 될 것 같아요."

"네."

다리가 후들거렸다. 의자에서 일어나는 게 겁이났다. 내 몸체와 김상춘 대표님의 부축을 받으며 간신히 일어났다. 나는 진료실에서 나오며 내 몸체에게 물었다.

"이상이 있으면 어떡하죠?"

"일단 다녀오세요. 회장님."

회장님은 두 손을 비비며 걱정되는 목소리와 표정으로 의자에 앉아계시겠다고 하셨다. 김상춘 대표님은 나를 부축하시면서 검사실을 다녀주셨다.

검사가 끝난 후 나는 내 몸체 옆에 앉았다. 그러자 회장님은 내게 말씀하셨다.

"얼마 전에 제가 배탈 났을 때 기억나요?"

"네."

"그때 도하… 큼. 그 애랑 키스하고 나서 몸이 바뀌었었잖아요. 그 때 내가 한 말 기억나요?"

"음… 산신령을 보셨다는 얘기요?"

"그 때…"

간호사가 내게 다가왔다.

"귀금옥님."

"네."

"교수님 진료 보실게요."

내 몸체의 손을 잡고 진료실로 들어갔다. 교수님은 CT 결과를 내게 보여주시며 말씀하셨다.

"암이신 것 같습니다."

"네?"

"일단 수술이 시급하신 걸로 보입니다. 오늘 바로 입원하시고 수술 날짜를 잡아보죠."

내 나이 35살.

아니.

회장님 몸으로 산 지 5년 만에 병에 걸렸다.

눈물 글썽이며 울고 있던 찰나. 내 몸체를 바라보니 무덤덤해 보였다.

그리고 교수님께 물었다.

"얼마나 살 수 있나요?"

"그건 지금으로서는 알 수 없습니다."

"말기인가요?"

"확답드릴 수 없지만..."

내 몸체는 나를 쳐다보며 말했다.

"제 꿈이 이뤄진 것 같네요. 설아양."

네? 무슨 소리신지...

35화.
불안장애 극복

회장님은 입원실에 앉아 있는 내 손을 잡으며 말씀하셨다.

"산신령을 만났을 때 그가 제게 묻더군요."

"뭐라고 하던 가요?"

"지금 삶에 만족하냐고요."

"그래서 뭐라고 하셨어요?"

"죽어도 여한이 없다고 했죠."

"아..."

"진심이었어요. 단 한 가지만 제외하고요."

"어떤..."

"불안 장애를 극복하고 남들 앞에 서본다면… 제 생을 마감해도 후회는 없을 것 같아요."

수술 날짜가 잡하기 전까지 입원실에 있으면서 곰곰이 생각해 보았다. 회장님의 불안장애를 극복할 만한 방법이 무엇이 있을지. 그 때 도혜가 휴대폰으로 사진을 보내왔다. 여성복 샘플 사진이었다. 블라우스와 면바지를 보면서 한설아가 입은 옷을 모티프로 한 것을 떠올렸다.

"남들 앞에 서는 것… 한설아가 모델이 된다면 회장님의 불안장애를 극복하는 방법이 될 수 있을까…"

곧 수술 날짜가 잡혔다. 수술은 3일 뒤에 치러진다. 의사 선생님 말씀으로는 개복한 후에 손을 쓸 수 없을 정도로 전이가 되었다면 다시 덮을 수 있다고 하셨다. 그리고 방사선 치료를 할 것이라고 말씀하셨다.

회장님의 몸 상태는 매우 심각한 상황이었다. 괜한 죄책감이 들었다. 회장님의 몸으로 너무 내가 하고 싶은 대로 하면서 산 것 아닌가 하는 생각이 들었다. 조심성 없이 먹어서 배탈도 자주 나고…

회장님의 배를 감싸며 안아주었다. 그간 나를 지탱해주었던 몸체를 따뜻하게 다독였다.

수술 날짜 전까지 백하준 사장님과 하얀이가 교대로 내 수발을 들었다. 사장님과 하얀이는 저녁을 먹고 오라는 내 성화에 잠시 자리를 비운 상태였다.

'드르륵-'

문 쪽을 바라보니 내 몸체가 서 있었다. 회장님은 간이 침대에 앉으며 내게 물었다.

"설아양."

"네. 회장님."

"몸은 좀 어때요."

"괜찮습니다. 정말 아무렇지도 않은데... 괜한 신경 쓰게 해드려 죄송해요..."

"제 몸인걸요. 갈 때 되면 다 그런 거예요. 괘념치 말아요. 그나저나 도혜양한테 들었어요. 여성복을 만들고 계신다고요."

"아... 네. 들으셨군요. 회장님... 정말 실례가 되는 말씀을 드려도 괜찮을까요?"

회장님은 고개를 끄덕이시며 내 이야기를 끝까지 들어주셨다.

"회장님께서 힘든 유년 시절을 보내시고 사람들 앞에 나서기를 두려워하셨죠... 저도 어린 시절 꿈 없이 돈 벌기에 급급한 삶을 살았어요. 그런데 회장님 몸으로 제 이름을 건 브랜드도 만들게 되었어요. 제 몸으로는 할 수 없었던 일을 회장님 몸으로 제 꿈을 이루게 된 거죠. 그러니... 회장님도 제 몸으로 불안장애를 극복해보시면 어떨까요. 주제 넘을 수 있는 말이지만 그래도 부탁 드려 보고 싶었어요."

회장님은 한동안 깊은 생각에 잠기셨다.

"제가 설아양 몸으로 어떤 일을 하면 될까요?"

"여성복 브랜드 'SeolA'의 모델이 되어주실 수 있을까요?"

"..."

"알아요... 남들 앞에 서는 게 두려운 사람에게 가혹할 수도 있는 일이라는 거 알지만…"

"해 볼게요."

"네? 정말요?"

"설아양에게서 가장 갖고 싶었던 도전하는 용기. 그걸 얻으면 제가 비로소 편히 눈 감을 수 있을 것 같아요."

"회장님…"

"고마워요. 설아양. 도전할 수 있는 용기를 줘서…"

다음 날.

수술이 시작된 그 시각.

내 몸체는 쭈뼛거리며 금옥그룹 스튜디오에 들어섰다. 김연정 사진 작가가 맞아주었다.

"안녕하세요. 귀금ㅇ… 아니… 한설아입니다."

"네. 설아 씨 반가워요. 오늘 입을 의상은 도혜 디자이너님이 설명해주실 거예요."

도혜는 내 몸체에 안기며 반갑게 인사를 했다.

"선생님! 완전 오랜만이에요! 잘 지내셨어요?"

"응? 응… 그래."

"어… 그럼 메이크업이랑 의상 준비해드릴게요. 이쪽으로 오세요."

"그래요."

나중에 도혜에게 들어보니 내가 왜 그렇게 데면데면했는지 알겠다며 오해를 풀게 되었다.

회장님은 하늘색 블라우스에 흰색 면바지를 입으시고 AZA 브랜드의 운동화를 신으셨다. 헤어와 메이크업은 수수한 느낌으로 해주셨다. 중단발은 가볍게 C컬을 했으며 메이크업은 아이라인 없이도 마스카라를 사용해 큰 눈을 부각시켰다.

“설아 씨. 이쪽으로 오실게요.”

“네…”

회장님께 듣기로는 긴장이 엄청 되어 손발이 사시나무 떨리듯 떠셨다고 하셨다.

“아이고. 많이 긴장되셨구나.”

“네…”

“흠… 도혜 씨가 좀 도와줄 수 있을까요?”

“네? 제가요?”

“너무 떠셔서 촬영이 안 될 것 같은데…”

잠시후 도혜는 하늘색 블라우스에 흰색 면바지를 입고 나타났다.

“그럼 트윈룩으로 한 번 찍을게요.”

“그거 좋겠네요.”

도혜는 회장님의 떨리는 손을 잡으며 천천히 촬영하는 곳으로 안내했다. 회장님은 그 때 도혜가 구세주 같았다고 하셨다.

“고마워요. 도혜양.”

“이제부터 카메라 말고 저만 보세요. 눈은 저를 보고 포즈만 따라하시면 돼요. 어렵지 않아요. 그래도 혹시 불편하시면 말씀해주세요. 다른 방법을 찾아볼게요.”

“네. 고마워요.”

회장님은 깊은 한 숨을 들이쉬고 마시며 도혜만 바라보았다. 환하게 웃는 도혜를 보고는 회장님도 모르게 미소가 지어지셨다고 하셨다. 그 찰나를 찍은 작가님은 생애 어떤 모델들보다 가장 예쁜 미소였다고 하셨다.

도혜만 바라보다 자신감이 생긴 회장님은 천천히 카메라를 보게 되었다고 했다. 셔터 불빛이 희미해지면서 작가님의 손이 보였고 움직임이 눈에 들어왔다고 하셨다. 주변의 스테프를 하나 둘 보며 가슴이 두근거렸고 웅성대는 소리는 점차 또렷한 목소리로 들렸다고...

숨을 깊이 들이 마신 후 다시 도혜를 바라보니 변함없이 웃고 있는 모습에 안심이 되었다고 훗날... 말씀하셨다.

그렇게 회장님은 내 몸체로 ‘SeolA’ 브랜드의 여성복 모델이 되셨다. 그리고 더 이상 사람들 앞에 서는 것을 두려워하지 않으셨다. 적어도 도혜와 함께 있을 때는 말이다.

도혜 없이 사람들 앞에 설 때는 마인드 컨트롤을 한다고 하셨다. 가장 사랑하는 사람과 함께 있다는 생각을 가지신다고... 그러면 사람들 앞에 나서는 게 조금은 덜 두려우시다고 말씀하셨다.

수술이 끝난 후.

나는 곧 회복실로 들어갔다. 눈을 떠보니 내 몸체가 나를 보며 환하게 웃고 있었다.

36화.
나는 배탈난 후 돌아왔다

1년 후.

2028년 10월. 밤 12시.

'배달기사님께 : 벨이나 문 두드리지 마시고, 그냥 문 앞에 놔주세요. 배달 됐다는 문자 보내지 마세요.'

"할머니... 아빠가 알면 우리 혼날텐데..."

"괜찮아. 내가 다 책임질게."

가족들과 함께 사는 나로서는 혼자 지내는 밤이 아니기에... 밤 늦게 야식 배달을 시키려면 조용히 먹는 것이 가족인... 백하준 사장님께 해드릴 수 있는 나름의 배려이다.

나는 배달 앱으로 목살 스테이크와 토마토 베이컨 파스타를 시켰다. 하얀이는 노트북을 켜고 영화를 볼 준비를 하고 있었다.

'배달이 예상시간보다 20분 빨리 완료되었어요.'

"왔다! 하얀아!"

하얀이와 나는 현관 문 앞에서 두 손을 모으며 두 눈을 감았다. 요청사안을 잘 지켜주신 기사님께 감사의 인사를 표하며..

하얀이는 조용히 현관 문을 열고 음식이 든 봉투를 들고 살금살금 폴짝! 방 안으로 들어왔다. 나도 따라 쿵!

"할머니! 조심해! 들키겠어!"

"미안... 요새 소화가 잘 돼서 살이 또 쪘더라고..."

암 수술 후 재발의 여부는 발견되지 않은 채 살이 피둥피둥 찌고 있는 상태다. 나는 귀금옥 회장님의 원래 88 사이즈로 돌아왔다.

오늘의 영화는... '내가 죽고난 후 들은 말'

목살 스테이크를 입에서 잘근잘근 씹어 목으로 넘기며 물을 마셨다. 그리고 파스타 면을 돌돌 돌려 베이컨을 콕! 찍어 호로록 먹으니 고기가 다시 당겼다. 함께 온 양상추 샐러드를 찹찹 먹고 있었다.

"할머니. 천천히 드셔. 누가 안 뺏어 먹어요."

"오랜만에 먹으니 맛있네. 병원 밥 맛없어서 죽을 뻔 했어."

"할머니... 그... 죽을 뻔 했다는 말 하지 마세요..."

"아... 알겠어. 미안해."

"영화는 재미 있으세요?"

"응. 재밌어. 하얀이는?"

"할머니가 좋으면 저도 좋아요."

노트북 화면에서는 여자주인공 해리가 의사인 데이비드를 찾아가는 장면이 나왔다.

그 순간 내 배에서는 또 이상한 느낌이 감지되었다. 배가 너무 아파왔고 방에 있는 화장실로 뛰어갔다.

"할머니!"

"윽... 괜찮아. 금방 싸고 나올게. 하얀아. 저기로 가 있어. 냄새 날라..."

하얀이는 화장실 문 앞에 서 있었다.

변기 위에 앉아 있는 동안 복부 통증은 계속되었고 갑자기 하품이 나왔다.

뭐지... 이 기시감은...

그러면서 머릿속이 새하얘지기 시작했다. 시야는 흐려지고 배의 통증은 계속되었다.

'똥 싸다가 죽을 수는 없어!'

얼른 뒤 처리를 한 후 변기 물을 내리고 손을 씻는데 정신이 점점 더 희미해지기 시작했다. 나는 곧바로 화장실을 나왔고 바로 앞에 있는 하얀이를 부여잡고는 쓰러졌다.

"할머니! 할머니!"

그 순간 내 머릿속에는... 이제는 정말 죽는구나 싶었다.

그러게 왜 폭식을 또 해서는…

요새 소화 잘 된다 싶어서 방심했더니 또 배탈이 났구나…

눈을 떠보니 하얀 도포를 입은 남자가 나를 향해 다가오고 있었다.

“Hi. baby.” (안녕. 아가야.)

“산신령님. 저 이제는 정말 죽는 건가요?”

“아니.”

“그럼요?”

“귀금옥도 같은 음식을 먹고 배탈나서 혼절했어.”

“네?”

“자. 이제 다시 태어난다면 누구의 삶을 살겠니?”

“저는…”

그렇게 하얀 할아범탱이는 내 시야에서 사라졌고 나는 그 놈에게 손을 흔들었다.

2028년 10월. 새벽 4시.

“흐아아암-”

나는 너무 목이 말라 물을 마시려고 일어났다.

손으로 몸을 만지자마자 두터운 살들이… 없었다.

손가락을 더듬어 불을 켰다. 내 눈 앞에는… 회장님이 서 계셨다.

“설아양. 괜찮아요?”

"업… 네. 회장님. 제가 어떻게 여기서 자고 있는지…"

전신거울에 비친 내 모습을 보고 회장님을 바라봤다.

"드디어 각자의 몸으로 돌아왔네요."

"회장님께서 다시 제 몸으로 돌아오고 싶다고 하신 거예요?"

"네. 이제 각자의 삶을 살 때가 된 것 같아서요…"

"아…"

"이제 사랑하는 사람 만나야죠."

"네?"

"하얀이가 설아양을 많이 좋아해요."

"설마… 제 사랑을 이뤄주시려고 바꾸신 건 아니시죠?"

"흠… 글쎄요?"

회장님의 의중은 모른 채 방에서 나와 집으로 걸어갔다.

1시간 남짓한 거리를 걷다 보니 어느새 해가 떴다. 생각해보니 회장님 몸으로 산 지도 어언 6년이 되어갔다. 그동안 참으로 많은 일들이 있었다. 30대에는 겪어보지 않을 만한 일들을 겪었다. 회장님 대행으로 살았지만 후회는 없다. 없던 꿈을 생기게 해줬고 내 이름을 건 브랜드를 만들게 되었다.

내 몸으로 돌아온 후 반드시 해야 할 일이 있다면 부모님과 함께 여행 가는 것이다. 그간 돈에 얽매여 가족 여행 한 번 간 적이 없었다. 이제 가족과 함께 보낼 날만 고대하며…!

집으로 들어가니 내가 기대했던 풍경이 아니었다. 엄마는 한껏 상기되신 채 내게 물었다.

"아침 조깅 갔다 왔니?"

"네..."

아빠는 거실에서 신문을 보시며 내게 말씀하셨다.

"이리 와봐라."

부들부들한 카펫에 앉으니 탁자에 사진들을 꺼내 보여주셨다.

"자. 네가 앞으로 선 볼 남자들이다."

"네?"

"이제 네 나이 36살이야. 시집은 가야 하지 않겠니?"

"아뇨... 저는 생각이 없는데..."

"스읍... 이 녀석아. 우리도 나이가 있는데... 손주 볼 나이가 한참 지났어. 얼른 좋은 남자 만나서 시집을 가야..."

"아빠 말씀대로 좋은 남자 만날 때 되면 만나겠죠. 이렇게 억지로 남자를 만나기는 싫어요."

"기회를 잡아야 좋은 남자인지 아닌지 알 수 있지 않겠어? 여기 다 대기업 다니는 애들이다. 그래도 우리 딸래미가 대기업 다니니까 이만한 남자들이 선 자리로 들어오는구만. 허허-"

"하..."

너무 마음이 힘들어서 엄마를 바라봤다. 엄마는 광대가 승천하신 채 나를 보며 두 손을 매만지고 계셨다. 고개를 가로 저으니 엄마가 내 옆에 앉으시며 말씀하셨다.

“설아야. 엄마는 하얀이도 괜찮던데. 하얀이는 연락하고 지내?”

“몰라요... 제가 알아서 할게요... 이건 저한테 맡겨주세요... 죄송해요.”

6년 만에 부모님 품으로 돌아왔지만 기쁜 마음이 한순간에 힘들어졌다. 터벅터벅 걸으며 방으로 들어갔다. 침대에 누우며 생각했다. 어쩐지 회장님이 다시 몸을 바꾸신 의중을 알 것도 같았다. 사랑하는 사람을 만나라는 뜻이려나...

그런데 하얀이의 마음을 알았다고 해서 아직 그 마음이 그대로 일지는 모를 일이기에... 설렘 반 걱정 반이었다. 회장님으로 살면서 하얀이와 지냈던 추억을 떠올리며 스스륵- 잠에 들었다.

37화.

고백

내 몸체로 산 지도 어느덧 6개월이 지나고 있다.

오늘의 룩은 베이지색 트위드 원피스에 검정단화를 신었다. 머리카락은 하나로 질끈 묶었다.

"회사 다녀오겠습니다."

부엌에 계시던 엄마는 나를 보고는 깜짝 놀라셨다.

"왜 이렇게 예뻐. 우리 설아~ 근데... 머리는 고데기 좀 하지."

"일할 때는 이게 편해."

"회사 미팅있다고 이렇게 예쁘게 입었어?"

"뭐... 겸사겸사"

하얀이와 같이 가는 미팅이라 신경을 좀 썼다. 예쁘게 입고 가면 하얀이가 어떻게 반응할지도 궁금했다.

요즘 부모님께서 말씀하신 소개팅에 대해 곰곰이 생각해보고 있는 중이다. 집에서 소개팅을 강력히 원하시니 하얀이의 마음만 완전히 알게 된다면 소개팅을 할지 말지 정할 수 있다고 판단 내렸다.

내 몸체로 돌아온 후 금옥그룹으로 출근하는 느낌이 확실히 전과는 달랐다. 뭔가 책임감이 더 생겼달까.

현재 나는 패션사업부 영업팀에서 일하고 있다. AZA 브랜드와 SeolA 브랜드의 홍보 업무를 담당하고 있다.

패션사업부가 생긴 지 얼마 되지 않아, 회사에서는 부서 이동에 대한 지원을 받았다. 나는 주저 없이 지원했다. 내가 지원하자 하얀이도 따라 지원했는데, 생각보다 식음료 영업 업무보다 잘 맞아서 즐겁게 일하고 있는 중이다.

오늘은 SeolA 브랜드를 대령백화점에 입점하기 위한 미팅이 있는 날이다. 회사에서 필요한 서류를 정리한 후 하얀이와 함께 미팅 장소로 이동하기로 했다.

1층에서 엘리베이터를 기다렸다.

"설아?"

하얀이가 나를 보며 의아하다는 듯이 바라봤다.

"어! 하얀아! 왔어?"

나를 빤히 쳐다보다가 손을 입술에 갖다 대며 다른 쪽으로 시선을 옮겼다.

뭐지. 나 오늘 이상한가…

"설아 선배님!"

패션사업부에서 함께 일하고 있는 서초롱 사원이다. 최근에 신입사원으로 뽑혔다.

"초롱 씨! 오늘 일찍 출근했네요?"

"네. 그런데 오늘 소개팅 있으세요?"

"아뇨! 대령백화점이랑 미팅있잖아요."

"아! 맞다! 하하~ 너무 예쁘세요. 평소에도 예쁘시지만… 저번에 휴게실에서 밥 같이 먹을 때 남자친구 없다고 그러셔서 깜짝 놀랐잖아요. 인기 엄청 많으실 것 같은데…"

나는 멋쩍은 웃음을 남기며 엘리베이터에 올라탔다.

10층에서 내린 후 하얀이는 내 손을 잡고는 휴게실 쪽으로 걸어갔다.

"아! 선배님! 이번에 미팅 성사되시면 승진되실 거라는데…"

"…"

"선배님?…"

휴게실에 다다른 후 하얀이는 내게 물었다.

"쟤랑은 언제 밥 먹은 거야?"

"음… 네가 외근 나갔을 때?"

"아…"

"그거 물어보려고 이렇게 따로 부른 거야?"

하얀이는 머리를 긁적이며 답답하다는 듯 한숨을 쉬었다.

"어디 불편해?"

"응. 불편해."

"어디가?"

"네가 다른 남자랑 있었다는 생각이 드니까 불편해."

옴마. 얘 뭐야. 나에 대한 마음이 진심인건가?

다른 남자랑 있었다는 사실이 불편하다면 나에 대한 마음이 진심일지도 모른다는 생각이 들었다. 나는 하얀이가 나에 대한 마음을 더 확실하게 표현을 해주길 바랐다.

"왜 불편한데?"

나도 모르게 미소를 지으며 묻고 있었다.

"몰라."

몰라? 이 자식이! 사람 설레게 해놓고!

"여기서 할 말은 아닌 것 같…"

"선배님! 여기 계셨네요! 한참 찾았어요!"

초롱 씨가 얼굴을 빼꼼 내밀며 나를 바라봤다.

"네… 무슨 일 있어요?"

"할 말이 있어서요. 미팅 끝나시고 시간 있으세요?"

"음… 밥 먹을 시간은 있어야 하니까. 있어요."

하얀이는 내 팔을 잡으며 퉁명스럽게 물었다.

"나랑 밥 안 먹어?"

"몰라."

솔직하게 마음 표현 안 하면 나도 너한테 똑같이 대해줄거야.

"미팅 끝나면 연락드릴게요."

"네~! 선배님~!"

나는 하얀이의 손을 내려놓고는 터벅터벅 사무실 안으로 들어갔다.

'회장님 앞에서는 좋아한다는 말이 쉽게도 나오더니. 고백할까 어쩔까 그 말에 내가 얼마나… 영혼 바뀐 걸 후회했었다고… 왜 내 앞에서는 표현을 안 하는거야! 도대체! 왜!'

"왜!"

나도 모르게 나온 샤우팅에 사무실에 있던 직원들이 모두 나를 쳐다봤다. 김부영 부장님은 나를 보며 물었다.

"뭐가 잘 안 돼요? 한설아 사원?"

"아… 아뇨? 잘 됩니다… 하하-"

자리에서 자료를 정리한 후 파일철에 넣은 후 사무실을 나오며 인사했다.

"미팅 다녀오겠습니다."

"잘 다녀와요~"

"네…"

엘리베이터 앞에서 하얀이를 기다리고 있었다.

“왜 이렇게 안 나와…”

하얀이는 헛기침을 하고 나서 나를 보며 물었다.

“화났어?”

“아니?”

“나랑 밥 같이 먹을거지?”

“응. 아니?”

“흠…”

엘리베이터를 탄 후 하얀이에게 물었다.

“내가… 운전할까?”

“아냐. 내가 할게. 가는 동안 눈 좀 붙여. 일찍 나와서 피곤하잖아.”

“…”

뭐야. 스윗하게… 괜히 심통부린 거 미안해지네…

지하 3층에서 내린 후, 하얀이 차가 있는 곳으로 뒤 따라 갔다. 하얀이는 뒤를 돌아 내게 성큼성큼 다가왔다.

“왜… 왜?”

하얀이는 내 얼굴에 손가락을 갖다 대었고, 나도 모르게 눈을 감았다.

“속눈썹. 아까부터 있었는데. 회사 안이라…”

“아… 고마워.”

하얀이의 손길이 내 얼굴에 닿으니 굉장히 화끈거렸다.

“하… 덥다…”

“더워? 하얀이 선풍기 있어.”

“응?”

하얀이는 기다란 손으로 내 얼굴에 대고 부채질을 했다.

“뭐야…”

어이가 없었지만 뭔가 귀여워서 웃음이 터지고 말았다.

“그만해. 재미없거든.”

“아까 물어본 거에 대한 대답은… 좀 더 진지한 자리에서 말하고 싶어. 나한테 시간 좀 내줄래?”

“응… 그래…”

가슴이 두근 반 세근 반 하며 요동쳤다. 나… 이러다 심장마비 걸리는 건 아니겠지? 박동 수가 너무 빠른데?!!

조수석에 탄 후 놀란 가슴을 진정시키려 두 손을 가슴에 포개 놓았다. 그 순간 하얀이가 내게 가깝게 다가와… 말했다.

“안전벨트 매야지.”

“헙… 응… 그래야지…”

하얀이는 나를 보며 웃었다.

“왜 웃어?”

“귀여워서.”

심장아 나대지마. 이러다 미팅 망칠라…

가슴에 손을 포갠 채 조용히 잠에 들었다. 대령 백화점에 다다르니 하얀이가 나를 깨웠다.

“설아야. 일어나. 다 왔어.”

“응? 응…”

근처 카페에 들어가니 차정오 선배가 내게 손을 흔들었다.

“어? 정오 선배?”

“선배?”

“우리 과 선배…”

정오 선배에게 다가가니 대령백화점 차현오 전무님이 함께 계셨다. 나와 하얀이는 전무님께 인사드렸다.

“안녕하세요. 전무님.”

“네. 반갑습니다.”

자리에 앉으며 정오 선배를 빤히 쳐다봤다. 그 모습을 본 차전무님은 나와 하얀이를 바라보며 소개해주셨다.

“이쪽은 패션MD 차정오 씨에요. 제 동생이기도 하고요.”

나는 정오 선배를 보며 눈이 동그래졌다. 그 모습이 웃겼는지 정오 선배는 안경을 벗고는 함박웃음을 지었다.

역시… 정오 선배는 웃으면 안 돼… 너무 빛나시잖아…

“반가워. 설아야.”

“아… 네. 선배. 오늘 잘 부탁드려요.”

미팅 내내 하얀이가 주도적으로 말하며 우리 브랜드에 대한 설명을 드렸다. 그리고 바통을 이어받아 나는 현재 매출 상황에 대한 내용과 앞으로 브랜드 전망에 대한 이야기했다.

차전무님과 정오 선배는 흡족한 듯한 미소를 보이셨다.

"정오 네 생각은 어때?"

"음… 괜히 학생 시절이 떠오르네요. AZA 브랜드와 SeolA 브랜드는 앞으로 더 발전할 것 같아요. 저희 백화점에 입점 하면 매출 상승에 도움이 될 것 같은데…"

"그렇지? 내 생각도 같아."

하얀이와 나는 서로 바라보며 해냈다는 미소를 지었다. 정오 선배는 나를 보며 물었다.

"설아야. 오랜만인데 우리 밥이나 먹을래?"

"네? 아… 다음에요! 제가 선약이 있어서…"

"그래. 여기 명함…"

정오 선배의 명함을 받아 지갑에 넣었다. 성공적인 미팅을 마친 후 계약은 다음주 내로 하기로 구두 약속을 드렸다. 금옥그룹으로 정오 선배가 직접 오신다는 말씀을 듣고는 자리에서 일어났다.

점심 먹을 장소를 물색하다가 도하랑 갔던 떡볶이집에 들어갔다. 하얀이는 나를 빤히 쳐다보며 입술을 모았다 폈다를 반복했다.

"뭐 먹을래?"

"정오 선배는… 어떻게 알아?"

"대학교 때 학원에서 같이 근무했었어. 그 때 복학생 신분이어서 과에서는 잘 모를 수도 있다고 하셨었어."

하얀이는 포크와 물을 내 앞에 놓아주면서 또 물었다.

"걔 부를거야?"

"누구?"

"초록인지 초랭인지 하는 놈."

"아... 맞다. 초롱 씨. 잊고 있었어. 얼른 전화해줘야겠다."

"오라고 할거야?"

"그럼?"

하얀이는 빙긋 웃으며 말했다.

"남자친구랑 있어서 안 된다고 해."

"뭐?"

"큼... 내가 네 남자친구라고..."

"네가 말한 진지한 자리가 여기야?"

"단둘이 있으니까."

"그럼 대답해봐. 내가 초롱 씨랑 있었던 게 왜 불편했는지."

하얀이는 내 손을 잡으며 두 볼이 빨개졌다.

"음... 네가 좋으니까. 나랑만 밥 먹었으면 좋겠고. 나만 보고 웃었으면 좋겠고. 그런데 사실 용기가 나지 않았어. 설아를 좋아한다고 마음을 인정한지는 꽤 됐지만... 도하...랑 더 깊은 사이가 된 것 같아서 내가 들어

갈 자리가 있을까… 고민도 많이 했고. 무엇보다…"

깊은 숨을 내쉬며 나를 바라봤다.

"우리 부모님 이혼하시는 모습… 보고는… 사랑을 시작하기가 두려웠어. 설아는 내가 가장 좋아하는 사람인데… 헤어지기 싫은데… 혹시라도 헤어지면… 그걸 감당할 자신이 없어서…"

하얀이는 눈시울이 붉어지며 눈물을 흘렸다.

"네가 날 놓지 않는 한 난 널 놓지 않을거야."

하얀이의 눈물을 닦아주며 볼에 손을 갖다대었다. 내 온기를 충분히 느낄 수 있게…

"처자. 손 좀 치워줄려? 떡볶이 좀 놓을랑께."

"아! 네! 죄송해요."

하얀이와 나는 웃음이 터졌다. 서로의 손을 꼭 잡고는 떡볶이를 먹여주었다.

초롱 씨한테는… 갑자기 남자친구가 생겨서 데이트를 하게 되었다고 솔직하게 말씀드렸다. 그렇게 하얀이와 나는 사내연애를 시작했다.

38화.
설아는 연애중

하얀이와 연애를 시작한 지 일주일 째다. 친구 사이일 때보다는 확실히 달라진 게 많았다. 하얀이는… 연락을 시도 때도 없이 한다. 그러니까… 깨톡을 수시로 보낸다던가, 아침 저녁으로 전화를 해서 내 목소리를 꼭 확인한다.

회사 갈 때는 매일 아침 우리집 앞으로 데리러 온다. 차 문을 열어주는 것에서 시작해서 안전벨트까지 매준다. 지하주차장에 주차 후 내리기 전에는 항상 안전벨트를 빼주고 차 문을 열어준다.

내 손의 필요성을 잠시 잊을 때쯤… 하얀이는 내 손을 잡고 엘리베이터를 기다리며 우리의 연애를 회사에 공개할 지에 대해 물었다.

"회사에서… 티 내도 돼?"

"벌써 티 내는 거 아냐? 손 잡고 있는데?"

"아… 무의식적으로…"

"너는 어떻게 생각하는데?"

"나는… 공개하고 싶지. 설아가 내 여자친구라고 하면 이제 남자 직원들이 집적대지 않을테니까."

"풉…"

"왜?"

"그동안 신경 많이 쓰였구나 싶어서…"

"불편하면… 공개하지 않아도…"

"…"

대학교 시절 도화와 있었던 해프닝으로 소문에 대한 두려움이 있는 건 사실이다. 하얀이와 연애를 하게 된 건 정말 좋지만 사내연애라는 부담감이 마음속에서 스멀스멀 피어올랐다. 나로 인해 하얀이까지 말도 안 되는 소문에 휘말리는 것 아닌가 하는 생각이 들었다.

"아니면…"

"아니면?"

하얀이의 입술이 우물쭈물 거리며 이리저리 움직였다. 무슨 말을 하려고 저러나 입술을 빤히 보던 중… 나도 모르게 하얀이와 키스하는 상상을 해버렸다. 혼자 민망스러워하며 몸은 경직된 채 앞만 쳐다보고 있었다.

"모르겠다. 하얀아. 너가 알아서 해."

"응? 정말?"

“응. 난 아무래도 좋아.”

“진짜지?”

“응. 그렇대도.”

하얀이는 뭐가 좋은지 히죽거리며 새하얀 치아를 드러내며 웃었다. 하얀이의 연분홍빛 입술을 보고 있으니 얼굴을 붉어지고 코에서 김이 나는 것 같았다.

무심코 하얀이의 손을 놓았다. 때마침 김부영 부장님이 엘리베이터를 타러 오셨다.

“설아 씨. 하얀 씨. 굿모닝~”

나는 김부영 부장님을 보고 밝게 웃으며 인사했다.

“네! 안녕하세요! 부장님!”

“설아 씨는 아침부터 많이 더워보이네. 뛰어왔어? 시간이 아직 이른데?”

“아… 아뇨! 그냥 좀… 기초 체온이 높아서 제가…”

김부영 부장님은 내 이마에 손을 갖다 대신 후 엘리베이터에 타시면서 말씀하셨다.

“코에서 김나는 것 같아. 설아 씨.”

헙… 그게 보이나?

엘리베이터 안에서는 정적만이 가득했다. 나는 코 밑 인중에 맺힌 땀을 닦고는 숨을 크게 내쉬었다.

어쩌지. 앞으로 백하얀 입술만 보일 것 같은데…

10층에서 내린 후 사무실 안으로 들어가려다 하얀이가 붙잡는 손에 이끌려 휴게실로 들어갔다.

지금 같이 있으면 큰일날 것 같은데…

최대한 다른 곳을 보며 두근거리는 심장을 컨트롤하려고 했다.

"설아야…"

"응?"

"나 뭐 잘못했어?"

"아니?"

"아까 손을 놔서…"

"그건…"

"혹시라도 불편한 게 있으면 말해줘. 회사에서 손 잡는 게 불편한 거면… 참아볼게…"

"아… 그게 아니라… 하얀아… 음…"

하얀이가 입술을 달싹였다. 순간 움찔거리는 내 몸을 팔짱을 끼며 간신히 참은 후 말했다.

"립밤… 뭐 발라?"

"응? 립밤?"

"응… 립밤 뭐 쓰는지 물어보려고 잠시 손을 놓았던 건데… 갑자기 부장님이 오셨네? 하하- 하얀이 입..술… 색이 예쁘…네… 각질도 없고…"

"아… 그랬구나. 나는… 이거 발라."

하얀이는 바지 주머니에서 립밤을 꺼내 뚜껑을 열고 돌돌 돌린 후 내 턱을 손으로 쥐었다.

뭐… 뭐해?

"스윽- 스윽-"

"향은 무향인데 발림성도 좋고 촉촉하니 지속력도 좋더라고. 어때?"

"어… 그렇구나."

사실 그 이후로 뇌는 정지되었다. 휴게실에서 나오니 내 손에는 하얀이의 립밤이 쥐어져 있었다.

쟤는 두근거리지도 않나… 표정 변화 하나 없이 설레는 행동을 한단 말이야…

하루 종일 무슨 정신으로 일을 했는지 기억이 안 날 정도로 두근거리는 심장을 다독이기 바빴다.

주말 아침.

오늘은 하얀이와 데이트를 하는 날이다. 화장은 옅게 한 후 머리는 고데기로 살짝 C컬을 주었다.

우리는 커플티를 입기로 했다. AZA브랜드의 흰색 티에 회색 후드집업을 입고 짧은 H라인 검정치마로 매치했다. 신발은 AZA브랜드의 흰색 운동화를 신었다.

"엄마! 저 다녀올게요!"

"그래! 우리 딸! 하얀이랑 떼떼월드 간다고? 고소공포증도 있는 애가…"

"괜찮아요. 하얀이랑 타면 안 무서울 거라고…"

"어머머머… 하얀이가 그런 말도 해? 살가운 줄은 알았지만 어쩜… 이참에 고소공포증 싹 고치고 와 우리딸."

"푸흐흐흡- 뭘 그렇게까지."

"조심하고!"

현관 앞에서 엄마와 포옹 후 문을 열고 나오니 하얀이가 서 있었다.

"안녕하세요. 어머니."

"어머! 하얀이네. 반가워! 우리 설아 잘 부탁해~"

"제가 부족한 게 많아요. 설아한테 많이 배우고 있어요. 귀한 딸과 교제 허락해주셔서 감사합니다."

"어머머… 입술이 예뻐 그런가. 입에서 나오는 말마다 예뻐~"

엄마의 팔을 다독이며 멋쩍은 듯한 미소를 보이며 말했다.

"엄마… 저 다녀올게요! 엄마도 아빠랑 데이트 잘하세요!"

"그래~ 우리딸도 데이트 잘하고! 하얀이는 다음에 저녁 먹으로 꼭 와~"

하얀이는 새하얀 치아를 드러내며 웃었다.

"네~ 어머니! 꼭 초대해주세요!"

발그레한 얼굴을 손으로 감싸고는 엘리베이터를 타고 밖으로 나왔다.

"오늘도 더워?"

"응? 어… 그냥 좀…"

"어디 봐봐."

하얀이는 기다란 손으로 양 볼을 푸짐히 잡아들고는 눈을 똑바로 보며 말했다.

그... 그러면 얼굴 더 빨개지는데...

무의식적으로 하얀이의 입술에 시선이 꽂혔다.

"확실히 열이 있네. 내 입술을 보고 있으니까 그렇지."

"뭐?"

"푸흐흫- 내가 준 립밤 오늘 바른 거 같은데?"

"응..."

"확인 해볼까?"

"여기서?"

"왜? 안 돼?"

"어떻게 확인하게?"

"이렇게?"

하얀이의 입술이 천천히 내 입술로 다가왔다. 스르륵- 눈을 감았다.

잠시후. 내 예상과는 다르게 하얀이는 엄지손가락으로 내 입술을 한차례 쓴 후 본인 입술에 발랐다.

"발랐네. 내가 준 거?"

"..."

오늘은 하얀이와 손을 잡고 버스로 이동하기로 했다. 떼떼월드에 도착해 안으로 들어가니 그야말로 문전성시였다.

“사람이 왜 이렇게 많아…”

“하얀이 손 꼭 잡아. 넘어질라.”

나를 아기 취급하는 것도 귀여웠지만, 본인을 3인칭으로 말하는 것은… 사랑스러웠다. 왠지 하얀이가 말할 때는 어색하지 않고 제일 잘 어울리는 말투인 것 같았다.

“뭐부터 타고 싶어?“

“혜성특급은 괜찮아? 그거 탈까?”

“어… 그래!”

하얀이 손을 잡고 혜성특급 기구에 올라탔다.

“무서워? 괜찮아?”

“응… 아직까지는…”

“하얀이 손 꼭 잡아!”

“응!”

안전바를 꼭 잡은 손 위에 하얀이 손이 포개어졌다. 하얀이의 따뜻한 손에 안심하고 있는 찰나.

출발 전 덜컹거리는 소리에 깜짝 놀란 나는 하얀이 어깨에 기대버렸다.

그러자 하얀이는 손을 빼서 내 허리를 감싸 안았다. 출발 후 내 엉덩이 반쪽과 하얀이 엉덩이 반쪽이 서로 꼭 붙어버렸다.

고소공포증은 고사하고 하얀이는 기구를 타는 내내 웃으며 나를 경직되게 만들었다.

이후에 우리는 후룸라이드와 후렌치레볼루션을 탔다. 그리고 회전목마 앞 벤치에 앉아 츄러스를 먹고 소프트 아이스크림도 먹었다.

“맛있어?”

“응. 하얀이는?”

“나두. 설아야.”

“응. 왜?”

“나 해보고 싶은 거 있는데... 해도 돼?”

“뭔데? 자이로드롭 타자고? 난 그건 못타. 타고 싶으면 혼자 갔다 와도 돼. 여기서 기다릴게.”

“아니-”

내 팔짱을 끼며 얼굴을 어깨에 비비적 거렸다.

“뭐가 하고 싶은데?”

“음... 저-기 앞에서 사진 하나만 찍자!”

“회전목마 앞에서?”

장화신은 고양이 마냥 큰 눈망울을 하고는 고개를 끄덕였다.

“그래.”

하얀이는 카메라를 거치대에 설치한 후 타이머를 맞추고 의자에 두었다. 그리고 사진이 잘 나오는 명당 자리를 찾으며 내게 서 있으라고 했다.

"됐어?"

"이제부터 내가 어떤 행동을 해도 당황하지 말기."

"뭐... 뭐 할 건데?"

"네가 원하던 거."

"내... 내가 뭘 원하는데..."

하얀이는 천천히 내 머리칼을 뒤로 쓸어 넘기며 고개를 틀어 내 입술을 향해 다가왔다.

하얀이의 연분홍빛 입술이 내 입술과 마주하는 순간. 경직된 몸이 풀리고 아무 소리도 들리지 않았다.

한차례 입술을 삼키는 듯한 느낌을 받은 후 다리가 후들거렸다. 그러자 하얀이는 내 허리를 더 감싸 안은 후 가까이 다가왔다.

키스 후 두근거리는 마음을 진정시키지 못하고 하얀이에게 안겼다. 그날 나는 하얀이에게 업혀서 집에 갔다. 하얀이의 넓은 등 뒤에서 입술을 만지작거리며...

39화.
한설아 대리

오늘은 대령백화점에서 AZA브랜드와 SeolA브랜드 계약을 위해 차정오 선배가 오는 날이다. 정오 선배는 금옥그룹에 도착하면 연락을 하겠다는 문자를 남기셨다. 하얀이와 함께 마중을 나가기로 했다.

맞은편에 앉은 초롱 씨는 얼굴을 빼꼼 내밀며 내게 말했다.

"선배님. 오늘 계약 성사 되면 한턱 쏘세요."

고개를 끄덕이고는 웃으며 화답하자 옆에 앉은 하얀이가 미간을 찌푸렸다. 그리고는 내 자리에 바짝 다가와서 속삭였다.

"나한테는 저런 말 안 하면서. 설아한테는 꼭... 저러더라."

"같이 가면 되지. 계약 성사돼서."

잠시후 휴대폰이 울렸다. 정오선배인 것을 확인한 후 하얀이와 함께 1

층으로 내려가는 엘리베이터를 탔다. 하얀이는 나를 보며 조심스럽게 물었다.

"정오선배랑 밥 아직 안 먹었지?"

"응. 그럴 새가 없었지. 하얀이랑 데이트하느라."

만족스러운 듯 새하얀 치아를 드러내며 웃는 하얀이를 보니 꼭 아이 같았다.

"정오 선배가 밥 먹자고 하면 뭐라고 할 거야?"

"음... 하얀이도 같이 가도 되냐고 물어봐야지. 나랑 정오선배랑 단 둘이 밥 먹는 거 불편한 거 아니야?"

"응. 불편하다기 보다는 둘이 사적으로 먹는 거 싫어."

"알겠어. 지금은 일로 만나는 거... 알지?"

"나랑 같이 가니까 지금은 괜찮아."

슬며시 하얀이의 손이 포개어지니 온기로 엘리베이터 안이 따뜻해지는 것 같았다.

1층에 당도하니 정오 선배가 로비에 서 있었다. 로비를 지나가는 직원들이 한 번씩 정오 선배를 쳐다보며 지나갔다. 수트를 입고 무광의 동그란 안경을 낀 모습이 빛나 보였다.

"차정오 MD님!"

정오 선배는 나를 보며 환하게 웃어보이셨다. 그러자 남녀불문하고 로비에 있던 직원들이 모두 정오선배를 바라보며 수군거리기 시작했다.

'역시... 정오 선배 미소는 위험해...'

"설아야! 아. 안녕하세요. 하얀 씨."

하얀이는 정중하게 정오 선배에게 인사한 후 내 어깨에 손을 얹었다.

"픕... 아. 죄송해요. 그렇게 티 안 내셔도 두 분이 사귀는 거 압니다."

"네?"

어깨에 놓여진 하얀이 손을 잡고는 하얀이를 바라보며 말했다.

"내가 말했어..."

하얀이는 눈이 휘둥그레진 채 두 볼이 발그레해졌다. 어깨에 놓인 손을 내려 놓고는 내 새끼손가락을 슬며시 잡으며 정오선배에게 말했다.

"아... 그렇군요... 먼저 저희 패션사업부 식구들과 인사부터 나누시죠."

"네."

함께 엘리베이터를 타고 10층에 당도했다. 사무실 문이 열리고... 정오 선배는 급하게 들어오다가 발을 헛디뎌 넘어지고 말았다.

"괜찮으세요?"

도혜가 사무실에서 나오면서 정오 선배를 일으켜줬다.

"아... 네. 감사합니다."

"어? 정오 선생님?"

"저를... 아세요?"

"저... 방지턱 학원 다녔던 도혜예요. 김도혜. 저 많이 변했나요? 물론 그때는 고등학생이긴 했지만..."

"아. 도혜. 어... 반가워. 여기서 일하는구나."

"네! 디자이너로요."

둘 사이의 미묘한 기류가 보이는 건 내 착각일까. 도혜가 고등학생 때 좋아했던 건 알았지만 정오 선배의 귀가 빨개진 걸 보니 도혜와 앞으로 어떤 사이로 발전하게 될지 궁금해졌다.

김부영 부장님은 정오 선배를 소개하며 패션사업부 식구들과 인사를 나누는 시간을 가지도록 했다. 정오 선배는 특히 도혜에게만 웃어보이며 반갑게 인사하는 듯 보였다.

이후에 회장님 실로 향했다. 귀금옥 회장님과 백하준 사장님께서 차정오 선배를 두 팔 벌려 환영해주셨다.

"어서와요. 차정오 MD."

"안녕하세요. 회장님."

"저희가 대령백화점으로 가도 되는데. 이렇게 찾아와줘서 고마워요."

"아닙니다. 저희 대령백화점에 AZA브랜드와 SeolA 브랜드를 입점할 수 있게 기회를 주신 회장님께 감사드립니다."

"그렇게 말해주니 고맙네요."

정오선배는 백하준 사장님과 손악수를 나눈 후 소파에 앉았다.

"대령백화점에서 저희 패션브랜드 입점 준비를 위해 벌써 공사를 시작했다고요."

"네. 구두 계약도 계약이니. 저희는 금옥그룹을 믿고 입점할 수 있는 공간을 만드는 공사에 들어갔습니다."

"감사하네요. 저희가 준비한 계약서를 한 번 읽어보시고 충분한 상의 후 결정하시면 될 것 같습니다."

"아… 제가 모든 일을 일임 받았습니다. 오늘 계약 마무리 하는 걸로 알고 계시면 될 것 같습니다."

"감사하네요… 이렇게까지 믿고 저희 패션브랜드를 밀어주시니…"

"분명 모두에게 윈윈이 될 거라고 확신하고 있습니다."

정오 선배는 계약서 조항들을 꼼꼼히 읽어보며 고개를 끄덕였다.

회장님은 나를 보며 흐뭇한 미소를 보이셨다.

잠시후 정오 선배는 계약서에 사인을 한 후, 회장님을 바라보며 말했다.

"이번 계약에 가장 큰 공신이 있다고 회장님께 들은 것 같은데…"

"네. 맞아요. 이번 패션브랜드를 대령백화점에 입점시킨 공신은 바로 한설아 대리입니다."

"그렇군요… 설아 대리님."

나는 내 귀를 의심하며 회장님을 보며 입술을 달싹였다.

"네? 회장님… 그게 무슨…"

"오늘 이 자리에서 승진 이야기를 들었으면 했어요. 괜찮죠?"

"… 감사합니다…"

정오 선배는 나를 보며 환하게 웃어주셨다. 그리고… 박수로 축하해주셨다.

"고마워요. 정오 선배."

하얀이도 내 어깨에 손을 올리며 밝게 웃어주며 이마에 뽀뽀를 해주었다.

"아… 나도 모르게…"

회장님은 손으로 입을 가리시면서 웃으셨고, 백하준 사장님께서는 헛기침을 하시면서 고개를 돌리셨다.

사무실로 들어가니 김부영 부장님과 현도람 차장님을 비롯한 패션 사업부 식구들이 나를 보며 박수를 보내주셨다.

김부영 부장님은 내게 꽃다발을 건네주시며 말씀하셨다.

"축하해요. 한설아 대리."

"감사합니다…"

그렇게 나는 금옥그룹에 입사한 지 6년 만에. 그리고 내 몸으로 돌아온 지 6개월 만에 '대리' 직함을 달게 되었다.

그 날 저녁.

"설아 대리님… 제가… 제가… 좋아하는데요…"

"그래… 그래. 이해해. 네 심정… 다 이해해…"

"누가 들으면 초롱 씨가 날 좋아한다는 걸 남친이 이해한다는 줄 알겠네."

나의 승진을 축하하는 자리에서 하얀이와 초롱 씨는 잔뜩 취해서 몸을 못 가누고 있었다. 곧 김부영 부장님이 오셨다.

"어떻게 된 거야. 설아씨?"

"초롱 씨가 너무 취해서…"

초롱 씨는 소주잔을 들이키고는 빨개진 얼굴을 들어올리며 말했다.

"부영이를… 좋아하는데… 우리는 안 된대요… 우리는… 나이 차이가 많이 나서… 나는 상관없는데…"

부장님은 초롱 씨를 한 번에 업고는 카드를 건네 주셨다.

"이걸로 계산하고. 내일 봐요! 오늘 본 건…"

"네! 압니다!"

"고마워요. 한 대리."

"아… 네! 부장님."

'한 대리' 그 세 글자를 들으니 회장님으로 불렸을 때보다 더 값지고 소중하게 느껴지는 건 왜일까. 고꾸라진 하얀이를 부축하며 우리 집으로 데려갔다.

40화.
흡사 가족

지난밤 승진 축하 자리에서 초롱 씨와 부어라 마셔라 하며 거하게 마신 후, 초롱 씨가 묵혀왔던 속 얘기를 털어놓자 하얀이는 친형제처럼 들어줬다.

초롱 씨는... 김부영 부장님을 좋아한다. 부장님과는 신입사원 면접장에서 처음 만났다. 부장님을 보자마자 첫눈에 반했다고 했다. 입사 후 부장님께 여러 번의 데이트 신청했지만 거절하기 일쑤였다고 한다.

김부영 부장님에게는 딸이 하나 있다. 이름은 김하나. 전 남편의 외도로 인해 마음고생이 많으셨던 부장님에게는 정말 하나뿐인 딸이다.

지난주에 김부영 부장님과 함께 구내식당에서 식사를 함께했었다. 그때 부장님은 초롱 씨에게 딸 자랑을 연신 하셨었다. 초롱 씨는 딸의 사진을 보여주며 미소 짓는 김부영 부장님이 그렇게 사랑스러워 보였다고 했다.

그날 이후, 초롱 씨는 하나에 대한 이야기를 물어봤고 그때마다 김부장님이 하나를 키우는 이야기를 나누면서 초롱 씨에게 조금씩 마음을 내비쳤다고 했다.

얼마 전 하나의 생일날 초롱 씨와 함께 캠핑도 다녀왔다고 했다. 그 이후에 하나는 초롱 씨를 더 잘 따랐지만 오히려 부장님은 놀러 갔다 온 이후에 초롱 씨를 더 멀리했다며 힘든 마음을 표현했다.

초롱 씨 눈에는 나와 부장님이 친하게 보였던 터라 이런 고충을 털어놓으려 그렇게 나에게 말을 걸었노라고 실토했다. 하얀이는 초롱 씨의 말에 많은 공감을 했다. 어떤 부분에서 공감을 했는지는 하얀이만 아는 일이다.

내가 감히 판단하자면... 사랑하는 사람의 마음을 얻었다고 생각했지만 심중은 알 수 없어 답답한 마음일지도 모른다고 생각했다.

그렇게 서로 대화를 나누다 쓰러진 두 청년은 각자의 보호자(?)가 데려가 돌보고 있는 중이다.

어젯밤 165cm에 불과한 내가 190cm의 큰 키를 감당하며 부축하려니 마치 큰 소나무를 뽑아 짊어지는 느낌이 들었다.

집에 당도하자 아버지께서는 축 늘어진 하얀이를 번쩍 들어올리며 내 방 침대에 눕히셨다. 그리고는 본인의 회색 트레이닝복을 하얀이에게 갈아입히셨다.

하얀이는 지금. 내 방, 내 침대에서 자고 있다. 마주 누워 하얀이의 뽀얀 피부, 짙고 숱 많은 속눈썹... 나보다 더 예쁘게 생긴 하얀이를 보고 있으니.

"흐아암-"

문득

“어? 일어났어?”

매일 아침을 함께 맞이하고 싶다는 생각이 들었다.

“내 얼굴 보면서 뭐했어? 야한 생각했지?”

“뭐? 뭔 소리야. 참나-”

“변태.”

“뭐래. 아니거든.”

“난 했는데.”

“뭐? 뭘… 뭘해?”

하얀이는 나를 품 안에 껴안고는 왼쪽 다리로 엉덩이를 타고 내려가며 내 다리를 감쌌다.

“흠… 매일 아침 설아랑…”

“똑-똑- 일어났으면 밥 먹어! 설아야! 하얀이 깨우러 간다더니 함흥차사야. 둘이 얼른 와!”

“어! 나갈게!”

하얀이의 뒷말은 채 듣지 못한 채 하얀이 품에서 꾸물꾸물 나와서 헝클어진 머리를 정돈했다.

“얼른 나가자.”

“나도 머리 만져줘.”

고양이인지 강아지인지 그 어디 중간쯤 되는 얼굴을 하고는 꼬리를 살

랑살랑 치는… 개냥이 같았다.

위로 비쭉 나 있는 머리를 차분히 가라앉히니 순둥한 모습이 나왔다. 머리 만져준 손을 볼쪽으로 갈다 대며 물었다.

“오늘 동기 모임에 커플티 입으면 주책이려나.”

“음… 나는 좋은데…”

“그럼 그렇게 하자. 그런데 나 동기를 잘 모르는데…”

“괜찮아. 내가 잘 아니까. 착하고 순수한 친구야. 만나면 분명 너도 좋아할거야.”

손바닥에 뽀뽀를 연신하며 내게 웃어보였다. 하얀이 손을 잡고 밖으로 나오니 부모님은 식사중이셨다.

아빠는 곰국에 만 밥을 한술 뜨시면서 우리에게 말씀하셨다.

“국 식기 전에 얼른 밥 먹어라.”

“네.”

하얀이는 트레이닝복을 매만지며 헛기침을 하고는 아빠 옆에 앉았다.

“잘 주무셨어요. 아버님. 어머님.”

엄마는 하얀이 앞으로 잡채를 밀어 넣으며 웃어보이셨다.

“이것 좀 먹어봐요. 맛이 있을랑가 모르겠네.”

“네! 어머니! 저 잡채 진짜 좋아하는데… 감사합니다.”

하얀이는 잡채를 한껏 집어서 호로록- 먹으며 엄지를 들어보였다.

“완전 맛있어요. 어머니.”

"호호호- 먹고 싶을 때마다 와요."

아빠는 LA갈비를 하얀이 밥술에 놓아주면서 말씀하셨다.

"자네 요리는 좀 하나?"

"네. 잘합니다. 어머니께서 요리사세요. 저도 어릴 때부터 어머니께 배웠어서 어떤 음식이든 잘합니다. 다음에는 제가 식사 대접할게요."

엄마와 아빠는 흐뭇한 눈망울을 하고는 나를 바라봤다.

"왜요?"

"예뻐서."

거실 창가에는 햇살이 비치고. 하얀이와 함께 한 식탁에서 마주보며 식사를 하고 있으니, 흡사 가족인 것 같은 느낌을 풍기는 아침이었다.

41화.
동기모임

오늘은 '동기모임'에 가는 날이다. 이름이 왜 그러하냐면... 방지대학교 심리학과 동기인 이동기가 주최한 모임이기 때문이다. 동기는 9급 공무원 시험에 한 번에 합격한 후 몇 년간 고생한 끝에 승진하여 이제는 7급이라고 했다.

내 몸으로 돌아온 후 동기는 연락을 해왔다. 그간 잘 지냈었냐는 안부와 함께 얼굴 한번 보고 싶다는 문자였다. 동기는 시간이 된다면 다른 친구들도 불러도 된다며 약속 시간과 장소를 남겨주었다.

나는 도하에게 전화를 걸었다. 도하는 김상춘 대표님의 봄날출판사에서 일하고 있다. 신인작가를 발굴하거나 마음에 드는 외국도서를 한국어로 번역해 출판하기도 한다. 도하의 번역 도서는 거의 다 구매해서 읽어보았다.

도하는 간간이 도서평을 해달라고 연락을 해왔는데, 책에 대해서는 알고 있는 지식이 짧은 터라 간략하게 이야기했다. 그럼에도 도하는 내가 해준 얘기가 제일 좋은평이었다며 나를 띄워주는 말을 해주곤 했다.

(통화중)

"도하야."

"응. 설아야."

"바빠?"

"아니. 설아 얘기는 들어줄 수 있어."

"아... 그렇구나. 고마워. 음... 우리과 이동기라고 공무원 합격했던 친구 얘기했었지?"

"응. 얘기해줬었어."

"그 친구가 밥을 먹자고 해서 동기모임을 만들었거든. 하얀이도 오는데, 도하도 왔으면 해서..."

"음... 어디로 몇 시까지 가면 돼?"

"시간이랑 장소는 문자로 보내줄게. 오랜만에 얼굴봐서 너무 좋다. 도하야. 고마워."

"나야 말로... 잊지 않고 연락해줘서 고마워. 설아야."

"잊다니... 무슨 말도 안 되는..."

"하얀이랑 사귀고나서 나 잊은 줄 알았지..."

"아니야... 도하 너를 어떻게 잊어. 내 가장 친한 친구인데..."

"그래. 친구... 이따보자."

"응..."

말끝을 흐리는 도하의 목소리를 들으니 왠지 복잡 미묘한 감정이 드나들었다.

저녁 7시.

'24시PUB'에 들어서니 동기가 스탠드 의자에 앉아서 밝게 웃고 있었다.

"설아야!"

"동기야!"

동기는 두 팔을 벌리며 내게 다가왔다. 그러자 뒤따라 들어오던 하얀이와 도하가 동기의 팔과 겨드랑이를 들어올리며 자리까지 안내했다. 졸지에 동기는 학자세로 자리에 앉게 되었다. 옆에 도하가 앉으면서 동기의 어깨를 토닥였다.

"어... 환영해준건가."

하얀이는 내 옆자리에 앉으며 동기에게 말했다.

"내 여자친구가 남사친이랑 껴안는 건 좀 그래서..."

동기는 도하와 나를 번갈아 바라보며 하얀이에게 물었다.

"둘이가 아니라? 너랑?"

하얀이는 미간을 찌푸리며 동기에게 물었다.

"아무리 대학동기라지만 초면에 상당히 무례한 발언인 것 같은데..."

동기는 이마에서 찔끔 흘러내리는 식은땀과 인중에 맺힌 땀을 닦으며 조심스럽게 중얼거렸다.

"대학교 때 도하랑 사귄다는 소문이 돌았으니까 그렇지. 그리고 둘이 더 잘 어울리는 것 같은데…"

하얀이는 내 귓가에 속삭였다.

"쟤가 뭐라고 하는데…"

나는 하얀이의 허벅지를 손으로 톡톡치며 진정시켰다. 나는 아무렇지 않은 듯 종업원 분을 불렀다.

"하하- 주문이요~"

동기와 나는 메뉴판을 보며 함박웃음을 지으며 이것 저것 시키기 바빴다. 그러자 내 앞에 앉은 도하가 테이블에 노크를 두 번 하며 내게 말했다.

"배탈 안 나게 조심해서 먹어."

"응. 고마워. 걱정해줘서."

곧 생맥주와 떡볶이, 치즈피자가 나왔다. 동기와 나는 뷔페를 이용하기로 했다. 뷔페에는 간단한 볶음밥과 닭강정, 탕수육이 있었다. 동기는 내 옆에서 볶음밥을 한사발 뜨며 물었다.

"그런데… 도하가 널 좋아하지 않았어?"

"어? 아… 음… 내가 하얀이를 좋아했어."

"아… 그랬구나."

나는 닭강정을 동기에게 한아름 떠주며 말했다.

“나… 하얀이랑 결혼까지 생각하고 있어서… 아까는… 아무래도 하얀이가 기분이 나빴었나봐…”

“어… 그랬구나. 미안해.”

“아냐. 모르는 게 당연하지. 대학교 때 소문도 그렇고… 그 이후에 처음보는거니까. 난 동기 이해해.”

“하얀이한테는 이따가 정식으로 사과할게.”

“고마워.”

동기는 자리에 앉으며 하얀이 앞접시에 닭강정 한 알을 놓아주었다.

“입 안댄 숟가락이야.”

“아… 고마워.”

“아까는 미안했어. 초면인데 실례가 많았어.”

“아냐. 그런데 여기서 나만 초면이야? 도하랑도 초면 아니야?”

“도하는 유치원 동기야.”

나는 볶음밥을 한 움큼 떠먹으려다 숟가락을 내려 놓았다.

“정말?”

“응.”

“그렇구나…”

나는 갑자기 도하의 어린시절이 궁금해졌다.

“도하 어렸을 때 어땠어?”

"도하는… 여자 애들이 무서워했어."

고등학교 시절, 유일하게 웃어주던 여자 아이가 나라는 게 정말이었구나.

"아…"

"그런데 유일하게 웃어준 여자 애가 있었대."

응? 내가 처음이 아니었네. 묘하게 궁금해진다…

"같은 유치원 동기 중에서?"

"아니. 민속촌 놀러 갔을 때 만났던 핑크색 한복 입은 여자 애라고 하던데?"

"민속촌? 오…"

"그때는 부끄러워서- 야. 네가 말해봐."

동기는 말하다 말고 도하를 팔꿈치로 툭 치며 말했다.

"어? 아… 가족들이랑 함께 온 여자 아이였는데… 나는 할아버지랑만 왔었거든. 부모님이 바쁘셔서… 그래서 부러워서 한참 쳐다봤었는데 여자 아이 어머니께서 하늘색 한복 입은 나를 보시고는 잘생겼다고… 아 부끄럽다…"

"재밌는데. 그래서?"

흥미진진하게 이야기를 들으며 생맥주 한 잔을 들이켰다.

"본인 따님이랑 인사를 시키시더라고. 그런데 그 여자 아이가 날 보면서 웃어줬어…"

"와… 운명 아니야?"

"그때 너무 두근거려서 할아버지 바지춤을 잡고 뒤로 숨었는데… 같이… 사진을 찍자고 손을 내밀더라고."

"그 여자 애가?"

"응…"

"네가 마음에 들었나보다."

"… 같이 찍은 사진 있는데… 보여 줄까?"

"응? 정말? 그게 아직도 있어?"

도하는 조금은 해진 검정색 지갑 안에서 아주 소중히 사진을 꺼내며 보여주었다.

하얀이는 고개를 갸우뚱하며 내게 물었다.

"이거… 설아 아니야?"

"응?"

색이 바래진 사진을 자세히 바라보니 이목구비가 내 것이었다.

"나네?"

도하는 머리를 긁적이며 사진을 황급히 집어 넣었다. 동기는 닭강정을 포크로 집어 먹으며 말했다.

"운명인가보다."

42화.
결혼

1998년 6월. 설아네 집.

"탁-탁-탁-탁-촤악-"

부엌에서 분주한 소리가 나서 눈을 비비고 일어났다. 식탁에는 김밥 재료들이 하나둘 쌓이고 있었다.

"김밥이네?"

"일어났어? 오늘 민속촌 가는 날이잖아~"

나보다 더 신난 것 같은 엄마를 보고 있자니 덩달아 기분이 좋아졌다.

"아빠는?"

방에서 문을 열고 나온 사람은... 조선시대 사람 같았다.

"짠-"

"뭐야. 웬 한복?"

"오늘 민속촌 가는 날이잖아~"

민속촌이 어떤 곳인지 몰랐던 나는 엄마의 불호령에 까끌거리는 한복을 입어야 했다.

"불편한데…"

"민속촌에서는 이걸 입어야 하는 거야."

한국민속촌.

"거짓말. 엄마 거짓말쟁이!"

"뭐가."

"한복 입은 애 나밖에 없잖아!"

"왜 너밖에 없어! 저-기- 오! 저기! 하늘색 저고리 입은 애 봐봐."

목덜미가 껄끄러웠던 나는 목을 손가락으로 긁적였다. 그런 나를 웬 남자 애가 빤히 쳐다봤다.

'뭐야. 뭘 봐.'

"어머~ 얘! 너무 잘생겼다~ 어쩜 이렇게 한복이 잘 어울리니? 몇 살이에요?"

그 애 할아버지는 웃으시며 말씀하셨다.

"6살이에요."

"우리 설아랑 친구네! 설아야~ 친구한테 인사해야지."

'갑자기요? 뭐, 엄마가 시키는 대로 해야 오늘 하루가 편하겠지.'

"(인자한 미소를 지으며) 반가워."

"…"

남자 애는 내 인사를 무시하고는 할아버지 바지 춤 뒤로 숨었다.

'부끄러워 하기는…'

할아버지는 사진기를 꺼내시더니 엄마께 정중히 물어보셨다.

"저… 실례가 안 된다면 사진 한 장 찍을 수 있을까요?"

"좋아요! 설아야! 자. 여기 서서 사진찍자~"

자리까지 잡아준 엄마의 손길을 거부할 수 없었다.

'나… 혼자요?'

할아버지 엉덩이를 잡고 안 나오는 남자 애가 답답했던 나는 성큼 성큼 걸어가서 손을 내밀었다. 그리고 귀에 대고 속삭였다.

"얼른 찍고 각자 갈길 가자."

나는 다시 한번 인자한 미소를 보이며 남자 애 손을 잡고 엄마가 정해준 자리에 섰다.

"자, 찍습니다! 하나-두 울-셋!"

그렇게 사진을 두 번 찍고 난 후, 할아버지는 엄마께 사진을 건네셨다.

"감사합니다. 저희 아이에게 좋은 경험이 되겠어요."

"뭘요~ 사진 감사해요~"

그렇게 그 날은 내게 잊혀졌다. 추억으로도 남아 있지 않았는데, 그 날이 도하를 처음 만난 날이었다니…

24시PUB.

시간은 벌써 10시를 향하고 있었다. 동기와 나는 허기를 채운 후 칵테일을 마시며 나초로 입가심을 했다. 하얀이는 턱을 괴고 내 손을 잡으며 중얼거렸다.

"좋은 친구...가 될 운명... 이었나보다. 그치?"

아. 아까 동기가 한 말이 신경쓰였나보네.

"으응. 그런 거지. 사실... 기억이 이제야 나서... 하하-"

조금 취한 하얀이를 부축하며 가게에서 나왔다.

"동기야. 반가웠어. 다음에 또 만나자!"

"그래. 설아야. 조심히 가고, 청첩장 나오면 연락줘!"

몇 개월 후.

'하얀 눈이 오는 어느 겨울날, 순백의 아름다운 신부 한설아와 그녀를 평생 행복하게 해 줄 신랑 백하얀이 결혼합니다. 행복의 길로 들어서려는 첫걸음에 오셔서 자리를 빛내주시면 감사하겠습니다.'

도하에게 직접 청첩장을 전해주려고 봄날 출판사 근처 카페에서 만났다.

"결혼... 축하해. 설아야."

"고마워. 도하야."

"웨딩드레스 입은 모습... 깨톡 프로필 사진에서 봤어. 너무 예쁘더라..."

"아... 고마워."

"실제로 보면 더 예쁘겠지?"

"하하- 부끄럽다..."

"난... 설아가 행복했으면 좋겠어..."

"고마워. 도하야. 나도 도하의 행복을 빌게."

1998년 6월. 도하네 집.

민속촌을 다녀온 후, 그날 저녁.

도하는 안방으로 달려가, 잠자리에 들려는 엄마 진지혜의 잠옷을 붙잡고는 침대에 올라 앉았다.

"엄마! 엄마!"

"응. 도하야. 오늘 할아버지랑 재미있게 놀았어?"

"나를 보고 웃어준 애가 있었어."

"응? 그래? 우리 도하 기분 좋았겠네~"

진지혜는 도하의 머릿결을 쓰다듬으며 도하가 보여준 사진을 빤히 바라봤다.

"이 친구야? 핑크색 한복을 아주 예쁘게도 입었네~"

"응... 그리고... 멋있어."

"어떤 면이 멋있었어?"

"먼저 손 내밀어 주는 모습이..."

“그 친구에게 배울 점이 많았구나. 나중에 우리 도하도 손길이 필요한 친구한테 그렇게 먼저 손을 내밀어주면 멋있는 사람이 옆에 딱- 생겨 있지 않을까~?”

“정말 그럴까...?”

“나중에 그 친구를 만나게 된다면... 도하가 먼저 손 내밀어봐. 후회가 남지 않게...”

지혜는 도하의 머리에 키스를 한 후 팔베개를 해주며 머리카락을 쓸어 넘겨 주었다. 도하는 설아와 찍은 사진을 자그마한 손으로 포개어 가슴속에 포근히 안았다.

‘나중에 만나면... 꼭 내가 먼저 손을 내밀테니까... 잡아줄래?’

결혼식 당일. 작은 성당 안.

나는 하얀이가 내민 손을 잡고는 함박웃음을 지었다. 세상에서 나처럼 가장 행복한 신부가 또 있을까. 고등학교 때의 첫사랑과 결혼까지 하게 되다니.

본식이 끝난 후, 우리는 한복을 입고 음악에 맞춰서 함께 춤을 추었다. 결혼을 축하해주려고 모인 성당 안 사람들은 저마다 짝을 이루며 화답하는 춤을 선보였다.

그들 사이에서 도하는 나를 바라보고 있었다. 멀리서 도하는 나를 향해 손을 내밀었다. 뜻밖에도 도하는 내 손을 잡는 행동을 하더니 손등에 키스까지 하는 시늉을 했다.

‘나는... 우리가 다시 시작했으면 좋겠어. 설아야. 다시 고등학교 때로 돌아가서 하얀이가 아니라 내가 먼저 고백한다면... 네 마음이 조금은 내

게로 움직일까?'

놀라움을 뒤로 하고는... 그렇게 도하는 내 기억에서 점차 잊혀질 정도로 하얀이와 행복한 결혼 생활을 해 나갔다. 하얀이와의 결혼 생활은 짧으면 짧고 길면 긴 50년 세월이 전부였다. 우리는 아이를 낳지 못한 채 서로를 보며 늙어갔다...

마지막화.
나는 배탈난 후...

50년 후.

하얀이와 찍은 결혼식 사진을 보니 50년이란 세월이 너무 훌쩍 지나간 것 같다. 나는 하얀이를 똑 닮은 자식을 낳고 싶었다. 하지만 무엇 때문인지 몰라도 우리는 아이를 갖지 못했다. 하얀이는 우리 둘만 있어도 행복하다는 말로 나를 위로해주었다. 이렇게 나만 혼자 남겨두고 가버릴 줄은 꿈에도 몰랐지만...

집은 하얀이와 함께 살던 신혼집 그대로다. 마당이 보이는 저택에 살고 있다. 거실 탁자에 자리한 하얀이와 함께 찍은 사진은... 버리지 못했다. 하얀이가 입었던 옷가지도 옷장에 그대로 있다.

흔히들 죽은 사람의 옷가지는 바로 버리는 것이라고 말한다. 하지만 함께 살았던 사람이 아직 그 사람을 마음에서 떠나보내지 못했다면 남겨두는 편이 좋겠다고 생각했다. 혼자 있다는 느낌이 들면... 옷장에 하얀이의 옷이 있다는 것 만으로도 위로가 될 때가 있다.

하얀이가 먼저 간 후, 달라진 점이 있다면 도하가 매일 오후 3시쯤 찾아온다. 이유는 말해주지 않았다. 나 역시 도하에게 연유를 묻지 않았다. 그저 벗으로서 걱정되기 때문에 오는 것이라 생각했다.

나이가 들면서 거동이 불편해진 나는 집안에서 휠체어를 타며 생활한다. 최근에 소화기관도 부쩍 약해져서 소식을 하고 있다.

방에서 책을 읽고 있다가 바깥쪽에서 나는 소리에 귀를 기울여 보니 도하의 발자국 소리였다.

오후 3시 5분.

도하가 집에 오면 제일 먼저 하는 일은 내게 포옹을 해주는 것이다. 그 이후 시간에는 함께 식사를 하고, 차를 마시며 두런두런 이야기를 나눈다.

오늘도 도하는 양손을 무겁게 하고 왔다. 짐을 놓고는 나를 향해 미소를 보이며 살포시 안아주었다.

"잘 있었어?"

"응... 오늘은 또 뭘 이렇게 사온 거야?"

"소화가 잘 안 된다며... 소고기죽 해주려고. 과일도 사왔어. 주스 만들어줄게."

"맛나겠네... 무거울텐데 어여 들어와."

부엌으로 향한 도하는 식탁에 장을 봐온 식료품들을 하나 둘 꺼냈다. 그리고는 나를 바라보며 물었다.

"나 보고 싶었어?"

"푭... 응... 꼭 그 소리 듣고 싶어하더라."

"..."

말없이 미소 짓는 도하를 보니 어쩐지 마음 한구석이 시렸다.

"탁-탁-탁- 촤악-"

"맛있는 냄새 난다. 도하야."

"그래? 조금만 기다려. 얼른 해서 같이 밥 먹자."

"그래..."

도하가 해준 소고기죽은 슴슴하지 않아서 좋았다. 그렇다고 간이 세지도 않아 내 입맛에 딱 맞았다.

식사를 한 후, 거실 소파에 앉아 도하가 만든 매실차를 들이켰다. 도하는 재작년에 매실 원액을 만들어 내게 선물해주었다.

"어때? 이번엔 시지 않지?"

"응... 달달하니 좋네..."

그 전에 만들어준 매실액은 조금 셔서 마실 때마다 얼굴이 찡그려지곤 했다. 그걸 기억하고 있다니...

"기운 없는 건 좀 어때?"

"똑같지 뭐... 나이 팔십 넘으니까 힘이 없는 건 당연하지..."

도하는 내게 어깨를 빌려주며 볼을 쓰다듬었다. 문득 도하를 보는 것도 오늘이 마지막인 것 같은 느낌이 들었다.

"내 마지막 여생은… 도하와 함께구나…"

"다시 태어나면… 절대 설아를 외롭지 않게 해줄게. 평생."

도하의 말이 끝나자마자, 우리는 갑자기 배가 아려왔다.

"윽… 도하야… 배가… 배가 너무 아파…"

"나도… 매실이 잘못됐나?"

"화장실… 화장실에 데려다 줘…"

"그래. 그러자."

도하는 휠체어에서 나를 번쩍 들어 화장실로 옮기려 했다. 그 찰나에… 도하는… 그 자리에서 쓰러졌고… 나도 함께 죽었다…

김도하와 한설아는 한 날 한 시에 죽었다. 그들은 죽은 직후, 산신령을 만나게 되는데…

눈을 떠보니 하얀 도포를 입은 남자가 나를 향해 다가오고 있었다.

"Hi. baby." (안녕. 아가야.)

"뭐야. 또야?"

이거… 죽고 나면 환생하는 무한 굴레에 빠진 거 아냐?

"저… 물어볼 게 있는데요…"

"Yes." (응.)

"저는 원하는 걸 얻을 때까지 죽지 않는 건가요?"

"정확하게 말하면… 죽고 나서 너와 원하는 것이 타인과 매칭이 되면 죽지 않고 다시 살아간다고 할 수 있지."

"아…"

"그래. 이번에는 어떤 삶을 살고 싶니?"

"하얀이와 백년해로 하고 싶어요."

"불행히도 너와 원하는 것이 같지 않구나."

"네? 정말요?… 하얀이는 뭘 원했는데요?"

"아빠와 엄마가 이혼하지 않고 세식구가 함께 사는 걸 택했더구나."

"아… 하얀이의 상처를… 제가 보듬어줄 수는 없었던 거네요… 뭔가 슬프네요…"

"그래도 너와 원하는 것이 같은 친구가 한 명 있단다. 돌아가서 한 번 잘 살아보거라. 단, 네 기억은 지워질거란다."

"네? 그런… 게 어디 있어요…! 네? 어디가요…!"

그렇게 하얀 할아범탱이는 내 시야에서 사라졌고 나는 그놈을 잡으려고 허공에다가 팔을 흔들었다.

2008. 03.

나는 한은고등학교에 입학했다. 집에서 대중교통으로 30분 거리에 있는 고등학교다. 부모님께서는 한 달에 용돈 10만원을 주신다고 하셨다.

버스비가 650원이었으니 차비 외에 가끔 군것질을 하기에도 모자르지 않을 정도의 돈이었다.

나는 늘 엄마의 배웅을 받으며 학교에 등교했다. 현관문 앞에서 엄마와 포옹을 했다. 내게 있는 열쇠가 무색해질 정도로 엄마는 문까지 잠궈주셨다.

아파트 앞 버스정류장에 내려오니 나와 같은 교복을 입은 학생들이 즐비했다. 회색 교복을 입은 비둘기 무리들이 모두 같은 방향의 버스를 기다리는 것 같았다.

학교 근처까지 가는 버스 안은 그야말로 아비규환이었다. 의도치 않게 등과 손, 엉덩이가 닿는 것이 난무했다.

'휴… 불편해…'

이런 일들이 매일 아침 반복된다고 생각하니 한숨이 절로 나왔다. 학교 앞 정류장에 다다랐을 때였나. 갑자기 버스 안은 학생들의 환호성으로 가득찼다.

'뭐야. 연예인이라도 온거니…'

창가 쪽으로 몸을 돌린 학생들 사이로 통로가 생겨버렸다. 그 사이로 유유히 빠져 나온 나는 가장 먼저 하차하는 학생이 되었다.

정류장 앞 인도의 연석을 밟으며 앞을 바라보니 키 190cm의 남학생이 나를 쳐다보고 있었다.

'뭐여. 이 존잘남은?'

멀뚱멀뚱 바라보는 내 표정이 웃겼던 건지 그 남학생은 나를 보며 하얀 치아를 드러내며 웃기 바빴다.

'웃기니… 맘껏 웃어라. 뭐… 웃기게 생긴 거 나도 안다.'

이윽고 버스에서 내린 비둘기 떼들이 그 남학생 주변으로 모이기 시작했다. 나는 쿨한 척하며 그 남자애 옆을 지나갔다.

그런데 갑자기 그 남학생이 내 옆으로 오더니 나의 허리를 감쌌다.

'뭐여. 내가 맘에 든겨?'

그런데 갑자기 내 허리를 감싼 남학생 옆으로 다른 존잘남이 내게 다가왔다. 허리를 감싼 남학생의 손을 제치고 돌아간 치마를 제자리에 돌려주고는 말했다.

"안녕. 한설아."

"응... 안녕."

명찰을 보니 '김도하'라고 쓰여 있었다.

"김...도하... 이름 예쁘다."

"아... 고마워..."

얼굴이 발그레해진 도하를 보니 괜히 심장이 두근거렸다.

'이름 칭찬에 이렇게 부끄러워 한다고? ... 귀엽네...'

도하는 두 볼을 손으로 만지작거리다 내 손을 잡고는 뛰기 시작했다. 뛰면서 도하는 손깍지로 바꾸었다. 나는 한쪽 손으로 입을 틀어 막고는 코로 들숨 날숨을 연거푸 내쉬었다.

나는
배탈난 후
죽었다

1판1쇄 2023년 5월 26일

저자 이민경
발행인 이경화

펴낸곳 디자인21
주소 04560 서울특별시 중구 퇴계로 293-1 3층
전화 02-2269-6561(대)
팩스 02-2269-6568
e-mail 21publish@naver.com

등록번호 제1-1128호
등록일자 1991.2.12

ISBN 978-89-6131-113-7 03810

정가 15,000원

http://21publish.co.kr
https://blog.naver.com/publish21